工程造价 无师自通丛书

U0116842

水暖工程

造价速成 与 实例详解

本书编委会 ■ 编

化学工业出版社

·北京·

本书根据建筑水暖工程的实际，介绍了在实践中工程造价的实现方法以及相关的技巧。本书将传统的概预算与当前推行的清单计价结合起来，分别介绍了在两种不同的计价方式下，水暖工程造价的实施过程，并带有完整的实际预结算案例，力求给读者更为全面、现实的学习参考。

　　本书完全贴近工程预算实际，从理论的初步了解到施工图的识读介绍，再到计算规则的详细解读、不同预算方式的全面介绍，最后还附有来自施工一线的预算经验数据的快速查询以及完整的预结算实例，从而将理论与实际很好地结合起来，让读者在阅读过程中无需借助其他工具，便可获得更为直接的参考信息。

图书在版编目（CIP）数据

水暖工程造价速成与实例详解/本书编委会编 . —北京：化学工业出版社，2012.2
（工程造价无师自通丛书）
ISBN 978-7-122-13191-1

Ⅰ. 水… Ⅱ. 本… Ⅲ. ①给排水系统-建筑安装-工程造价②采暖设备-建筑安装-工程造价 Ⅳ. TU723.3

中国版本图书馆 CIP 数据核字（2012）第 000760 号

责任编辑：徐　娟　　　　　　　　　　文字编辑：糜家铃
责任校对：吴　静　　　　　　　　　　装帧设计：王晓宇

出版发行：化学工业出版社（北京市东城区青年湖南街 13 号　邮政编码 100011）
印　　装：三河市延风印装厂
787mm×1092mm　1/16　印张 11¾　字数 276 千字　　2012 年 5 月北京第 1 版第 1 次印刷

购书咨询：010-64518888（传真：010-64519686）　　售后服务：010-64518899
网　　址：http://www.cip.com.cn
凡购买本书，如有缺损质量问题，本社销售中心负责调换。

定　　价：39.00 元（附光盘）

本书编委会

主　　编　张永君

编　　委　王　军　　李子奇　　于兆山　　邓毅丰　　蔡志宏
　　　　　李小丽　　李四磊　　刘　杰　　黄　肖　　张志贵
　　　　　刘彦萍　　孙银青　　肖冠军　　梁　越　　张　娟
　　　　　王　兵　　徐　慧　　王云龙　　赵玉华　　刘文杰
　　　　　张永君

丛 书 序

要想学好工程造价，最为重要的就是勤奋加上正确的方法：规则要熟记、模板多建立、经验靠累积、项目多参与，最后还要对自己和他人所做的项目经常进行总结，以此来不断提高自己的业务水平。

本套丛书的编写初衷就是将深奥难懂的建筑工程造价知识以简练、易懂的语言和数字提炼出来，并辅以经过工程实际检验的完整案例，给初学者提供一份简单、实用的学习参考资料。

本套书共分为四册，按照常见的工程专业分为建筑、水暖、电气以及园林工程四个方向。每一个分册都是按照初学者必须经历的几个过程，遵循概念了解、识图打基础、掌握计算规则、分别了解定额计价与清单计价模式、学习工程预结算书的编制、了解与造价相关的影响因素与相关数据、参考具体的工程实际案例这一渐进过程进行编写，以期让广大刚接触工程造价的从业人员能够对自己所从事的行业有一个具体的认识，并能够迅速掌握及运用。

由于编者水平有限，各本书中难免有不妥之处，恳请广大读者不吝批评指正。

编者
2012 年 2 月

目　录

第1章　水暖工程计价概述

1.1　工程造价常见名词释义

（1）工程造价。工程造价是建设工程造价的简称，有两种不同的含义：①指建设项目（单项工程）的建设成本，即完成一个建设项目（单项工程）所需费用的总和，包括建筑工程、安装工程、设备及其他相关费用；②指建设工程的承发包价格（或称承包价格）。

（2）定额。它是指在生产经营活动中，根据一定的技术条件和组织条件，规定为完成一定的合格产品（或工作）所需要消耗的人力、物力或财力的数量标准。它是经济管理的一种工具，是科学管理的基础，定额具有科学性、法令性和群众性。

（3）工日。它是一种表示工作时间的计量单位，通常以 8h 为一个标准工日。一个职工的一个劳动日，习惯上称为一个工日，不论职工在一个劳动日内实际工作时间的长短，都按一个工日计算。

（4）定额水平。它是指在一定时期（比如一个修编间隔期）内，定额的劳动力、材料、机械台班消耗量的变化程度。

（5）劳动定额。它是指在一定的生产技术和生产组织条件下，为生产一定数量的合格产品或完成一定量的工作所必需的劳动消耗标准。按表达方式不同，劳动定额分为时间定额和产量定额，其关系是：时间定额×产量定额＝1。

（6）施工定额。确定建筑安装工人或小组在正常施工条件下，完成每一计量单位合格的建筑、安装产品所消耗的劳动、机械和材料的数量标准。

施工定额是企业内部使用的一种定额，由劳动定额、机械定额和材料定额三个相对独立的部分组成。

施工定额的主要作用有：

① 施工定额是编制施工组织设计和施工作业计划的依据；

② 施工定额是向工人和班组推行承包制，计算工人劳动报酬和签发施工任务单、限额领料单的基本依据；

③ 施工定额是编制施工预算、编制预算定额和补充单位估价表的依据。

（7）工期定额。它是指在一定的生产技术和自然条件下，完成某个单位（或群体）工程平均需用的标准天数，包括建设工期定额和施工工期定额两个层次。

建设工期是指建设项目或独立的单项工程从开工建设起到全部建成投产或交付使用时所经历的时间。因不可抗拒的自然灾害或重大设计变更造成的停工，经签证后，可顺延工期。

施工工期是指正式开工至完成设计要求的全部施工内容并达到国家验收标准的天数，施工工期是建设工期中的一部分。

工期定额是评价工程建设速度、编制施工计划、签订承包合同、评价全优工程的依据。

(8) 预算定额。它是确定单位合格产品的分部分项工程或构件所需要的人工、材料和机械台班合理消耗数量的标准。预算定额是编制施工图预算、确定工程造价的依据。

(9) 概算定额。它是确定一定计量单位扩大分部分项工程的人工、材料和机械消耗数量的标准。它是在预算定额基础上编制的，较预算定额综合扩大。概算定额是编制扩大初步设计概算、控制项目投资的依据。

(10) 概算指标。它是指以某一通用设计的标准预算为基础，按 $100m^2$ 等为计量单位的人工、材料和机械消耗数量的标准。概算指标较概算定额更综合扩大，它是编制初步设计概算的依据。

(11) 估算指标。它是在项目建议书可行性研究和编制设计任务书阶段编制投资估算、计算投资需要量所使用的一种定额。

(12) 万元指标。它是以万元建筑安装工程量为单位，制定人工、材料和机械消耗量的标准。

(13) 其他直接费定额。它是指与建筑安装施工生产的个别产品无关，而为企业生产全部产品所必需，为维护企业的经营管理活动所必需发生的各项费用开支达到标准。

(14) 单位估价表。它是用表格形式确定定额计量单位建筑安装分项工程直接费用的文件。例如，要确定生产每 $10m^3$ 钢筋混凝土或安装一台某型号铣床设备所需要的人工费、材料费、施工机械使用费和其他直接费，可用表格的形式载明。

(15) 投资估算。投资估算是指整个投资决策过程中，依据现有资料和一定的方法，对建设项目的投资数额进行估计。

(16) 设计概算。设计概算是指在初步设计或扩大初步设计阶段，根据设计要求对工程造价进行的概略计算。

(17) 施工图预算。施工图预算是确定建筑安装工程预算造价的文件。它是在施工图设计完成后，以施工图为依据，根据预算定额、费用标准，以及地区人工、材料、机械台班的预算价格进行编制的。

(18) 工程结算。它是指施工企业向发包单位交付竣工工程或点交完工工程取得工程价款收入的结算业务。

(19) 竣工结算。竣工结算是反映竣工项目建设成果的文件，是考核其投资效果的依据，是办理交付、动用、验收的依据，是竣工验收报告的重要部分。

(20) 建设工程造价。建设工程造价一般是指进行某项工程建设花费的全部费用，即该建设项目（工程项目）有计划地进行固定资产再生产和形成最低量流动基金的一次性费用总和。它主要由建筑安装工程费、设备工器具的购置费、工程建设其他费用组成。

(21) 建安工程造价。在工程建设中，设备工器具购置并不创造价值，但建筑安装工程则是创造价值的生产活动。因此，在项目投资构成中，建筑安装工程投资具有相对独立性。它作为建筑安装工程价值的货币表现，亦称为建安工程造价。

(22) 单位造价。它是指按工程建成后所实现的生产能力或使用功能的数量核算每单位数量的工程造价。如每公里铁路造价、每千瓦发电能力造价等。

(23) 静态投资。所谓静态投资，系指编制预期造价时以某一基准年、月的建设要素单价为依据所计算出的造价时值。它包括因工程量误差而可能引起的造价增加，不包以后年、月因价格上涨等风险因素而需要增加的投资，以及因时间迁移而发生的投资利息支出。

（24）动态投资。它是指完成一个建设项目预计所需投资的总和，包括静态投资、价格上涨等风险因素而需要增加的投资以及预计所需的投资利息支出。

（25）工程造价管理。它是指运用科学、技术原理和方法，在统一目标、各负其责的原则下，为确保建设工程的经济效益和有关各方的经济权益而对建设工程造价及建安工程价格所进行的全过程、全方位的，符合政策和客观规律的全部业务行为和组织活动。

（26）工程造价全过程管理。它是指为确保建设工程的投资效益，对工程建设从可行性研究开始，经初步设计、扩大初步设计、施工图设计、承发包、施工、调试、竣工投产、决算、后评估等整个过程，围绕工程造价所进行的全部业务行为和组织活动。

（27）工程造价合理计定。它是指采用科学的计算方法和切合实际的计价依据，通过造价的分析比较，促进设计优化，确保建设项目的预期造价核定在合理的水平上，包括能控制实际造价在预期价允许的误差范围内。

（28）工程造价的有效控制。工程造价的有效控制，是指在对工程造价进行全过程管理中，从各个环节着手采取措施，合理使用资源，管好造价，保证建设工程在合理确定预期造价的基础上，实际造价能控制在预期造价允许的误差范围内。

（29）工程造价动态管理。它是指估算、概算、预算所采用的计价依据，以及工程造价的既定控制，是建立在时间变迁、市场变化基础上的，能适应客观实际走势，从而控制工程的实际造价在预期造价的允许误差范围内，并确保建安工程价格的公平、合理。

1.2　水暖工程造价简述

1.2.1　水暖工程造价

工程造价的直意就是工程的建造价格，即工程价格，也可以认为是工程的承发包价格。工程的范围可以是一个很大的建设项目，也可以是一个单项工程，还可以是整个建设过程中某一个阶段或者其中的某个组成部分。此时的工程造价也就是指建筑安装的工程费用。

水暖工程造价是指设计单位或者施工单位根据设计图纸、设备材料一览表、设备材料计划价格、全国统一安装工程预算定额、各项费用标准和部门规定的调价文件等基础资料，预先计算和确定每项新建、扩建、改建和迁建项目的给排水、采暖以及燃气安装工程所需费用的技术经济文件。根据工程设计与实施阶段的不同，水暖工程造价又可分为初步设计概算、施工图预算以及竣工结算等不同的内容。

1.2.2　水暖工程概述

1.2.2.1　给排水工程

给排水工程由给水工程和排水工程两部分组成：给水工程的主要任务是供应城市、村镇及企业的用水，以满足人们生活和生产的需要；排水工程的主要任务是排放生活污水、废水以及雨水和雪水等。两个系统相互独立，又形成一个整体。给排水工程分为室外给排水工程和室内给排水工程两部分。

室外给排水工程主要任务是为城镇提供足够数量并符合一定水质标准的洁净水，同时把所使用后的水（污水、废水）汇集并输送到污水处理场净化处理，达到无害化的指标后，排入自然水体内，或灌溉农田，或重复使用。因此室外给排水工程系统中大部分工程量是市政工程主要内容之一，属于市政工程预算定额的范围，这里不再详述。

室内给排水工程的主要任务是将室外给水系统输配的净水供给室内各用水点，并将污水排放到室外排水系统中。本书主要叙述的是室内给排水工程。

（1）室内给水系统。室内给水系统就是根据用户对水量、水压的要求，将符合质量要求的水输送到装置在室内的各个用水点，如水龙头、消火栓等的系统。

① 室内给水系统按用途可分为三类。

a. 生活给水系统。它是供民用建筑、公共建筑和工业企业建筑内的饮用、烹调、盥洗、洗涤、淋浴等生活上的用水系统。生活用水严格要求水质必须符合国家规定的饮用水质标准。

b. 生产给水系统。它是供给生产设备冷却用水、原料和产品的洗涤用水、锅炉用水及某些工业原料用水的系统。生产用水对水质、水量、水压的要求因工艺而异，差别很大。

c. 消防给水系统。它是供消防系统的消防设备用水的系统。消防用水对水质要求不高，但水量、水压必须满足要求。

上述三种系统，可以单独设置，也可联合设置，如生活、生产、消防共用给水系统，生活、消防共用给水系统，生活、生产共用给水系统，生产、消防共用给水系统。

为了节约用水，在生产给水系统中，又有循环使用及重复使用给水系统。

② 室内给水系统的组成。室内给水系统一般由下列几部分组成。

a. 引入管。它又称进户管。

b. 水表节点。水表节点指引入管上装设的水表及其前后设置的阀门、池水装置。

c. 管道系统。它包括水平干管、垂直干管、立管、横支臂。

d. 给水附件。它包括阀门、水龙头等。

e. 升压和储水设备。如水泵、水箱、水池等。

f. 室内消防设备。如室内消火栓。

③ 室内给水系统的给水方式

a. 直接给水方式。室内给水系统直接在室外管网压力作用下工作。这种方式适用于室外管网水量、水压比较稳定，一天内任何时间均能满足室内用水需要的情况。

b. 水泵和水箱联合给水方式。当室外给水管网中压力低于或周期性低于室内给水管网所需水压，而且室内用水量又很不均匀时，宜采用此种给水方式。

c. 分区供水的给水方式。这种给水方式多用于高层建筑。当室外管网水压只能供到下面几层，而不能供到建筑物上层时，为了充分有效地利用室外管网的水压，常将建筑物分成上、下两个供水区。下区直接在城市管网压力下工作，上区则由水泵、水箱联合供水。

④ 室内给水系统的管路图式

a. 下行上给式。水平干管敷设在地下室天花板下、地沟内，或在底层直接埋地敷设，自下而上供水。民用建筑采用直接给水方式时大都采用这种图式。

b. 上行下给式。水平干管敷设于顶层天花板下、平屋顶上或吊顶中，自上向下供水。一般有屋顶水箱的给水方式或下行布置有困难时采用此种图式。

⑤ 室内消防给水系统。室内消防给水系统按功能不同分为消火栓消防系统、自动喷洒消防系统及水幕消防系统。

a. 室内消火栓系统。室内消火栓系统用于扑灭初期火灾。室内消火栓系统由水枪、水龙带、消火栓、消防管道和水源组成。当室外给水管网的水压不能满足室内消防要求时，还需设置消防水泵和水箱。

水枪一般采用直流式，喷口直径一般为 13mm、16mm、19mm。13mm 口径的配 50mm 的接口；16mm 的配 50mm 或 65mm 的接口；19mm 的配 65mm 的接口。水龙带有麻织的和橡胶的两种。消火栓是一个带内螺纹接头的阀门，一端连消防主管，另一端与连接龙带。消火栓阀门中心高度距地板面 1.2m。

b. 自动喷洒消防系统。自动喷洒消防系统是一种能自动喷水灭火，同时发出火警信号的消防给水设备，用于易发火灾、起火蔓延快的场所，或容易自燃而少人管理的场所。

自动喷洒消防系统可为单独的管道系统，也可以和消火栓消防合并为一个系统，但不能与生活给水系统相连接。自动喷洒系统由洒水喷头、洒水管网、控制信号和水源组成。

洒水喷头的作用是当火灾发生时，自动打开封闭的喷头喷水灭火。它有低熔点金属控制型和爆炸瓶型两种。我国生产的闭式喷头口径为 12.7mm，其感温级别有普通温级、中温级、高温级三种，熔解温度分别为 72℃、100℃、141℃。

自动喷洒系统整个是封闭的系统，平时即处于水源压力下的准备状态。管网有三种类型：一是充水系统，即系统内平时充水；二是充气系统，即管网内平时充有低压压缩空气，使水源水不能进入管网；三是充水充气交替系统，即上述两种系统的结合。

通过控制信号阀的控制，当系统中闭式喷头自动开启后，即自动送水和报警。

水源一般采用城市或工厂给水管网，若室外管网压力不能达到要求时，应另备给水设备。

c. 水幕消防系统。和自动喷洒消防系统一样，水幕消防系统也由喷头、管网、控制设备、水源四部分组成。该系统的作用主要是隔离火灾地区或冷却防火隔绝物，防止火灾蔓延。

（2）室内排水系统

① 根据所排污水的性质，室内排水系统可分为以下几种。

a. 粪便污水排水系统。排除大、小便器及用途与此相似的卫生设备等污水的管道系统。

b. 生活废水排水系统。排除盥洗、淋浴、洗涤等废水的管道系统。

c. 生活污水排水系统。生活废水与粪便污水合流的排水管道系统。

d. 工业废水排水系统。可分为排除在工业生产中受污染而改变性质且需要经过工艺处理后方可排放的生产污水排水管道系统，和排除只受轻度污染、只需经过简单处理就可循环使用或重复使用的生产废水排水管道系统。

e. 屋面雨水排水系统。排除降落在屋面的雨、雪的管道系统。

② 室内排水管道系统的组成。以上几种排水系统可设单独的管道系统排除，即分流制；也可根据需要在同一排水管道系统中输送和排放两种或两种以上污水，即合流制。无论哪一种系统，其基本组成都大致相同，一般有以下几部分。

a. 污（废）水收集器。用来收集污（废）水的器具，如室内的各种卫生器具、生产污

（废）水的排水设备以及雨水斗等。

　　b. 排水管道。由器具排水管、排水横支管、排水立管和排出管等组成。

　　c. 通气管。通气管的作用是将管道内产生的有害气体排到大气中去并向管内补给空气以减少管道腐蚀，防止水封受到破坏。

　　d. 清通设备。安装在管道上作为疏通排水管道的设置，有检查口、清扫口、检查井等。

　　e. 抽升设备。用于某个建筑物内部地坪低于室外地坪的情况。

1.2.2.2　室内采暖工程

　　(1) 采暖工程系统的分类。若热源和散热设备都在同一个房间内，则称为局部供暖系统，如火炉供暖、燃气供暖及电热供暖。热源远离供暖房间，即用一个热源产生热量去供应很多房间取暖，称为集中供暖系统。

　　按使用热媒的不同，供暖系统可分为热水供暖、蒸汽供暖和热风供暖三类。其中，热水供暖系统按热水参数的不同，又可分为低温热水供暖系统（水温低于100℃）和高温热水供暖系统（水温高于100℃）。蒸汽供暖系统按蒸汽压力的高低，可分为低压蒸汽供暖系统（气压≤0.07MPa）、高压蒸汽供暖系统（气压＞0.07MPa）和真空蒸汽供暖系统（气压低于大气压力）三种。热风供暖系统根据送风加热装置安设位置的不同，分为集中暖风系统和独立暖风系统。前者设有集中送风加热室，用风机通过风槽将加热后的空气送到供暖房屋内，而后者则分散设置暖风机向房间供暖。

　　热水采暖按循环动力的不同，可分为重力循环系统和机械循环系统。前者靠热媒本身温差所产生的密度差而进行循环；而后者则依靠循环水泵所产生的压力作用进行循环。按供回水方式的不同，可分为单管和双管两种系统。凡热水经一条立管按顺序流过多组散热器，称为单管顺序式系统；热水经一条立管平行地分配给全部散热器，另一条立管从每组散热器收回低温水，流回热网或锅炉，称为双管式系统。

　　(2) 采暖工程的供热方式。采暖系统的供热方式有上行下给、下行上给、中行上给下给等。

　　① 上行下给式。上行下给式采暖系统又称为上分式采暖系统。它是将热媒沿管道从室外送入建筑物的顶层，然后再由顶层分别送给各层的散热器，如图1-1所示。

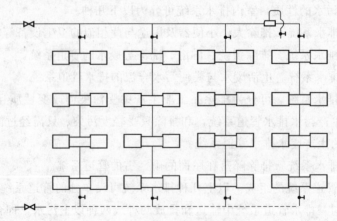

图1-1　上行下给式采暖系统

　　② 下行上给式。下行上给式采暖系统又称下分式采暖系统。它是将热媒用管道从室外

送入建筑物的底层，再分别送至各层的散热器中，如图 1-2 所示。

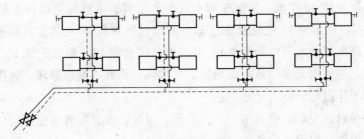

图 1-2　下行上给式采暖系统

③ 中行上给下给式。中行上给下给式采暖系统又称中分式采暖系统。它是将热媒沿管道先送进建筑物的中层，再分别送至其他各层散热器，如图 1-3 所示。

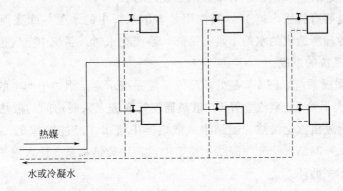

图 1-3　中行上给下给式采暖系统

（3）采暖工程的组成

① 热水采暖系统的组成。热水采暖系统由热源、管道、散热器、水泵和其他管路附件组成（见图 1-4）。

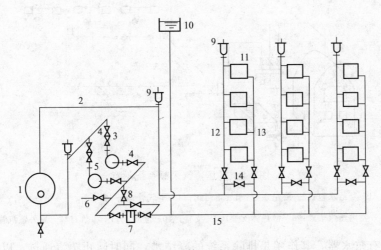

图 1-4　热水采暖系统

1—锅炉；2—供水干管；3,4—阀门；5—水泵；6—给水管；7—除污器；8—泄水管；

9—排气装置；10—膨胀水箱；11—散热器；12—用户供水管；13—用户回水管；

14—循环管；15—回水干管

如图 1-4 所示，系统运行前，先打开给水管上给水阀，向系统内充水，系统中的空气从排气装置 9 和膨胀水箱 10 排出。系统充满水后，水在锅炉中被加热后在水泵 5 的作用下沿着供水干管 2、用户供水管 12 流进散热器 11，并通过散热器 11 将热量散到采暖房间。从散热器流出的温度降低了的水（称为回水），沿着用户回水管 13、回水干管 15，经过除污器 7 脱掉其中的杂质，进入水泵 5 加压，流回锅炉再加热。如此不断地循环、散热、加热，就组成了采暖系统的工作过程。

系统中安装两台水泵，一台备用，一台工作。水泵出水管装有逆止阀，以防水倒流。水泵前后均应安装闸阀，以便于检修。

当用户入口处阀门关闭时，打开循环管 14 上的阀门，水可通过循环管在供水干管、回水干管和锅炉、水泵之间循环流动。

除污器装有旁通管，以便检修时不影响系统运行。

在系统最高处装有膨胀水箱 10，其作用是容纳系统中的水受热膨胀而增加的体积，补充系统因漏失和冷却所造成的水的不足。另外，系统充水时，系统中空气也可从此处排出。

② 蒸汽采暖系统的组成

a. 低压蒸汽采暖系统。图 1-5 是低压蒸汽采暖系统示意。锅炉中产生的蒸汽经过室外蒸汽管 12、室内蒸汽干管 7、蒸汽立管 6、散热器支管 8 进入采暖房间的散热器中。蒸汽在散热器中凝结为水而放出汽化潜热。凝结水从散热器中流出，经过支管 9、立管 10、干管 11 和疏水管 5 进入室外凝结水管流回凝结水箱 1 中，再经凝结水泵 2 注入锅炉，重新被加热成为水蒸气，进入下一循环。

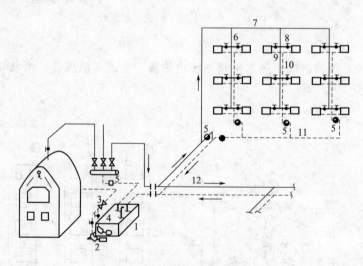

图 1-5　低压蒸汽采暖系统示意

1—凝结水箱；2—凝结水泵；3—止回阀；4—空气管；5—疏水管；6—蒸汽立管；

7—室内蒸汽干管；8—散热器支管；9—支管；10—立管；11—干管；12—室外蒸汽管

系统中装有疏水器，其作用是排除系统的凝结水，同时阻止蒸汽通过，以使蒸汽在散热器中得以充分凝结放热，提高采暖效率。

凝结水箱上装有空气管 4，该管与大气相通，当系统停止运行时，空气可由此进入系统防止系统内部产生真空。

　　b. 高压蒸汽采暖系统。图 1-6 是高压蒸汽采暖系统示意。高压蒸汽从室外蒸汽干管引入，经过减压阀减压后进入分汽缸，再分配到各散热器散热，凝结水经疏水器，排至凝结水管流回锅炉房。

　　分汽缸上装有压力表和安全阀，以防采暖系统超压。

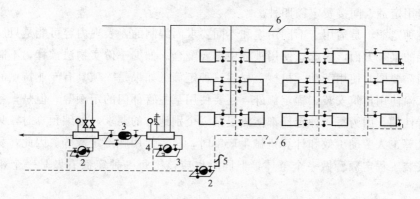

图 1-6　高压蒸汽采暖系统示意

1,4—分汽缸；2—疏水器；3—减压阀；5—放汽管；6—伸缩器

1.3　水暖工程定额计价

1.3.1　建筑安装工程定额

1.3.1.1　安装工程定额分类

　　建筑安装工程使用的定额种类极其繁多，其内容、形式、用途又都各具特点，各种定额分类如下。

　　(1) 建筑安装工程定额，按其物质内容来看，可分为劳动消耗定额、机械台班使用定额和材料消耗定额三种。

　　(2) 建筑安装工程定额，按其编制程序来看，可分为工期定额、施工定额、预算定额、扩大结构定额和概算指标五种。

　　(3) 建筑安装工程定额，按其执行范围来看，可分为全国统一定额、主管部门定额、地方定额和企业定额四种。

　　① 全国统一定额是综合全国工程建设的生产技术和施工组织的一般情况拟定的，是在全国范围内执行的定额。

　　② 主管部门定额是考虑到各专业主管部门由于生产技术特点引起的工程建设特点，并参照统一定额的水平拟定出来，在部属范围内执行的一种定额。这种定额往往都是为某些具有特点的工业建筑安装工程拟定的，不包括一般民用建筑中的定额项目。如石油、水电、铁路、冶金、公路、井巷等，各主管部门都按其专业工程部分编制专业工程定额。

　　③ 地方定额包括省、市、自治区等各级地方定额。地方定额是在考虑地区特点和统一定额水平的条件下拟定的，在规定的地区范围内执行。各地区不同的气候条件、物质技术条件、地方资源条件和运输条件等对定额的水平和内容的影响，是拟定地方定额的客观依据。

　　④ 企业定额是由企业编制、在企业范围内执行的定额，这种定额应该在统一定额或地

方定额的基础上编制，其任务主要是使定额更加便于企业利用。个别由于客观原因，生产技术条件特别差的企业，也可以根据企业实际情况对定额水平加以修订，但需经一定机关的批准。

（4）建筑安装工程定额，按其费用性质来看，可分为建筑工程定额、安装工程定额、其他工程和费用定额、间接费定额四种。

上述各种定额，是适用于不同用途和不同要求而编制的，表现内容可能是只反映工程建设劳动消耗的某个方面，因此，使用进程中需要配合。如编一份实物法预算，不能只使用材料定额，而需要同时使用劳动、机械、材料三种定额。如果是一项具有专业特点的工业建设工程，那么除使用建筑安装工程定额外，还要使用某主管部门的定额等。但是，各种定额还是有其独特性的，因为每一种定额都能满足某一个别地方的要求。如编预算时，只需使用预算定额，计算工人劳动工效和计算机械生产率时，只需使用施工定额等。因此，我们应该把各种建筑安装工程定额看做一个整体，但同时也应该把每一种定额看做是一个相对独立的部分。

建筑安装工程定额的使用范围，涉及工程建设工作的各个方面，无论是生产、分配计划、财务工作，都必须以它作为工作的一个尺度。定额工作做得好坏，必然对其他工作也发生影响，因此，建筑安装工程定额在工程建设的组织管理中，占有极为重要的地位。

1.3.1.2　劳动定额

劳动定额也称人工定额，它是施工定额的主要组成部分，它反映了建筑安装工人劳动生产率的社会平均先进水平。

（1）劳动定额的用途。劳动定额是现代化大机器生产的产物，是考核劳动者的劳动质量和数量的标尺，是实行社会主义按劳分配的工具。劳动定额的主要用途是用来作为编制施工预算、确定各项工程的劳动量、推行班组核算和经济责任制、计算计件工资和超额奖励的依据。国家《建筑安装工程统一劳动定额》是总结了工人的长期生产实践才制定的，除了劳动量的规定外，对各种工程的小组成员的技术等级和小组的平均等级也做了规定，在每章的说明中具体注明了各工种、各工程的质量标准。

建筑安装行业耗费劳动力很大，如何合理执行劳动定额、发挥工人的劳动积极性，对节约国家资金、降低企业成本、增加工人收入意义重大。但因为定额本身是按正常条件制定的，难以做到绝对合理，加之我国的基本建设程序、体制、物质条件、施工管理等各方面问题很多，仍处于不断完善的阶段，因此就需要合情合理、灵活变通地使用劳动定额。

（2）劳动定额的表现形式。劳动定额用两种基本形式来表示，即时间定额和产量定额。

① 时间定额。时间定额就是某种专业、某种技术等级的工人小组或个人，在合理的劳动组织、合理的使用材料与合理的机械配合条件下，完成某一单位合格产品所必需的工作时间，包括准备与结束时间、基本生产时间、辅助生产时间、不可避免的中断时间以及工人必需的休息时间。

时间定额以工日为单位，每一工日按 8h 计算，其计算式如下：

$$单位产品时间定额（工日）=\frac{1}{每工产量}$$

或　　　　　$$单位产品时间定额（工日）=\frac{小组成员工日数的总和}{台班产量}$$

②　产量定额。产量定额就是在合理的劳动组织、合理的使用材料与合理的机械配合条件下，某种专业、某种技术等级的工人小组或个人，在单位工日中所应完成的合格产品的数量，其计算式如下：

$$每工产量＝\frac{1}{单位产品时间定额（工日）}$$

或
$$台班产量＝\frac{小组成员工日数的总和}{单位产品时间定额（工日）}$$

产量定额的计量单位，通常以自然单位或物理单位来表示，如米、平方米、立方米、吨、台、件等。从上式可以看出，时间定额和产量定额是互成倒数的关系，只要确定了单位产品的时间定额，产量越多，所需时间越多，如果确定了产量定额，时间越多则产量越多。即：

$$时间定额×产量定额＝1$$

或
$$时间定额＝\frac{1}{产量定额}　　产量定额＝\frac{1}{时间定额}$$

时间定额和产量定额是同一劳动定额量的不同表示方法，但有不同的用处。时间定额统一以工日为单位，便于综合，便于计算总需工日数，便于核算工资。所以劳动定额一般采用时间定额为通用形式。产量定额是以产品数量为单位，便于小组分配各项任务，编制作业计划。

1.3.1.3　材料消耗定额

材料消耗定额是指在正常施工条件下，合理使用材料，完成每单位合格产品所必须消耗的各种材料、成品、半成品的数量标准。

许多建筑安装材料，在施工之前必须经过不同方式和不同程度的截配、加工、精选过程，如电线电缆、钢管钢板、角钢等材料经过截配、加工和精选后，必然会有一部分碎料不能直接用于工程，例如铁屑、下脚料、短节或其他材料的选剩碎屑边角等部分，称之为废料。除废料外，很多材料在储存、运输、操作过程中还需产生一定的消耗，例如运送液体的材料的飞溅和滴漏、运送过程中的破碎损耗，以及在操作中难以避免的各种损失，如焊条等。除去以上两种损耗因素所需要的材料用量叫做净用量，因此有：

$$材料总消耗量＝材料净用量＋（废料量＋损耗量）$$

通常，将废料量合并列到损耗量中，损耗量与总消耗量之比，称损耗率。损耗率中还要考虑经过主观努力，可能节约的因素，但不应包括一般都可以避免的损失，也不应把现场外的运输损耗和储存在供应仓库时的仓储损耗列入。上述各概念的相互关系如下：

$$损耗率＝\frac{损耗量}{总消耗量}×100\%$$

$$损耗量＝总消耗量－净用量$$

$$净用量＝总消耗量－损耗量$$

$$总消耗量＝\frac{净用量}{1－损耗率}$$

为了简便，通常把损耗量与净用量之比称为损耗率。即：

$$损耗率 = \frac{损耗量}{净用量} \times 100\%$$

$$总消耗量 = 净用量 \times (1 + 损耗率)$$

编制材料消耗定额有两种方式：一是参照预算定额的材料部分逐项核查选用；二是自行编制。

1.3.1.4　机械台班定额

机械台班定额或称机械使用定额，是指施工机械在正常施工条件下，合理地组织劳动和使用机械，完成单位合格产品（或某项工作）所必需的工作时间，包括准备与结束时间、基本生产时间、辅助生产时间、不可避免的中断时间及工人必需的休息时间，如图 1-7 所示。机械台班定额以台班为单位，每一台班按 8h 计算。机械台班定额可分为单位产品时间定额和台班产量定额两种形式。

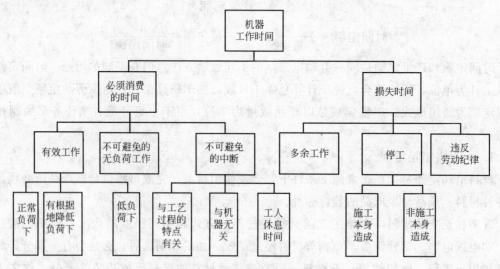

图 1-7　机器工作时间的图解

单位产品时间定额，就是生产质量合格的单位产品所必须消耗的时间；台班产量定额就是每台班时间内生产质量合格的单位产品数量。

$$单位产品时间定额 = \frac{小组成员工日数的总和}{台班产量}$$

$$台班产量定额 = \frac{小组成员工日数的总和}{单位产品时间定额}$$

【例 1-1】　$1m^3$ 正铲挖土机，挖四类土，挖土深度 2m 以内，每台班产量为 4.22（$100m^3$），挖土机小组成员是 2 人，平均等级 3.5 级，则

$$台班产量定额 = \frac{2（小组成员数）}{0.474（时间定额）} = 4.22（100m^3）$$

$$单位产品时间定额 = \frac{2（小组成员数）}{4.22（台班产量）} = 0.474（台班）$$

单位产品时间定额与台班产量定额成反比。

机械台班定额就是台班内小组成员总工日完成的合格产品数量，也同时是机械每台班完成的合格产品数量。它是签发施工任务单、实行计件加奖励制度的依据，同时也是编制机械

需要量计划、考核机械效率的依据。

1.3.1.5　预算定额

预算定额就是以分部分项工程为对象，规定其需要消耗的人工、材料和机械台班的数量标准。预算定额是由国家主管部门或其授权机关组织编制、审批并颁发执行。在现阶段，预算定额是一种法令性指标，是对基本建设实行计划管理和有效监督的重要工具。各地区、各基本建设部门都必须严格执行，只有这样，才能保证全国的工程有一个统一的核算尺度，使国家对各地区、各部门工程设计、经济效果与施工管理水平进行统一的比较与核算。

预算定额按照表现形式可分为预算定额、单位估价表和单位估价汇总表三种。在现行预算定额中一般都列有基价，像这种既包括定额人工、材料和施工机械台班消耗量又列有人工费、材料费、施工机械使用费和基价的预算定额，我们称它为"单位估价表"。这种预算定额可以满足企业管理中不同用途的需要，并可以按照基价计算工程费用，用途较广泛，是现行定额中的主要表现形式，其缺点是定额中的主要材料消耗量在括号内表示，其主要材料的价格未列入基价，称之为未计价材料，在编制预算时需要将未计价材料编入预算。计算起来比较麻烦。单位估价汇总表简称为"单价"，它只表现"三费"，即人工费、材料费和施工机械使用费以及合计，因此可以大大减少定额的篇幅，为编制工程预算查阅单价带来方便。

预算定额按照综合程度，可分为预算定额和综合预算定额。综合预算定额是在预算定额基础上，对预算定额的项目进一步综合扩大，使定额项目减少，更为简便适用，可以简化编制工程预算的计算过程。

1.3.1.6　施工定额

施工定额是施工企业管理工作的基础，是编制施工预算、实行内部经济核算的依据。

施工定额不同于劳动定额，也不同于工程建设预算定额，但近似于预算定额。施工定额既考虑到预算定额的分部方法和内容，又考虑到劳动定额的分工种做法，施工定额有人工、材料和机械台班三部分。定额人工部分要比劳动定额粗，步距大些，工作内容有适当的综合扩大。但施工定额要比预算定额细，要考虑到劳动组合。施工定额主要是用于施工企业内部经济核算、编制施工预算、施工作业计划，组织劳动竞赛，节约活劳动和物化劳动的消耗，实行计件、包工、签发施工任务书，限额领料，计算劳动报酬和奖励的依据，也是编制预算定额和补充单位估价表的基础。

施工定额能否得到广泛的使用，主要取决于定额的质量和水平的确定及项目的划分是否简明适用。施工定额的编制原则基本上与预算定额相类似。

1.3.2　水暖工程概算

（1）编制依据

① 初步设计图纸及说明书、设备清单、材料表等设计资料。

② 标准设备与非标准设备价格资料。

③ 工资标准、材料预算价格、施工机械台班预算价格等价格资料。

④ 全国统一安装工程概算定额或各省、市、自治区现行的安装工程概算定额（或概算指标）。

⑤ 国家或各省、市、自治区现行的安装工程间接费定额和其他有关费用标准等费用

文件。

（2）给水排水工程概算。给水排水工程概算的编制步骤和方法如下。

① 收集编制依据中有关编制给水排水工程概算的基础资料。

② 熟悉初步设计图纸及说明书、概算定额和其他各项费用文件。

③ 根据初步设计平面图计算各种卫生器具、对照系统图计算给水排水管道和各种附属配件工程量。

④ 选套概算定额，编制概算表。编制概算表按下列顺序进行：

a. 卫生器具安装，以组或套为单位计算；

b. 给水管道、排水管道安装，以延长米为单位计算；

c. 附属配件安装，以个或组为单位计算；

d. 其他零星工程按占上述三项费用合计的百分比计算；

e. 统计直接费，并按照各项费用计算程序计取间接费、其他费用、计划利润和税金，最后汇总给排水工程概算造价及确定技术经济指标。

（3）采暖工程概算。采暖工程概算的编制步骤和方法如下。

① 收集编制依据中有关编制采暖工程概算的基础资料。

② 熟悉初步设计图纸及说明书、概算定额和各项费用标准文件。

③ 根据初步设计图纸和概算工程计算规则，计算采暖工程量。暖气片等的计算应以平面图为主，参照系统图；导管、立支管道和附属配件等对照系统图，结合平面图计算。

④ 选套概算定额，编制概算表。编制概算表按下列顺序进行：

a. 散热器的组成及其安装，包括刷银粉在内，以平方米或片为单位计算；

b. 导管和立支管道的安装，包括刷油、保温和金属支架在内，以延长米为单位计算；

c. 各种阀门及配件等安装，以个或组为单位计算；

d. 零星工程和费用，接占上述三项费用合计的百分比计算；

e. 统计直接费，并按各项费用计算程序计取间接费、其他费用和计划利润及税金，最后分别按采暖工程汇总单位工程概算造价及确定技术经济指标。

⑤ 根据概算书的内容和编制步骤，分别汇编采暖工程概算书。

1.3.3 水暖工程施工图预算

（1）施工图预算的概念。施工图预算是根据施工图设计和预算定额编制工程造价的详细预算。在我国，施工图预算是建筑企业和建设单位签订承包合同和办理工程结算的依据，也是建筑企业编制计划、实行经济核算和考核经营成果的依据。在实行招标承包制的情况下，是建设单位确定标底和建筑企业投标报价的依据。施工图预算是关系建设单位和建筑企业经济利益的技术经济文件，如在执行过程中发生经济纠纷，应经仲裁机关仲裁，或按法律程序解决。

（2）施工图预算的内容。施工图预算有单位工程预算、单项工程预算和建设项目总预算。单位工程预算是根据施工图设计文件，现行预算定额，费用定额以及人工、材料、设备、机械台班等预算价格资料，以一定方法，编制单位工程的施工图预算；汇总所有各单位工程施工图预算，便成为单项工程施工图预算；再汇总各所有单项工程施工图预算，便是一个建设项目建筑安装工程的总预算。

① 工程项目（如工厂、学校等）总预算包含若干个单项工程（如车间、教学楼等）综合预算。

② 单项工程综合预算包含若干个单位工程（如土建工程、机械设备及安装工程）预算。

③ 总预算和综合预算由以下五项费用构成：建筑工程费，安装工程费，设备购置费，工具、器具购置费及其他工程和费用。

④ 单位工程预算由直接费、间接费、计划利润构成。

⑤ 设备及安装工程的单位工程预算还包括设备及其备件的购置费。

（3）施工图预算的作用

① 施工图预算是设计阶段控制工程造价的重要环节，是控制施工图设计不突破设计概算的重要措施。

② 施工图预算是编制或调整固定资产投资计划的依据。

③ 对于实行施工招标的工程不属《建设工程工程量清单评价规范》（GB 50500—2008）规定执行范围的，可用施工图预算作为编制标底的依据，此时它是承包企业投标报价的基础。

④ 对于不宜实行招标而采用施工图预算加调整价结算的工程，施工图预算可作为确定合同价款的基础或作为审查施工企业提出的施工图预算的依据。

（4）施工图预算的编制防范。从总体上来讲，施工图预算一般采用单位估价法、实物估价法和分项工程完全单价计算法这三种方法来进行编制，在我国，都是采用单位估价法来编制施工图预算。

① 单位估价法是利用分部分项工程单价计算工程造价的方法。计算程序是：

a. 根据施工图计算分部分项工程量；

b. 根据地区单位估价表或预算定额单价计算分部分项工程直接费，并汇总为单位工程直接费；

c. 计算间接费、计划利润，并与直接费汇总，得出单位工程预算造价；

d. 进一步汇总得出综合预算造价和总预算造价。

② 实物估价法是利用预算定额计算人工、材料、机械台班用量，进而计算工程造价的方法。计算程序是：

a. 根据施工图计算分部分项工程量；

b. 根据预算定额计算分部分项工程所需的人工、材料和机械台班消耗量，并按单位工程加以汇总；

c. 根据人工日工资标准、材料预算价格、机械台班费用单价等资料，计算单位工程直接费；

d. 计算间接费、计划利润，并与直接费汇总成单位工程预算造价，进一步汇总得出综合预算造价和总预算造价。

③ 分项工程单价完全单价计算法的特点是，以分项工程为对象计算工程造价，再将分项工程造价汇总成单价工程造价。该方法从形式上类似于工程量清单计价法，但两者又有本质上区别。

有关水暖工程施工图预算的更多具体内容，本书将会在第 5 章中予以详细介绍。

1.4　水暖工程工程量清单计价规范简介

为了规范建设工程工程量清单计价行为，统一建设工程工程量清单的编制和计价方法，及时总结我国实施工程量清单计价的实践经验和最新理论研究成果，顺应市场要求，结合建设工程行业特点，进一步规范建设工程工程量清单计价行为，实现"政府宏观调控、企业自主报价、部门动态监管、市场形成价格"，住房和城乡建设部 2008 年 7 月 9 日发布第 63 号公告，批准了新的国家标准《建设工程工程量清单计价规范》（以下简称新《计价规范》），自 2008 年 12 月 1 日起实施。

1.4.1　新《计价规范》编制的指导思想和原则

新《计价规范》总结了《建设工程工程量清单计价规范》（GB 50500—2003）（以下简称旧《计价规范》）实施以来的经验，针对执行中存在的问题，特别是清理拖欠工程款工作中普遍反映的、在工程实施阶段中有关工程价款调整、支付、结算等方面缺乏依据的问题，主要修订了旧《评价规范》正文中不尽合理、可操作性不强的条款及表格格式，特别增加了采用工程量清单计价如何编制工程量清单和招标控制价、投标报价、合同价款约定以及工程计量与价款支付、工程价款调整、索赔、竣工结算、工程计价争议处理等内容，并增加了条文说明。旧《计价规范》的附录 A～E 除个别调整外，基本没有修改。原由局部修订增加的附录 F，此次修订一并纳入规范中。

从此次修编的力度来讲，新《计价规范》不是对旧《计价规范》的小修小补，而是在继承的基础上在许多方面有所突破，主要体现在以下几个方面。

（1）体现并遵循了国家有关法律法规的要求。新《计价规范》充分考虑了《建筑法》、《合同法》、《招标投标法》以及相关规章制度实施的要求，在现有的法规框架下，补充和完善工程量清单计价规范的内容，在规范有关合同价款确定的内容中，也体现了《合同法》和高法对施工合同司法解释的精神。

（2）总结了各地、各部门推行工程量清单改革的成果。从贯彻执行旧《计价规范》的 2003～2008 年间，各级工程造价管理机构结合工作需要，做了许多开创性的工作，积累了实践经验，此次修订采纳了这些好的经验和做法。如设置了招标控制价有关规定，对安全文明施工费和规费做了强制性的规定，将竣工结算和工程计价争议等内容纳入了新《计价规范》。

（3）新《计价规范》强化了工程实施阶段全过程计价行为的管理。与旧《计价规范》相比，新《计价规范》增加了大量的与合同价和工程结算相关的内容。新《计价规范》中增加的内容从技术层面上来讲，能防止或避免出现虚假施工合同、工程款拖欠和工程结算难等现象。同时新《计价规范》中新设置的内容或规定，是建立解决工程计价诸多问题长效机制的要求，新《计价规范》作为参与建设各方计价行为的准则，对于规范建设市场的计价活动将产生长远的影响。

（4）充分考虑到我国建设市场的实际情况，体现国情。新《计价规范》按照"政府宏观调控，企业自主报价，市场形成价格，加强市场监督"的改革思路，在发展和完善市场经济体制的要求下，对工程建设领域中施工阶段发、承包双方的计价，适宜采用市场定价的充分放开，政府监管不越位，在现阶段还需政府宏观调控的，政府监管一定不缺位，并且切实做好。因此，新《计价规范》在安全文明施工费、规费等计取上，规定了不允许竞价。

（5）强化发承包双方风险共担的原则。根据我国工程建设特点，新《计价规范》对施工风险进行了划分：投标人应完全承担的风险是技术风险和管理风险，如管理费和利润；应有限度承担的是市场风险，如材料价格、施工机械使用费等的风险；应完全不承担的是法律、法规、规章和政策变化的风险。在应对物价波动对工程造价的影响上，较为公平地提出了发、承包双方共担风险的规定。避免了招标人凭借工程发包中的有利地位无限制地转嫁风险的情况，同时遏制了施工企业以牺牲职工切身利益为代价作为市场竞争中降价的利益驱动。

（6）充分注意工程建设计价的难点，条文规定具有操作性。新《计价规范》对工程施工建设各阶段，各步骤计价的具体做法和要求都做出了具体而详尽的规定，使条文更具操作性。新《计价规范》从工程计价的实际需要出发，增加和修订了相关的工程造价计价的具体操作条款，并完善了工程量清单计价表格，使新《计价规范》更贴近实际计价需要。同时，从我国工程造价管理的实际出发，既考虑全国工程造价计价管理的统一性，又考虑各地方和行业计价管理的特点，允许地方和行业根据地区、本行业工程造价计价特点，对规范中的计价表格进行补充，使新《计价规范》更加贴近工程造价管理的需要。

1.4.2　新《计价规范》的特点

（1）条款数量的增加、涵盖内容的拓展和使用范围的宽泛

① 条款数量的增加。新《计价规范》的条文数量由旧《计价规范》的 45 条增加到 136 条，其中强制性条文由 6 条增加到 15 条。旧《计价规范》包括两大部分：正文部分和附录部分。新《计价规范》正文分为总则和条文说明两部分，其中新增的条文说明部分是对应于总则中每个条款的具体说明、详细解释及法律依据。

② 涵盖内容的拓展。新增内容贯穿整个施工项目的全过程：前期（招标控制价、投标报价的编制，工程发、承包合同签订时对合同价款的约定）；中期（工程量的计量与价款支付、索赔与现场签证、工程价款的调整）；后期（竣工结算的办理、工程计价争议的处理）。

使用范围的宽泛。新《计价规范》不仅适用于所有国有资金投资的建设项目，同时非国有资金投资的项目也可采用，新《计价规范》也适用于除部分环节外定额计价法编制的工程项目计价。

（2）清单数量及所含要件的增加。旧《计价规范》中包括分部分项工程量清单、措施项目清单和其他项目清单三个部分。而新《计价规范》中工程量清单包括分部分项工程量清单、措施项目清单、其他项目清单、规费项目清单和税金项目清单五部分。

新《计价规范》规定构成一个分部分项工程量清单有五个要件——项目编码、项目名称、项目特征、计量单位和工程量，这五个要件在分部分项工程量清单的组成中缺一不可。即由原来的"四个统一"变为"五个统一"。

（3）单位工程造价构成及综合单价组成的变化。见图 1-8。

① 综合单价构成的变化。综合单价的构成可参考下式进行计算：

综合单价＝人工费＋材料费＋机械费＋管理费＋利润＋由投标人承担的风险费用＋

其他项目清单中的材料暂估价

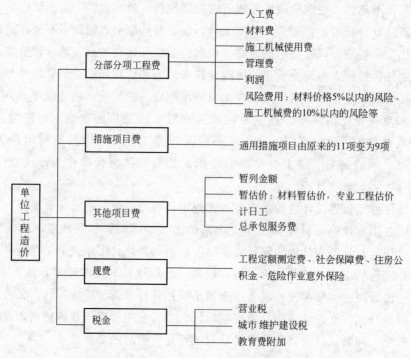

图 1-8　新《计价规范》工程造价构成及综合单价组成

a. 根据我国工程建设特点，投标人应完全承担的风险是技术风险和管理风险，如管理费和利润；应有限度承担的是市场风险，如材料价格、施工机械使用费等的风险；应完全不承担的是法律、法规、规章和政策变化的风险。所以综合单价中不包含规费和税金。材料价格的风险宜控制在 5% 以内，施工机械使用费的风险可控制在 10% 以内，超过者予以调整。

b. 为方便合同管理，需要纳入分部分项工程量清单项目综合单价中的暂估价应只是材料费，以方便投标人组价。暂估价中的材料单价应按照工程造价管理机构发布的工程造价信息或参考市场价格确定。

② 措施项目的变化。措施项目的变化可以通过表 1-1 的对比来体现。

表 1-1　新、旧《计价规范》措施项目的变化对比

旧《计价规范》		新《计价规范》	
通用项目		序号	项目名称
1.1	环境保护	1	安全文明施工(含环境保护、文明施工、安全施工、临时设施)
1.2	文明施工		
1.3	安全施工		
1.4	临时设施		
1.5	夜间施工	2	夜间施工
1.6	二次搬运	3	二次搬运
		4	冬雨季施工
1.7	大型机械设备进出场及安拆	5	大型机械设备进出场及安拆
1.8	混凝土、钢筋混凝土模板及支架	6	施工排水
1.9	脚手架	7	施工降水
1.10	已完工程及设备保护	8	地上、地下设施，建筑物的临时保护设施
1.11	施工排水、降水	9	已完工程及设备保护

如表 1-1 所列，新《计价规范》中把原来措施项目中含有的"混凝土、钢筋混凝土模板及支架，脚手架"去掉；把原有的"环境保护、文明施工、安全施工、临时设施"四项合并为"安全文明施工"；施工排水降水拆分为两项；新增"冬雨季施工"，"地上地下设施，建筑物的临时保护设施"两项。

（4）措施项目组价方式的变化。见图 1-9。

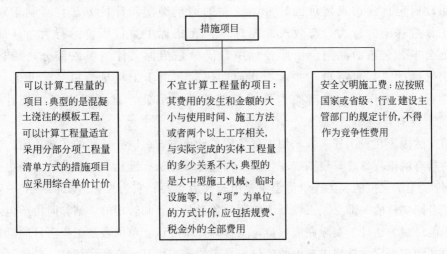

图 1-9　新《计价规范》措施项目组价方式的变化

（5）其他项目清单的调整。见图 1-10。

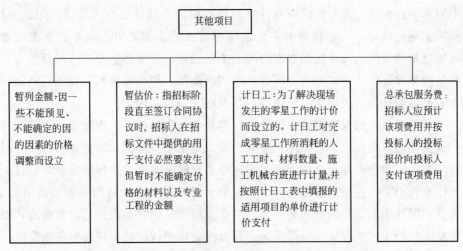

图 1-10　新《计价规范》措施项目组价方式的变化

（6）招标控制价的设立。新《计价规范》4.2 及条文说明中指出"招标控制价"是在工程招标发包过程中，由招标人根据有关计价规定计算的工程造价，其作用是招标人用于对招标工程发包的最高限价，有的地方亦称拦标价、预算控制价。招标控制价的作用决定了招标控制价不同于标底，无需保密。为体现招标的公平、公正，防止招标人有意抬高或压低工程造价，招标人应在招标文件中如实公布招标控制价，不得对所编制的招标控制价进行上浮或下调。同时，招标人应将招标控制价报工程所在地的工程造价管理机构备查。

1.5 工程量清单计价与预算定额计价的联系和区别

1.5.1 清单计价的特点和优势

工程量清单计价是市场形成工程造价的主要形式，它给企业自主报价提供了空间，实现了由政府定价到市场定价的转变。统一的清单编制和计价方法，有利于规范业主在招标工作过程中的行为，有效改变招标单位在招标中盲目压价的行为，从而真正体现公开、公平、公正的原则。招标投标中，清单是招标文件的组成部分，招标单位必须编制出准确的工程量清单，并承担相应的风险。由于工程量清单是公开的，能够避免工程招标中弄虚作假、暗箱操作等不规范行为，因此，有利于规范市场计价行为，促进建筑市场有序竞争。

目前发达国家建筑工程多数采用工程量清单计价方式。国外长期的实践证明，工程量清单报价所具有的工程量计算规则统一化、工程量计算方法标准化、工程造价的确定市场化是"定额计价"无法比拟的。工程量清单主要由投标者填写，它为投标者提供一个平等的报价平台，是合同文件的一部分。工程量清单所列数量是估算和暂定的，结算时由承包人以本工程量清单的计量方法计量实际完成数量，工程师计量确认。单价表是工程项目的价目表，单价内容包括完成合同文件规定要求的项目所必需的施工机具、劳务、材料、设备、施工、安装、维护、工程管理、保险、利润、税金及合同明示或暗示的所有应由承包人承担的工程风险、责任和义务等费用。其计价模式不制定专门的定额，主要依据各企业自己的定额库和行业社会平均标准而确定，充分给予企业自主报价的空间；其计价模式灵活实用、通用性强，但要求编制工程造价的人员有较高的文化素质和较强的业务能力，只有对企业实力了解深入、对市场分析透彻的人员才能编制出合理的工程造价，以增强企业的市场竞争力。

工程量清单计价模式是对原有定额计价模式的改革，与现行预算定额既有机结合又有所区别。与原有定额计价模式相比，清单计价具有以下特点和优势。

（1）工程量清单计价采用综合单价计价。综合单价中包括了工程直接费、管理费、利润和规费、税金等其他费用，还包括综合技术措施及施工单位降低成本措施的费用。有利于企业编制内部施工定额，提高企业的管理水平。企业在投标时，参照标准定额，制订出本企业的工程实体消耗水平，再根据市场的人工、材料、机械单价，计算出工程量清单综合单价。这种计价方式促使施工企业编制和完善自己的企业内部定额，加强企业内部管理，鼓励大胆创新，不断优化施工方案，从而提高竞争力，以推动建筑行业整体健康有序地发展。

（2）工程量清单计价有利于发挥企业的自主性。工程量清单计价要求投标单位根据市场行情和自身实力对招标人统一编制的工程量清单项目进行逐项报价，充分体现企业自主报价，淡化标底作用，强化市场竞争，规避工程招标中暗箱操作等不良行为的发生，降低了工程结算造价突破投资估算的风险，有效控制了工程投资。因为竣工结算时除工程量是按实际发生调整投标清单工程量外，每项综合单价不能调整，这就要求投标人从企业的实际出发，不能低于成本价报价。

（3）有利于招标投标工作的顺利进行，增加企业中标的可能性。工程量清单计价采用定额计价方式招标，新材料、特殊工艺等定额中没有，传统办法是编制补充定额项目，使标底计价与各投标单位报价无法一致，给招标投标和评标工作带来麻烦。而工程量清单计价是市场形成价格，投标单位根据自身优势编制综合单价，在保证利润的前提下低价中标，从而克服了原有定额计价招标的不足。

(4) 简化结算方法，减少了相互扯皮的现象，使工程能够顺利结算。工程结算对承发包双方来说，是确定双方盈亏多少与投资增减的一项关键工作。工程结算一般应以合同为依据，尊重事实，公正合理，主要工作有以下几项。

① 实际完成工程量的核定。

② 设计变更、现场签证等证明文件的合理、合法性认定和变更工程量的量、价认定。当投标报价中有类似于调整工程量的价格时，可参照报价中已有的价格确定；当投标报价中没有适用或类似于调整工程量的价格时，由发包人与承包人协商确定价格，若协商不成，可报工程所在地的省级或国务院有关工程造价管理机构审核确定。

③ 按合同规定的质量、工期等要求进行索赔与反索赔工作。工程量清单计价具有合同化的法定性，投标时的分项工程单价在工程设计变更计价、进度报表计价、竣工结算计价时是不能改变的，从而大大减少了双方在单价上的争议，简化了工程项目各个阶段的预结算编审工作。除了一些隐蔽工程或一些不可预测的因素外，工程量都可依据图纸或实测实量，因此，在结算时能够做到清晰、快捷。

施工企业的投标报价在很大程度上决定中标后的施工行为，对工期、质量将产生直接的影响。因此，合理的项目造价是施工企业的生命线。由于市场价格风险较大，这对按工程量清单计价中标的施工企业来说，所面临的风险是不可低估的。

1.5.2　预算定额计价的特点和缺陷

我国现行的工程造价计价方式主要还是定额计价，由国家制定工程项目的划分和定额单价而编制出工程预算定额，并且规定了现场管理费、间接费的内容和取费标准。投标单位根据预算定额计算工程直接费，再按照规定费率计算各项费用，汇总后得出工程总造价。取费的基础是单位工程的直接费（或其中的人工费）。长期以来我国都是以这种由国家制订定额、费用标准和材料设备预算价格，施工、设计、建设单位根据图纸和定额编制概、预算，确定工程造价的方式，作为国家财政基建投资和基建拨款的依据。所以我国的定额既是消耗量标准，也是单位估价。它在加强计划管理，减少投资浪费等方面起到一定的积极作用。现行的定额计价模式在建设工程招标投标中虽然也起到了很大的推动作用，但与国际接轨还相距甚远。其特点和缺陷如下。

(1) 定额项目是以国家规定的工序为划分原则。

(2) 施工工艺、施工方法是根据大多数企业的施工方法综合取定的。

(3) 工、料、机消耗量是根据社会平均水平综合测定的。

(4) 取费标准是根据不同地区价格水平平均测算的。因此企业自主报价的空间太小，不能结合项目具体情况、自身技术管理水平和市场价格自主报价，从而做不到低价中标，缺乏市场竞争力，不能充分调动企业加强管理、降低工程造价的积极性。

(5) 不能满足招标人对建筑产品质优价低的需求。业主总是希望工程工期短、质量好、价格低，而这需要施工企业加大投入。但是以定额计价确定的工程造价在投标中不包括此项投入，虽然政府部门允许双方在自愿的原则下商议工程的补偿费问题，但如协商不成，就容易造成业主以种种理由，拒绝或拖欠补偿费用，从而不能达到招标人和投标人双赢的目的。双方之间的矛盾显而易见。

（6）计价基础不统一，不利于招标工作的规范性。从理论上讲，一样的图纸计算的工程量是一致的，套用的定额是一样的，公布的信息价也是相同的，所得的结果应该是一样的。但是由于预算人员理解不同、水平差异，往往得出的结果不能体现企业的综合实力和竞争能力，而是带有"碰运气"的色彩，使市场竞争机制在工程造价和招投标工作中得不到充分发挥。

（7）工程结算烦琐、时间长。在建筑工程完工后进行结算时，一般都会根据实际完成的工程量按合同约定的办法进行调整。预算定额计价法编制施工图预算，主要是采用了各地区、各部门统一编制的预算单价，便于造价管理部门统一管理。但在人工、材料、机械台班等市场价格波动较大的情况下，采用此方法计算的结果往往会偏离实际造价水平，这已成为工程结算争议的焦点之一。

1.5.3 清单计价与定额计价的不同点

（1）采用的计价模式不同。工程量清单计价实行量价分离，依据统一的工程量计算规则，按照施工设计图纸和招标文件的规定，由企业自行编制。建设项目工程量由招标人提供，投标人根据企业自身管理水平和市场行情，自主报价，真正体现市场竞争形成价格的原则。预算定额计价是按国家统一的预算定额计算工程量，计算出的工程造价实际是社会平均价，无法形成竞争。

（2）采用的单价方法不同。工程量清单计价采用综合单价法，综合单价是指完成规定计量单位项目所需的人工费、材料费、管理费、利润，并考虑风险因素，是除规费和税金的全费用单价。预算定额计价采用工料单价法，工料单价是指分部分项工程量的单价为直接费，间接费、利润和税金按照有关规定计算。

（3）结算的要求不同。工程量清单计价在工程结算时按合同中事先确定综合单价的规定执行，综合单价一般情况下不变，工程量可以调整。工程预算定额计价，结算时按定额规定工料单价计算，调整内容往往较多，工作比较烦琐，容易引起纠纷。

（4）项目划分不同。工程量清单计价，项目按工程实体划分，实体和措施项目分离，加大了承包企业的竞争力度，鼓励企业充分发挥自身的优势。工程预算定额计价，项目划分按施工工序列项，采取实体和措施项目结合，不能充分发挥市场竞争作用。

（5）工程量计算规则不同。工程量清单计价，其清单项目的工程量是按实体的净值计算。工程预算定额计价，其工程量是按实物加上人为规定的预留量等因素计算的。

（6）合同形式不同。工程量清单计价采用综合单价，具有直观和相对固定的特点，工程量发生变化时单价一般不做调整。而工程预算定额价一般是总价合同。

（7）风险处理不同。工程量清单计价，是发包人和承包人合理承担风险，投标人对自己所报的成本、综合单价承担全部风险，综合单价一经合同确定，结算时不可以调整（除工程量有变化），当然，招标人的工程量要计算准确，这部分风险由招标人承担。工程量预算定额计价，风险只在投资一方，所有的风险在不可预见费中考虑。

（8）索赔事件增加。因承包人对工程量清单单价包含的内容一目了然，故凡业主不按清单内容施工、任意修改清单的，都会增加施工索赔事件。

1.5.4　清单计价与定额计价的共同点

清单计价考虑了与全国统一工程预算定额的衔接，有以下共同点。

（1）定额项目是以工序划分的。

（2）施工工艺、施工方法是根据大多数企业的施工方法综合取定的。

（3）工、料、机消耗量是根据社会平均水平综合测定的。

（4）取费标准是根据不同地区平均测算的。

第2章　快速读懂施工图

2.1　初识水暖施工图

2.1.1　工程施工图的作用

工程施工图是按照工程制图标准绘制成的工程图样，是由设计人员根据批准的设计任务书或初步设计、使用要求、生产工艺流程、设计规范等，用线型、符号、文字、数字代替表示安装物体或建筑物各个部分相互关系以及形状的图样。

工程施工图是用来表达和交流工程技术思想的重要工具，是工程的"语言"，设计人员用它来表达设计意图，施工人员依据它来进行预制和安装，预算人员则依据它来计算工程量、进行工程估价和确定工程造价。因此，作为预算人员，必须首先学会阅读施工图，熟练掌握施工图的表达方式和工程内容。只有掌握了这项基本功，才能做好预算的编制和审查工作。

2.1.2　识读施工图的注意要点

识读施工图应该注意以下几个方面。

（1）施工图是根据投影原理绘制的，所以，要看懂施工图，必须掌握投影原理和熟悉安装工程的基本专业知识。

（2）施工图是采用一些图例、符号、线型以及必要的文字说明等手段，共同把设计内容表现在图纸上的，因此，要看懂施工图还必须记住常用的图例符号。

（3）看图时要注意从粗到细、从大到小。先粗看一遍，了解工程的概况，然后再细看。细看时先看总说明和基本图纸，然后再深入到详图，以求能掌握施工图纸所表达的全部内容。

（4）一套施工图纸，是由各工种的许多张图纸组成的，各图纸之间互相配合、紧密联系。因此，要有联系、综合地看图。看安装图时也要结合土建图纸来看，这样才能对安装物体的具体位置了解清楚，图纸有问题时也能及时发现。

（5）结合现场实际情况看图。看图时结合现场实际情况，就能比较快地掌握图纸的内容。

2.1.3　水暖施工图的构成

水暖工程施工图一般由两大部分组成：文字部分与图纸部分。文字部分包括图纸目录、设计施工说明、设备及主要材料表。图纸部分包括两大部分：基本图和详图。基本图包括水暖系统的平面图、剖面图、轴测图、原理图等。详图包括系统中某局部或部件的放大图、加工图、施工图等。如果详图中采用了标准图或其他工程图纸，那么在图纸目录中必须附有说明。

2.1.3.1　文字部分

（1）图纸目录。对于数量较多的施工图纸，设计人员把它们按一定的图名和顺序编排成图纸目录，以便查阅工程设计单位、建设单位、工程名称、地点、编号、图纸名称等。图纸目录包括在该工程中使用的标准图纸目录或其他工程图纸目录，和该工程的设计图纸目录。在图纸目录中，必须完整地列出该工程设计图纸名称、图号、工程号、图幅大小、备注等。表 2-1 是某工程图纸目录的范例。

表 2-1　某工程图纸目录的范例

××××设计院	工程名称	××综合楼		设计号 B93—28	
	项目	主楼		共 2 页　第 1 页	
图别图号		图纸名称	采用标准图或重复使用图	图纸尺寸	备注
			图集编号或工程编号 / 图别图号		
1	暖施—1	施工总说明		2	
2	暖施—2	订购设备或材料表		4	
3	暖施—3	地下二层水暖平面图		2	
4	暖施—4	地下一层水暖平面图		2	
5	暖施—5	地下一层机房平面图		2	
6	暖施—6	底层设备机房平剖面图		2	
7	暖施—7	五层水暖平面图		2	
8	暖施—8	六、七、十层水暖平面图		2	
9	暖施—9	八层水暖平面图		2	
10	暖施—10	九层水暖通风平面图		2	
11	暖施—11	十一层水暖平面图		2	
12	暖施—12	十二层水暖平面图		2	
13	暖施—13	十三层水暖平面图		2	
14	暖施—14	十四层水暖平面图		2	
15	暖施—15	十四层通风平面图		2	
16	暖施—16	十五至二十五层客房暖通平面图		2	
17	暖施—17	二十六层办公水暖平面图		2	
18	暖施—18	二十七、二十八层办公水暖平面图		2	
19	暖施—19	二十九层办公水暖平面图		2	
20	暖施—20	三十层暖通平面图		2	
21	暖施—21	三十一层机房平剖面图		2	
22	暖施—22	三十二层水暖平面图		2	
23	暖施—23	三十二层通风平面图		2	
24	暖施—24	地下室通风系统图		2	
25	暖施—25	五层、十二层水暖系统图		2	
26	暖施—26	八、九、十一、十三水暖系统图		2	
27	暖施—27	三十层水暖系统图		3	
28	暖施—28	客房及办公室系统图		2	

（2）设计施工说明。凡在图样上无法表示出来而又非要施工人员知道的一些技术和质量方面的要求，用施工图说明加以表述。其内容包括工程的主要技术数据、施工和验收要求及注意事项。设计施工说明包括采用的气象数据、水暖系统的划分及具体施工要求等。有时还附有设备的明细表。具体地说，包括以下内容（见表 2-2）。

表 2-2　施工说明

说明
（1）概况：本建筑总高度为 62.350m，高位水箱设在十六层 56.100m 高度处。地下室～四层为综合用房和商场，五～十五层为客房区；生活用冷水分为高低两个区；地下室～四层为低区，五～十五层为高区；消防蓄水池及生活消防水加压设备，消防系统稳压设备均在别处地下室另做设计；热水全天供应，为全循环系统，地下室设有换热器，供全楼生活用热水；蒸汽由锅炉房供应，生活排水为合流制，经化粪池处理后排至城市下水道；雨水直接排入城市雨水管网；采暖为三个系统：商业区一个系统，总耗热量 544208W；客房区两个系统，耗热量分别为 $\frac{1}{0A}$－⑦ 轴 413783W，⑦－$\frac{3}{9}$ 356404W 采暖计算温度：$t_w=-14℃，t_n=18℃$。

（注：表格内其余条目为连续文字，列于下）

<!-- 表格正文续 -->

（2）设备：公用卫生间采用蹲式大便器，客房卫生间为低水箱坐便器，卫生器具规格与型号详见设备表。消火栓阀门 DN65，水枪口径 19mm，水龙带长 25m，水箱选用防腐防垢钢板搪瓷水箱，木箱用枕木垫置。

（3）采暖热媒为热水；供水 95℃，回水 70℃，若水温低需用蒸汽换热器加热。

（4）甲方要求选用四柱 760 型稀土高压铸铁散热器，每组散热器均装手动放风门一个，图中未注明的支管，管径均为 DN20mm（一层低窗台下选用 460 型）。

（5）管材：给水热水选用全塑管；采暖选用焊接钢管；蒸汽、凝水、消防管均采用镀锌钢管，DN≥100mm 为无缝钢管；排水雨水用 UPVC 塑料管。管道交叉处排水、雨水管道在下，其他管道在上。

（6）保温、刷油：明装镀锌钢管刷银粉两道；设在吊顶地沟和管井内的蒸汽管、热水管、凝水管用 50mm 厚岩棉管，缠两层玻璃布，刷两道调和漆防潮保温；水箱间管道保温做法同管道间热力管，水箱外壁面用 60mm 厚岩棉板铅丝网格捆绑麻刀灰保护壳保温；埋地排水管、雨水管做混凝土带型基础，用细砂填埋；给水用截止阀；采暖用闸板阀（高压铜体或不锈钢体）。

（7）管道穿墙、穿楼板、穿梁均加钢套管和阻火圈，管道安装与土建密切配合，做好留洞工作。

（8）给水：热水水平管均设有 0.003 的坡度，坡向用水点。

（9）厨房操作间锅灶及洗菜池均为可移动的不锈钢成品件，水嘴待进货后按实际位置安装，含油的污水必须进入隔油池处理后再排入下水道。

（10）管井内的热力管道每隔两层设一个波纹伸缩器，排水、雨水每隔三层接一个消能管节，排水、雨水每层设一个伸缩管节。

（11）图注尺寸：标高以米计，其他均以毫米计，标高以一层室内地平为±0.000。

（12）本图施工套用图：××省 98 系列建筑标准设计图集 98S98N 图中所注管径均为公称直径，排水管见管径对照表。

（13）未说明部分均按国家施工及验收规范施工。

①　需要水暖系统的建筑概况。

②　水暖系统采用的设计气象参数。包括室外计算温度、平均风速、主导风向、最大冻土深度等。

③　水暖房间的设计条件。包括水暖房间内空气的温度、相对湿度、室内性质等。

④　水暖系统的划分与组成。包括系统编号、系统所服务的区域、设计负荷、水暖方式等。

⑤　水暖系统的设计运行工况（只有要求自动控制时才有）。

⑥　水管系统。包括统一规定、管材、连接方式、支吊架做法、阀门安装要求、减震做法、保温、管道试压、清洗等。

⑦　设备。包括供暖设备、水泵、换热器、除污器等的安装要求及做法。

⑧　油漆。包括水管、设备、支吊架等的除锈、油漆要求及做法。

⑨　调试和试运行方法及步骤。

⑩ 应遵守的施工规范、规定等。

（3）设备、材料明细表。它是指该项工程所需的各种设备和各类管道、管件、阀门及防腐、保温材料的名称、规格、型号、数量明细表，见表 2-3。

表 2-3　设备、材料明细表

名　称	单位	数量	规格及型号	备　注
高位水箱	个	1	$22^{\#}$ $L \times B \times H = 4000 \times 2800 \times 2400$	钢板搪瓷防腐防垢 十六层水箱间设
半即热式汽水换热器	台	2	SW1B $Q = 10t/h$ 60℃/10℃	设在地下室设备间（供洗浴用水）
半即热式汽水换热器	台	2	SW1B $Q = 10t/h$ 95℃/70℃	设在地下室设备间（热风采暖用水）
热风采暖循环水泵	台	2	DRG50-200-2 $Q = 15m^3$ $H = 48$ $N = 5.5$	设在地下室设备间（热风采暖用）
热水循环水泵	台	2	DRG50-160-2 $Q = 12.5m^3$ $H = 32$ $N = 3$	设在地下室设备间 设备配套产品
排污泵	台	5	65-25-2.2 $Q = 25m^3$ $H = 15m$ $N = 2.2$	设在地下室
高级台式洗脸盆	个	355	$1^{\#}$ $A \times B \times C = 510 \times 435 \times 195$	客房卫生间设置
洗脸盆	个	28	$3^{\#}$ $A \times B \times C = 560 \times 410 \times 300$	各层公用卫生间设置
铸铁搪瓷浴盆	个	355	BH165 $A \times B \times C = 1650 \times 810 \times 390$ 高档	客房卫生间设置
坐式大便器	个	355	$3^{\#}$ 低水箱	客房卫生间设置
蹲式大便器	个	68	$1^{\#}$	各层公用卫生间设置
消火栓	个	125	水枪口径 19mm，水龙带长 $L = 25m$	各层均设
雨水口	个	13	79 型	屋面设
洗菜池	个	2	可移动不锈钢成品件	一层操作间设
自动喷洒消防喷头	个	2529	湿式 ZSTP-11/68 型喷头	各层均设
湿式报警阀	个	4	ZSF Z125 型湿式报警阀	设在地下室
小便斗	个	18	$1^{\#}$ 落地式	各层公用卫生间设置

以上是文字说明，没有线条和图形，但它们是施工图纸必不可少的组成部分，是对线条、图形的补充和说明。

2.1.3.2　图纸部分

（1）平面图。平面图是施工图中最基本的图样，主要表示建（构）筑物和设备的平面分布，管线的走向、排列和各部分的长宽尺寸，以及每根管子的坡度和坡向、管径和标高等具体数据。平面图包括建筑物各层面水暖系统的平面图、各种设备机房平面图、各种卫生洁具的布置、散热器的具体位置，等等，平面图上本专业所需的建筑物轮廓应与建筑图一致。平面图包括建筑物各层面的整体布局，主要包括以下内容。

① 冷热媒水管系统，一般以单线绘出，包括冷、热媒水管道的构成、布置及水管上各部件、设备的位置，例如异径管、三通接头、四通接头、弯管、温度计、压力表、调节阀等。并且注明冷、热媒管道内的水流动方向、坡度。

② 技术设备层系统，包括各设备和管道的位置及布置走向。

③ 尺寸标注，包括各种管道、设备、部件的尺寸大小、定位尺寸以及设备基础的主要尺寸，还有各设备、部件的名称、型号、规格等。

④ 各种设备机房平面图

a. 换热站系统（包括泵房系统），表示出按照标准图籍或产品样本所采用的换热器型号，除污器、水泵、阀门等设备型号、数量和位置。

b. 水管系统，单线表示，包括与各设备相连接的冷热媒管道及其上面的附属设备。

c. 尺寸标注，包括各种管道、设备、部件的尺寸大小、定位尺寸。

⑤ 散热器。散热器应当标出其具体位置、名称、规格和型号等参数。其中不同的散热器的标注是不一样的。具体如下。

a. 柱式散热器应只注数量。

b. 圆翼形散热器应注根数、排数，如：3×2 其中 3 代表每排根数，2 代表排数。

c. 光管散热器应注管径、长度、排数；如，D108×3000×4，其中 D108 代表管径（mm），3000 代表管长（mm），4 代表排数。

d. 串片式散热器应注长度、排数。如，1.0×3，其中 1.0 代表长度（m），3 代表排数。

（2）系统图（轴测图）。系统轴测图的作用主要是从总体上表明所讨论的系统构成情况及各种尺寸、型号、数量等。它应当包括系统中设备、配件、尺寸、定位尺寸、数量以及连接于各设备之间的管道在空间的曲折、交叉、走向和尺寸、定位尺寸等。系统轴测图上还应注明该系统的编号。系统图的基本要素应与平面图相对应。系统图有时也能替代主面图或剖面图，如室内给排水工程图样主要由平面图和系统图组成。

系统图采用的坐标是三维的。它的作用是从总体上表明水暖系统在整体上连接的情况，包括管道尺寸、散热器型号、数量等。系统图主要是用来表明连接于各设备之间的管道在空间的曲折、交叉、走向和尺寸，同时应注明各趟立管的标号。在识图时应注意以下几个问题。

① 采暖系统图用单线绘制。

② 系统图宜采用与相对应的平面图相同的比例绘制。

③ 系统图中的重叠、密集处可断开引出绘制。相应的断开处宜用相同的小写拉丁字母注明。

（3）流程图（或立管图）。流程图一般包括系统的原理和流程，流程图是对一项工程整个工艺过程的表示，通过它可对设备的位号、建（构）筑物的名称及整个系统的仪表控制点有全面的了解，同时对管道的规格、编号及其输送的介质、流向，以及主要控制阀门等也有确切的了解。系统流程图应绘制出设备、阀门、控制仪表、配件，标注介质流向、管井及设备编号。流程图可不按照比例绘制，但管路分支应与平面图相符。供热分支水路竖向输送时，应绘制立管图，并编号，注明管径、坡向、标高等。流程图可不按照比例和投影规则绘制。

（4）详图。表示一组设备的配管或一组管配件组合安装的详图。详图的特点是用双线图表示，对物体有真实感，并对组装体各部位详细尺寸都做了注记。系统的各种设备及零部件施工安装，应注明采用的标准图、通用图的图名图号，如果没有现成图纸，且需要交代设计意图的，均需绘制详图。简单的详图，可就图引出，绘局部详图；制作详图或安装复杂的详图应单独绘制。

（5）立面图和剖面图。立面图和剖面图主要表达建（构）筑物和设备的立面分布，管线垂直方向上的排列和走向，以及每路管线的编号、管径和标高等具体数据。

（6）节点图。节点图表示某一部分管道的详细结构及尺寸，是对平面图纸中其他施工图所不能反映清楚的某点图形的放大。节点用代号表示它所在部位。

（7）标准图。标准图是一种具有通用性质的图样，图中标有成组管道、设备或部件的具体图形和详细尺寸，一般不能作为单独施工的图纸，只能作某些施工图的组成部分。其一般由有关单位出版标准图集，作为国家标准或者标准予以颁发。

2.1.4　水暖施工图的特点

（1）水暖施工图的图例。水暖施工图上的图形采用国家统一规定的图例符号来表示，有时不能反映实物的具体形象和结构，因此，对于每一个施工者来说，阅读前，应当了解并掌握与图纸有关的图例符号所代表的含义。图例符号应当按照相关规定进行绘制，并在图纸上明确给出，图例应当涵盖整套图纸中所涉及的内容，个别出现较少的内容可在图中用文字表示。

（2）水暖系统环路的独立性。在水暖施工图中，由于所占比例较小，水管路系统和暖气管路系统一般绘制在同一张平面图上，而实际运行时，两个系统是互不相干的，具有一定的独立性。一般情况下，暖气系统是一个闭合回路，市内供暖一般是在入口处设置供水管和回水管，通过暖气井、供水干管、立支管、散热器、回水管，形成一个完整的系统。而给排水系统也可以形成一个完整的系统，它一般是通过设在地下室的给水装置，经过给水干管、立支管、用水设备、卫生洁具、排水栓、排水支管、排水立管、排水干管、排出管到化粪池，完成一个循环系统。

（3）与各专业施工的密切性。安装水暖系统中的各种管道、设备及各种配件都需要和土建的维护结构发生关联，同时，在施工中各种管道（如，水、暖、电、通风等）相互之间也要发生交叉碰撞，因此，施工人员不仅能够看懂本专业的图纸，还应当适当掌握其他专业的图纸内容，避免施工中一些不必要的麻烦。

2.1.5　水暖施工图的识读方法

2.1.5.1　水暖施工图识图的基础

（1）水暖的基本原理和基本理论。这些是识图的理论基础，没有这些基本知识，纵使有很高的识图能力，也无法读懂水暖施工图的内容。因为水暖施工图是专业性图纸，因此没有专业知识作为铺垫，就不能读懂图纸。

（2）投影与视图的基本理论。投影与视图的基本理论是所有图纸绘制的基础，也是所有图纸识图的前提。

（3）水暖施工图的基本规定。水暖施工图的一些基本规定，如线型、图例符号、尺寸标注等直接反映在图上，有时并没有辅助说明，因此掌握这些规定不仅能帮助我们认识水暖施工图，而且有助于提高识图的速度，有助于识图过程的顺利完成。

2.1.5.2　水暖施工图的识图方法与步骤

（1）识图方法。先识读平面图，再对照识读系统图，最后识读详图。

① 室内平面图识读。读图时先识读底层平面图，然后识读各层平面图。识读底层平面图时，先识读散热器和卫生器具等，再识读供回水系统引入管，给水系统引入管及立、干支管，最后识读排水系统支、干立管及排出管。

② 室内供暖系统图识读。读图时先将室内供暖系统图与室内供暖平面图对照，找出系统图与平面图中相同编号的引管和立管，然后按引入管及立、干、支管顺序识读。

③ 室内给、排水系统图识读。读图时先将室内给、排水系统图与室内给、排水平面图对照，找出室内给、排水系统图与室内给、排水平面图中相同编号的排出管和给水立管，然后按支、干、立管及排出管顺序识读。

（2）步骤

① 阅读图纸目录。根据图纸目录了解该工程图纸的概况，包括图纸张数、图幅大小及名称、编号等信息。

② 阅读施工说明。根据施工说明了解该工程概况，包括水暖系统的形式、划分及主要设备布置等信息，在这基础上，确定哪些图纸代表着该工程的特点、是这些图纸中的典型或重要部分，图纸的阅读就从这些重要图纸开始。

③ 阅读有代表性的图纸。在第②步中确定了代表该工程特点的图纸，那就根据图纸目录，确定这些图纸的编号，并找出这些图纸进行阅读。

④ 阅读辅助性图纸。对于平面图上没有表达清楚的地方，就要根据平面图上的提示（如剖面位置）和图纸目录找出该平面图的辅助图纸进行阅读，辅助图包括立面图、侧立面图、剖面图等。对于整个系统可参考系统轴测图。

⑤ 阅读其他内容。在读懂整个水暖系统的前提下，再进一步阅读施工说明与设备及主要材料表，了解水暖系统的详细安装情况，同时参考加工、安装详图，从而完全掌握图纸的全部内容。

2.1.6　水暖施工图的表示方法及相关规定

2.1.6.1　图例及符号

（1）线型。施工图上的管子及管件，采用统一的线型来表示，各种不同的线型所表示的含义和作用又有所不同，常用的几种线型见表 2-4。

表 2-4　管道施工图常用线型

名　称	线　型	宽　度	适　用　范　围
粗实线	——————	b	主轴管线；图框线
中实线	——————	$\dfrac{b}{2}$	辅助管线；分支管线
细实线	——————	$\dfrac{b}{4}$	管件、阀件的图线；建筑物及设备轮廓线；尺寸线、尺寸界线、引出线
粗点划线	— · — · —	b	主要管线（在同一张图纸中，区别于粗实线所代表的管线）
细点划线	— · — · —	$\dfrac{b}{4}$	定位轴线；中心线
粗虚线	- - - - - - - -	b	地下管线；被设备遮盖的管线
虚线	- - - - - - - -	$\dfrac{b}{2}$	设备内辅助管线；自控仪表连接线；不可见轮廓线
波浪线	∿∿∿	$\dfrac{b}{4}$	管件、阀件断裂处的边界线；表示构造层次的局部界线

注：粗实线的宽度 b 一般为 0.4～1.2mm，但大多数为 0.9mm。波浪线一般徒手画出。

（2）管路代号。管道施工图中输送各种介质的管道，一般用实线表示。为了区别各种不同类别的管道，在实线的中间需注上规定的汉语拼音字母符号。介质为水的管道用"S"表示，如图 2-1 所示，S 为上水管，S_1 为生产上水管，S_2 为生活上水管，S_3 为生产生活上水管等。

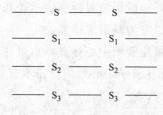

图 2-1　上水管的规定符号

输送液体与气体管道的规定符号，按国家标准的规定有 23 大类，每一大类又分若干种，每一种的符号以它的符号右下角的数字来区别，如表 2-5 所列。

表 2-5　液体与气体的管路代号

名　称	规定符号	名　称	规定符号
上水管	S	氢气管	QQ
下水管	X	氩气管	YA
循环水管	XH	氨气管	AQ
化工管	H	沼气管	ZQ
热水管	R	乙炔气	YI
凝结水管	N	二氧化碳管	E
冷冻水管	L	鼓风管	GF
蒸汽管	Z	通风管	TF
煤气管	M	真空管	ZK
压缩空气管	YS	乳化剂管	RH
氧气管	YQ	油管	Y
氮气管	DQ		

在施工图中，如果仅有一种管道或同一图上大多数是相同的管道，其符号可以省略，但需在图中加以说明。

在管道施工图中，还常用一些字母来表示管道各种具体情况，如 $R(r)$ 表示管道的弯曲半径，i 表示管道的坡度，G 表示管螺纹，ϕ 表示无缝钢管外径及设备的直径，D 表示焊接钢管的内径，d 表示铸铁管或非金属管的内径，DN 表示低压流体输送管道、阀门及管件的基本通径，d 有时也表示管材和板材的厚度等。

（3）管道图例。管道施工图上的管件、阀门、卫生器具、暖气片等均采用规定的图例符号来表示。这些简单图形并不完全反映实物的真实形象，只是示意性予以表示。各专业工程施工图都有各自不同的图例符号（也有一部分是通用性的）。

2.1.6.2　管道施工图标注方法

（1）标高。管道的安装高度用标高来表示。在立（剖）面上，为表示管子的垂直间距，一般只注写相对标高而不注明间距尺寸。立面图的标高符号与平面图一样，在需要标注的地方作一引出线，如图 2-2(a) 所示。在工业管道中常用图 2-2(b) 所示符号来表示管中标高、管底标高和管顶标高。

在轴测图上，管道的标高一般标注在管线的下方。

管道的相对标高，一般规定建筑物底层室内地坪为正负零，用±0.000 表示。比地坪低的用"－"号表示，比地坪高的用"＋"号表示（一般正标高数字前不加正号）。标高单位以"米"表示，标高数字一般注至小数点以后第三位。

远离建筑物的室外管道标高，一般用绝对标高表示。我国把青岛黄海平均海平面定为绝对标高的零点，其他各地标高都以它为基准来推算。

对于管径较大的管子，不仅可注管子中心标高，也可注管顶标高和管底标高，其符号如图 2-2(b) 所示。管道标高一般都注管子中心，但是排水管往往注管底。

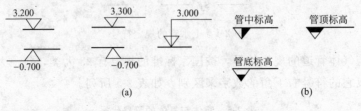

图 2-2　标高符号及标注

（2）坡度及坡向。坡度符号为"i"，标注时在坡度符号后面画一等号，在等号后面注上坡度值。坡向符号用箭头表示。常用的表示方式有如图 2-3 所示的两种。

图 2-3　坡度及坡向的表示方法

（3）尺寸标注及尺寸单位。管道施工图中有详细尺寸，作为安装制作的主要依据，尺寸线用来指出所注部位的尺寸。尺寸符号由四部分组成，即尺寸界线、尺寸线、箭头（或起止线）和尺寸数字，如图 2-4 所示。此外应注意，管子或管件的真实大小以图纸所注数字为准，与图形的大小及绘制的准确度无关。

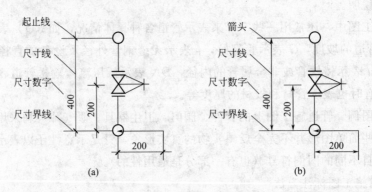

图 2-4　尺寸及尺寸单位标准

管道的尺寸数字应注在尺寸线的上面，以毫米为单位。为了使图纸简单明了，可免注毫米单位，但若取其他单位时，则必须注明。

如果有些尺寸在施工图纸中没有注出来，可以根据图纸提供的比例用比例尺把这些管线的尺寸量出来。

（4）管道连接的表示方法。管道连接的形式较多，其中以法兰连接、承插连接、螺纹连接和焊接连接最为常见。它们的连接符号如图 2-5 所示。

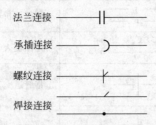

图 2-5　管道连接形式及图例符号

法兰连接的图例符号在平、立（剖）面图及轴测图中可以看到，承插、螺纹和焊接连接的图例符号一般仅在轴测图上出现，而在平、立（剖）面图上很少出现。如果在施工图上无轴测图时，管子连接形式可在施工图说明中用文字说明。

（5）管线的表示方法。管线在施工图上的表示方法较多，有标编号和不标编号的；有标介质、温度、压力数据的和不标这些数据的；也有标管子编号及管子等级的。在内容和形式上都取舍很大。简单的管线表示方法如图 2-6 所示。

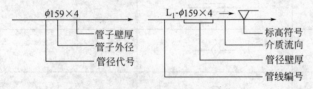

图 2-6　简单的管线的表示方法

图 2-6 中 L_1 表示管线编号，$\phi159\times4$ 表示管子的外径为 159mm，壁厚为 4mm，箭头表示介质的流动方向。

比较完整的管线表示方法如图 2-7 所示。

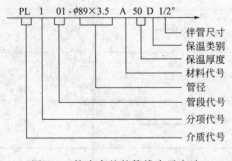

图 2-7　较为完整的管线表示方法

2.2　给排水工程识图

2.2.1　给排水工程常用图例

（1）管道及附件。管道及附件图例见表 2-6。

表 2-6 管道及附件图例

序号	名　　称	图例	说　　明
1	管道		用于一张图内只有一种管道
		J P	用汉语拼音字头表示管道类别
			用图例表示管道类别
2	交叉管		指管道交叉不连接,在下方和后面的管道应断开
3	三通连接		
4	四通连接		
5	流向		
6	坡向		
7	套管伸缩器		
8	波形伸缩器		
9	弧形伸缩器		
10	方形伸缩器		
11	防水套管		
12	软管		
13	可挠曲橡胶接头		
14	管道固定支架		
15	管道滑动支架		
16	保温管		也适用于防结露管
17	多孔管		

序号	名　称	图例	说　明
18	拆除管		
19	地沟管		
20	防护套管		
21	管道立管	XL　XL	XL 为管道类别代号
22	排水明沟		
23	排水暗沟		
24	弯折管		表示管道向后弯 90°
25	弯折管		表示管道向前弯 90°
26	存水弯		
27	检查口		
28	清扫口		
29	通气帽		
30	雨水斗	YD	
31	排水漏斗		
32	圆形地漏		
33	方形地漏		
34	自动冲洗水箱		
35	阀门套筒		
36	挡墩		

（2）管道连接。管道连接图例见表 2-7。

表 2-7　管道连接图例

序号	名　称	图例	说　明
1	法兰连接		
2	承插连接		
3	螺纹连接		
4	活接头		
5	管堵		
6	法兰堵盖		
7	偏心异径管		
8	异径管		
9	乙字管		
10	喇叭口		
11	转动接头		
12	管接头		
13	弯管		
14	正三通		
15	斜三通		
16	正四通		
17	斜四通		

（3）阀门。阀门图例见表 2-8。

表 2-8 阀门图例

序号	名 称	图例	说 明
1	阀门		用于一张图内只有一种阀门
2	角阀		
3	三通阀		
4	四通阀		
5	闸阀		
6	截止阀		
7	电动阀		
8	液动阀		
9	气动阀		
10	减压阀		
11	旋塞阀		
12	底阀		
13	球阀		
14	隔膜阀		
15	气开隔膜阀		
16	气闭隔膜阀		
17	温度调节阀		

序号	名　称	图例	说　明
18	压力调节阀		
19	电磁阀		
20	止回阀		
21	消声止回阀		
22	蝶阀		
23	弹簧安全阀		
24	平衡锤安全阀		
25	自动排气阀		
26	浮球阀		
27	延时自闭冲洗阀		
28	放水龙头		
29	皮带龙头		
30	洒水龙头		
31	化验龙头		
32	肘式开关		
33	脚踏开关		
34	室外消火栓		
35	室内消火栓（单口）		

序号	名　称	图例	说　明
36	室内消火栓(双口)		
37	水泵接合器		
38	消防喷头(开式)		
39	消防喷头(闭式)		
40	消防报警阀		

（4）卫生器具及水池。卫生器具及水池图例见表 2-9。

表 2-9　卫生器具及水池图例

序号	名　称	图例	说　明
1	水盆水池		用于一张图内只有一种水盆或水池
2	洗脸盆		
3	立式洗脸盆		
4	浴盆		
5	化验盆、洗涤盆		
6	带算洗涤盆		
7	盥洗槽		
8	污水池		
9	妇女卫生盆		
10	立式小便器		
11	挂式小便器		

序号	名　　称	图例	说　　明
12	蹲式大便器		
13	坐式大便器		
14	小便槽		
15	饮水器		
16	淋浴喷头		
17	矩形化粪池	HC	HC 为化粪池代号
18	圆形化粪池	HC	
19	除油池	YC	YC 为除油池代号
20	沉淀池	CC	CC 为沉淀池代号
21	降温池	JC	JC 为降温池代号
22	中和池	ZC	ZC 为中和池代号
23	雨水口		
24	阀门井、检查井		
25	放气井		
26	泄水井		
27	水封井		
28	跌水井		
29	水表井		本图例与流量计相同

（5）设备及仪表。设备及仪表图例见表 2-10。

表 2-10　设备及仪表图例

序号	名　称	图例	说　明
1	泵		用于一张图内只有一种泵
2	离心水泵		
3	真空泵		
4	手摇泵		
5	定量泵		
6	管道泵		
7	热交换器		
8	水-水热交换器		
9	开水器		
10	喷射器		
11	磁水器		
12	过滤器		
13	水锤消除器		
14	浮球液位器		
15	搅拌器		
16	温度计		
17	水流指示器		
18	压力表		

序号	名　称	图例	说　明
19	自动记录压力表		
20	电接点压力表		
21	流量计		
22	自动记录流量计	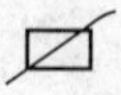	
23	转子流量计		
24	减压孔板	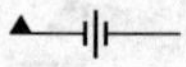	

2.2.2　识读给排水施工图

室内给水、排水施工图主要包括给水、排水平面图，系统轴测图和详图等。

2.2.2.1　室内给排水平面图

室内给水、排水平面图是表明给水、排水管道及设备的平面布置的图纸。

（1）主要内容

① 各用水设备的平面位置、类型。

② 给水管网及排水管网的各个干管、立管、支管的平面位置、走向，立管编号和管道的安装方式（明装或暗装）。

③ 管道器材设备如阀门、消火栓、地漏、清扫口等的平面位置。给水引入管、水表节点、污水排出管的平面位置、走向及与室外给水、排水管网的连接（底层平面图）。

④ 管道及设备安装预留洞位置、预埋件、管沟等方面对土建的要求。

（2）制图

① 平面图的数量和范围。多层房屋的管道平面图原则上应分层绘制，管道系统布置相同的楼层平面可以绘制一个平面图，但底层平面图仍应单独画出。底层管道平面图应画出整幢房屋的建筑平面图，其余各层可仅画布置有管道的局部平面图。

② 建筑平面图。室内给排水平面图是在建筑平面图的基础上标明给排水有关内容的图纸，因此该图中的建筑轮廓线应与建筑平面图一致。但该图中的房屋平面图不是用于土建施工，而仅作为管道系统及设备的水平布局和定位的基准，因此，仅需抄绘房屋的墙身、柱、门窗洞、楼梯、台阶等主要构配件，至于房屋细部、门扇、门窗代号等均略去。

室内给排水平面图可采用与建筑平面图相同的比例，如显示不清可放大比例。其图线采用细线绘制。底层平面图要画全轴线，楼层平面图可仅画边界轴线。

③ 卫生器具平面图。卫生器具中的洗脸盆、大便器、小便器等都是工业产品，不必详细表示，可按规定图例画出；而盥洗台、大便槽、小便槽等是在现场砌筑的，其详图由建筑专业人员绘制，在管道平面图中仅需画出其主要轮廓。卫生器具的图线采用中实线绘制。

④ 管道平面图。管道平面图是用水平剖切平面剖切后的水平投影，然而各种管道不论在楼面（地面）之上或之下，都不考虑其可见性。即每层平面图中的管道均以连接该层卫生设备的管路为准，而不是以楼地面为分界。如属该层使用但安装在下层空间的重力管道，均绘于该层平面图上。

一般将给水系统和排水系统绘制于同一平面图上，这对于设计和施工以及对于识读都比较方便。

在底层管道平面图中，各种管道要按照系统编号。系统的划分视具体情况而异，给水管道以每一引入管为一个系统；排水管道以每一个排出管为一个排水系统。

由于管道的连接一般均采用连接配件，往往另有安装详图，平面图（及系统图）管道连接均为简略表示，具有示意性。

⑤ 尺寸标注。房屋的水平方向尺寸一般只需在底层管道平面图中注出轴线尺寸。另外，要注出地面标高（底层平面还需注出室外地面整平标高）。

卫生器具和管道一般都是沿墙靠柱设置的，不必标注定位尺寸（一般在说明中写明），必要时，以墙面或柱面为基准标出。卫生器具的规格可在施工说明中写明。

管道的管径、坡度和标高均标注在管道系统图中，在管道平面图中不必标注。

⑥ 绘图步骤。描绘"建筑施工图"的建筑平面图（有关部分）及卫生器具平面图；画出给水、排水管道平面图；标注尺寸、标高、系统编号等；注明有关文字说明及图例。

2.2.2.2　室内给排水系统图

(1) 主要内容。室内给排水系统图是根据各层给排水平面图中管道及用水设备的平面位置和竖向标高用正面斜轴测投影绘制而成的。它表明室内给水管线与排水管线上、下层之间，左、右、前、后之间的空间关系。该图注有各管径尺寸、立管编号、管道标高和坡度，并标明各种器材在管道上的位置。把系统图与平面图对照阅读可以了解整个室内给水排水管道系统的全貌。

(2) 制图

① 轴向选择。管道系统图一般采用正面斜等测投影绘制，亦即 OX 轴处于水平位置，OZ 轴铅垂，OY 轴一般与水平线呈45°夹角，三轴的变形系数都是1。管道系统图的轴向要与管道平面图的轴向一致，亦即 OX 轴与管道平面图的长度方向一致，OY 轴与管道平面图的宽度方向一致。根据轴测投影的性质，在管道系统图中，与轴向或 XOZ 坐标平行的管道反映实长，与轴向或 XOZ 坐标面不平行的管道不反映实长。

② 比例。管道系统图一般采用与管道平面图相同的比例绘制，管道系统复杂时亦可放大比例或不按比例绘制。当采取与平面图相同的比例时，绘制轴测图比较方便，OX 和 OY 轴向的尺寸可直接从平面图上量取，OZ 轴向的尺寸可依层高和设备安装高度量取（设备安装高度可参见卫生设备施工安装详图）。

③ 管道系统。各管道系统图符号的编号应与底层管道平面图中的系统编号一致。管道系统图一般应按系统分别绘制，这样就可避免过多的管道重叠和交叉。管道的画法与平面图的画法一样，给水管道采用粗实线，排水管道用粗虚线，管道器材用图例表示，卫生器具省略不画。

当空间交叉的管道在图中相交时，在相交处将被挡的后面或下面的管线断开；当各层管线布置相同时，不必层层重复画出，而只需在管道省略折断处标准"同某层"即可。管道连接的画法具有示意图；当管道过于集中、无法画清楚时，可将某些管段断开，移至别处画出，在断开处给以明确的标记。

④ 建筑构件位置关系的表示。为了反映管道和建筑的联系，在管道系统图中还要画出被管道穿过的墙、地面、楼面、屋面的位置，这些细件的图线用细实线画出，构件剖面的方向按所穿越管道的轴测方向绘制，其表示方法见图2-8。

⑤ 尺寸标注

a. 管径。管道系统中所有管段均需标准管径，当连续几段管段的管径相同时可仅注其中两端管段的管径，中间管段可省略不注。

b. 坡度。凡有坡度的横管都要注出其坡度，坡度符号的箭头应指向下坡方向。当排水横管采用标准坡度时，图中可省略不注，而在施工说明中写明。

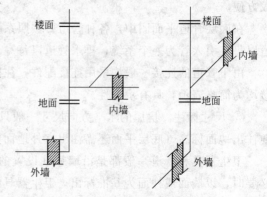

图 2-8　管道与房屋构件

c. 标高。管道系统图中标注的标高是相对标高，即以底层室内地坪为±0.000。在给水管道系统图中，标高以管中心为准，一般要注出横管、阀门、放水龙头和水箱各部位的标高。在排水管道系统图中，横管的标高一般由卫生器具的安装高度和管件尺寸所决定，所以不必标注，必要时架空管道可标注管中心标高，但图中应加以说明，对于检查口和排出管起点（管内底）的标高均需标出。此外，还要标注室内地面、室外地面、各层楼面和屋面等的标高。标高符号可略小于国家标准的规定，其高一般为2~2.5mm。

⑥ 图例。管道平面图和系统图应列出统一图例，其大小要与图中的图例大小相同。

⑦ 绘图步骤。管道系统图应参照管道平面图按管道系统编号分别绘制：先画立管；然后依次画立管上的各层地面线、屋面线、给水引入管或污水排出管、通气管、给水引入管或污水排出管所穿越的外墙位置，从立管上引出各横管，在横管上画出用水设备的给水连接支管或排水承接支管；再画出管道系统上的阀门、龙头、检查口等器材；最后标注管径、标高、坡度、有关尺寸及编号等。

2.2.2.3　平面图和系统图的识读

（1）熟悉图纸目录，了解设计说明，在此基础上将平面图与系统图联系对照识读。

（2）应按给水系统和排水系统分系统分别识读，在同类系统中应按编号一次识读。

① 给水系统根据管网系统编号，从给水引入管开始沿水流方向经干管、立管、支管直至用水设备，循序渐进。

② 排水系统根据管网系统编号，从用水设备开始沿排水方向经支管、横管、立管、干管、排出管到室外检查井，循序渐进。

（3）在施工图中，对于某些常见部位的管道器材、设备等细部的位置、尺寸和构造要求，往往是不加说明的，而是遵循专业设计规范、施工操作规程等标准进行施工的，读图时想要了解其详细做法，还需要参照有关标准图集和安装详图。

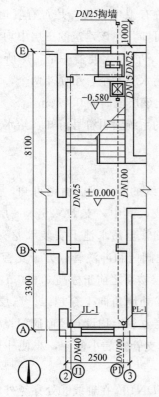

图 2-9 　首层给水、排水平面图

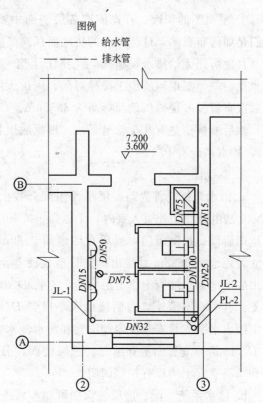

图 2-10 　二、三层给水、排水平面图

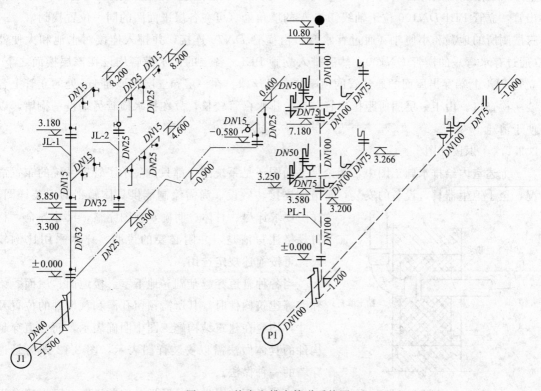

图 2-11 　给水和排水管道系统图

下面以某科研所办公楼（见图 2-9～图 2-11）为例加以识读，其识读过程如下。

① 平面图的识读。首先搞清各层平面中哪些房间布置有卫生器具，是否有管道通过，它们是如何布置的，这些房间的楼地面标高是多少。由图可知，在该建筑的三层中均设有厕所（其他房间无给排水设施）。一层厕所位于楼梯平台之下，内设大便器一个，厕所外设以污水池。二、三层厕所位于楼梯对面，内设大便器两个、污水池一个、小便斗两个，均沿内墙顺次布置。一层厕所地面标高为 3.580m、7.180m（都比该层地面低 0.020m）。

然后要搞清楚有几个管道系统。根据底层管道平面图的系统索引符号可知，给水系统有 J/1，排水系统有 P/1。

② 系统图

a. 给水系统。首先与底层平面图配合找出 J/2 管道系统的引入管。由图可知，引入管 DN40 是由轴线②处引入室内，于标高 -0.30m 处分为两支。其中一支 DN25 入一层厕所，出地面后设一控制阀门，然后在距地面 0.80m 处接出横支管至污水池上安装水龙头一个，在立管距地面 0.98m 处接出横支管至大便器上并安装冲洗阀门和冲洗管；另一支管 DN32 穿出底层地面沿墙直上供上层厕所，立管 DN32 在穿越二层楼面之前于标高 3.300m 处再分两支。其中一支沿外墙内侧接出水平横管 DN32 至轴线③处墙角向上穿越二、三层楼面，分别接出水平支管安装便器冲洗管和污水池水龙头，在每层立管上均设有控制阀门；另一支管 DN15 沿原立管向上穿越二、三层楼面，分别接出水平支管安装小便斗，小便斗连接支管和每层立管上均设有控制阀门。

b. 排水系统。配合底层平面图可知本系统有一排出管 DN100 在轴线③处穿越外墙接出室外，一层厕所通过排水横管 DN100 接入排出管，二、三层厕所通过排水立管 PL1 接入排出管，立管 PL1 DN100 位于轴线③与 A 的墙角处（可在各层平面图的同一位置找到）。二、三层厕所的地漏和小便斗（通过存水弯）由横管 DN75 连接，并排入连接污水池和大便器（通过存水弯）的横管 DN100，然后排入立管 PL1。各层的污水横管均设在该层楼面之下。立管 PL1 上端穿出屋面的通气管的顶端装有铅丝球。在一层和三层距地面 1m 处的立管上各装一检查口。由于一层厕所距排出管较远，排水横管较长，故在排水横管另端设一掏堵，以便于清通。

2.2.2.4　识读详图

上述室内给排水施工图中，无论是平面图还是系统图，都只是显示了管道系统的布置情况，至于卫生器具、设备的安装，管道的连接、敷设，尚需绘制能供具体施工的安装详图。

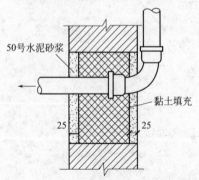

图 2-12　管道穿墙做法

详图要求详尽、具体、明确，视图完整，尺寸齐全，材料规格注写清楚，并附必要的说明。详图采用比例较大，可按前述规定选用。

当各种管道穿越基础、地下室、楼地面、屋面、梁和墙等建筑构件时，其所需预留孔洞和预埋件的位置及尺寸，均应在建筑结构施工图中明确表示，而管道穿越构件的具体做法需以安装详图表示，图 2-12 即为管道穿墙的一种做法。

一般常用的卫生器具及设备安装详图，可直接套用给水、排水国家标准图集或有关的详图图集，而无需自行绘制。选用标准图时，只需在图例或说明中注明所采用图集的编号即可。对不能套用的则需自行绘制详图。现举洗脸盆、污水池安装详图和排水检查井设施详图为例供参阅，见图 2-13～图 2-15。

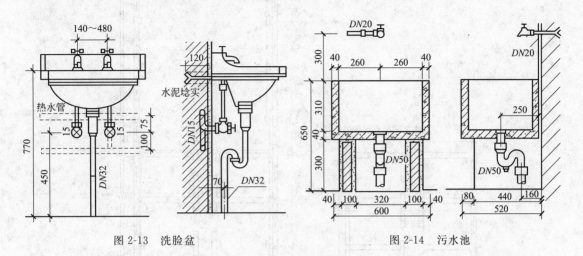

图 2-13　洗脸盆　　　　　　　　　　　　　图 2-14　污水池

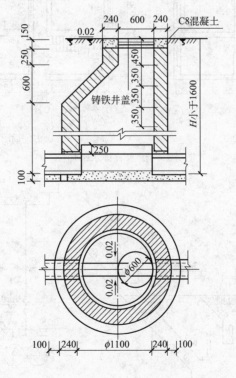

图 2-15　检查井

2.2.3　给排水工程识图案例

图 2-16 和图 2-17 是某水处理车间给水、排水管道平面图和轴测系统图。通过对平面图和系统轴测图的识读可以了解到如下内容。

① 尺寸单位，标高以米计，其他以毫米计；② 给水管 $\phi200$ 采用给水铸铁管，$\phi\leqslant32$ 采用镀锌管；③ 排水管采用排水铸铁管；④ 虚线部分见工艺图纸。

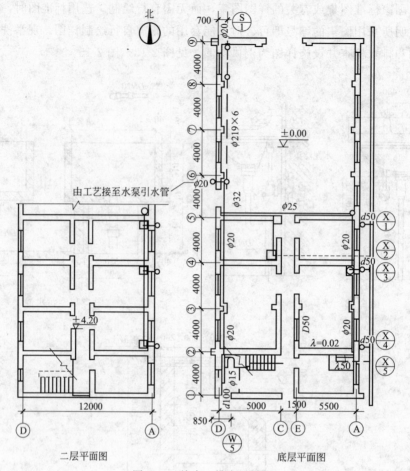

图 2-16　给水、排水平面图

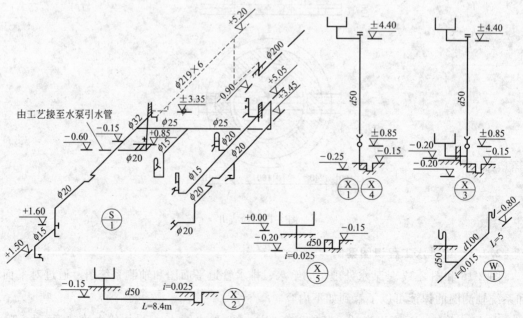

图 2-17　给水、排水系统轴测图

注：水龙头离地均为 1m

a. 给水管从①轴线和⑨轴线标高－0.9m 处引入室内，管材为 d200mm 给水铸铁管，给水系统与工艺管道合用。工艺管道为 ϕ219×6 无缝钢管，用虚线表示以便与给水管道相区别。

b. 在①轴线和⑥轴线处，给水管从工艺管道上接出后在①轴线与⑤轴线处分为两路，一路沿①轴线向南到②轴线处引入厕所，厕所内装低水箱蹲式大便器和污水池各一套。另一路沿⑤轴线向东至Ⓐ轴线处，沿Ⓐ轴线向南，供污水池和洗涤池（土建做）用水，该路管线在沿⑤轴线向东至Ⓒ轴线处接出一支管向一化验盆供水。

c. 在④轴线与⑤轴线处设一立管引向二楼，在标高＋5.05m 处沿④轴线水平敷设，向三个房间的三套化验盆供水。

d. 化验盆共 4 套，均采用双联化验龙头。

e. 排水管道共分 5 个系统，由化验盆、洗涤池和污水池排出的污水均引至沿Ⓐ轴线的墙外，排入阴沟内。排水管道均为 d50 排水铸铁管。

f. 厕所和污水池的污水沿 d100 排水铸铁管引至厂区污水管道内。

2.3　采暖工程识图

2.3.1　采暖工程常用图例

（1）管道与附件。管道与附件图例见表 2-11。

表 2-11　管道及附件图例

序号	名　称	图　例	说　明
1	管道	———————	用于一张图内只有一种管道
		——A—— ——F——	用汉语拼音字母表示管道类别
		---------	用图例表示管道类别
2	供水（汽）管采暖回（凝结）水管	——————— ---------	
3	保温管	—〜—	可用说明代替
4	软管	〜〜	
5	方型伸缩器	┌─┐	
6	套管伸缩器	—[ ]—	
7	波形伸缩器	—◇—	

续表

序号	名　称	图　例	说　明
8	弧形伸缩器		
9	球形伸缩器	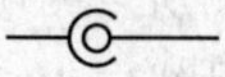	
10	流向		
11	丝堵		
12	滑动支架	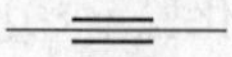	
13	固定支架	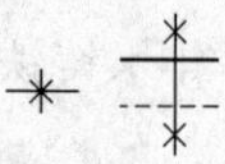	左图:单管 右图:多管

（2）阀门。阀门图例见表 2-12。

表 2-12　阀门图例

序号	名　称	图　例	说　明
1	截止阀	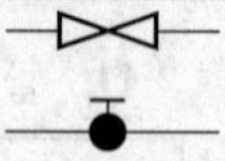	
2	闸阀		
3	止回阀		
4	安全阀		
5	减压阀	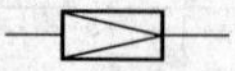	左侧:低压 右侧:高压
6	膨胀阀		
7	散热放风门	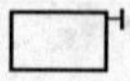	
8	手动排气阀		
9	自动排气阀	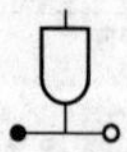	
10	疏水器	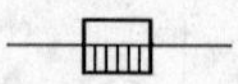	

序号	名　称	图　例	说　明
11	散热器三通阀		
12	球阀		
13	电磁阀		
14	角阀	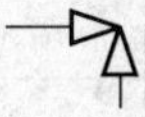	
15	三通阀		
16	四通阀	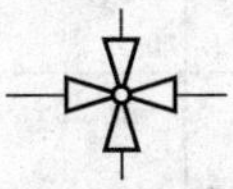	
17	节流孔板	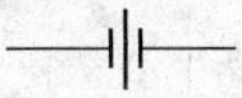	

（3）采暖设备。采暖设备图例见表 2-13。

表 2-13　采暖设备图例

序号	名　称	图　例	说　明
1	散热器	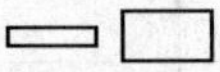	左图：平面 右图：立面
2	集汽罐	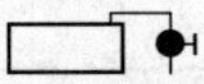	
3	管道泵		
4	过滤器		
5	除污器	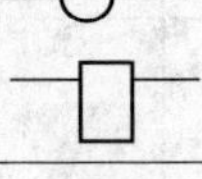	上图：平面 下图：立面
6	暖风机	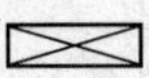	

（4）控制和调节机构。控制和调节执行机构图例见表 2-14。

表 2-14　控制和调节执行机构图例

序号	名　称	图　例	说　明
1	手动元件	T	本图例是通用图例
2	自动元件	 ○	本图例是通用图例
3	弹簧执行机构		
4	重力执行机构	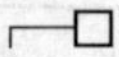 □	
5	浮动执行机构	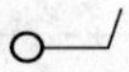 ○	
6	活塞执行机构	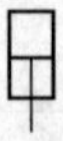	
7	膜片执行机构		
8	电动执行机构	Ⓜ	
9	电磁执行机构	 Ⓜ	
10	遥控	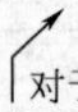 对于……	

（5）传感元件。传感元件图例见表 2-15。

表 2-15　传感元件图例

序号	名　称	图　例	说　明
1	温度传感元件		
2	压力传感元件		
3	流量传感元件		

续表

序号	名　称	图　例	说　明
4	湿度传感元件	⊥	
5	液位传感元件	▽	

（6）仪表。仪表图例见表 2-16。

表 2-16　仪表图例

序号	名　称	图　例	说　明
1	指示器(计)	⊘	
2	记录仪	◔	
3	温度计	▯	
4	压力表	⊘	
5	流量计	▶	

2.3.2　识读采暖工程施工图

（1）平面图的识读。室内采暖平面图主要表示管道、附件及散热器在建筑物平面上的位置以及它们之间的相互关系。平面图是采暖施工的主要图纸，识读时要掌握的主要内容和注意事项如下。

① 了解建筑物内散热器（热风机、辐射板等）的平面位置、种类、片数以及散热器的安装方式（明装、暗装或半暗装）。

散热器一般设置在各个房间的窗台下，有的也沿内墙布置。散热器以明装较多，只有美观上要求较高或因热媒温度高需防止烫伤时才采用暗装。暗装或半露装一般都在图纸说明书中注明，识读时要注意。

散热器的种类较多，有翼型、柱型、光滑管、钢串片式、扇管式、板式、辐射板以及热风机等多种。采用何种散热器，除用图例识别外，一般在设计说明书中亦有注明。散热器的片数标注在散热器旁边，便于识读。

② 了解水平干管的布置方式、干管上的阀门、固定支架、补偿器等的平面位置和型号以及干管的管径。

　　要了解干管是敷设在最高层、中间层还是在底层。供水、供汽干管敷设在最高层的称为上分式系统；供水、供汽干管敷设在中间层的称为中分式系统；供水、供汽干管敷设在底层的称为下分式系统。在底层平面图上还会出现回水干管或凝结水干管（虚线），识读时也要注意。

　　识读时还应弄清补偿器的种类、型式和固定支架的型式、安装要求，以及平面位置等。

　　③ 通过立管编号查清系统立管数量和布置位置。

　　④ 在热水采暖系统平面图上还标有膨胀水箱、集汽罐等设备的位置、型号以及设备上连接管道的平面布置和管道直径。

　　⑤ 在蒸汽采暖系统平面图上还有疏水装置的平面位置及其规格尺寸。水平管的末端常积存有凝结水，为了排除这些凝结水，在系统末端设有疏水装置。另外，当水平干管抬头登高时，在转弯处也要设疏水器。识读时要了解疏水器的规格及疏水装置的组成。

　　⑥ 查明热媒入门及入口地沟情况。当热媒入口无节点图时，平面图上一般将入口装置组成和各配件、阀件，如减压阀、混水器、疏水器、分水器、分汽缸、除污器、控制阀门等管径、规格以及热媒来源、流向、参数等表示清楚。如果入口装置是按标准图设计的，则在平面图上注有规格及标准图号，识读时可按标准图号查阅标准图，如果施工图中画有入口装置节点时，可按平面图标注的节点图编号查找热媒入口放大图进行识读。

　　（2）系统轴测图的识读。采暖系统轴测图表示从热媒入口至出口的管道、散热器、主要设备、附件的空间位置和相互关系。系统轴测图是以平面图为主视图，进行斜投影绘制的斜等测图。识读系统轴测图要掌握的主要内容和注意事项如下。

　　① 采暖系统轴测图可以清楚地表达出干管与立管之间以及立管、支管与散热器之间的连接方式、阀门安装位置及数量，整个系统的管道空间布置等一目了然。散热器支管都有一定的坡度，其中供水支管坡向散热器，回水支管则坡向回水立管。

　　要了解各管段管径、坡度坡向、水平管的标高、管道的连接方法以及立管编号等。

　　② 了解散热器类型及片数。光滑管散热要查明散热器的型号（A 型或 B 型）、管径、排数及长度；翼型或柱型散热器要查明规格及片数以及带脚散热器的片数；其他采暖方式，则要查明采暖器具的型式、构造以及标高。

　　③ 要查清各种阀件、附件与设备在系统中的位置，凡注有规格型号者，要与平面图和材料明细表进行核对。

　　④ 查明热媒入口装置中各种设备、附件、仪表之间的关系及热媒的来源、流向、坡向、标高、管径等。如有节点详图时，要查明详图编号。

　　（3）详图的识读。室内采暖施工图的详图包括标准图和节点图两种。标准图是室内采暖管道详图的一个重要组成部分。供热管、回水管与散热器之间的具体连接形式、详细尺寸和安装要求，一般都用标准图表示。因此，施工人员和预算人员都要掌握这些标准图，记注必要的安装尺寸和管道配件。在平面图、系统轴测图中无法表达清楚，标准图又没有的情况下，才由设计人员绘制局部节点详图。

　　标准图中主要包括以下内容：

　　① 膨胀水箱和冷凝水箱的制作、配件与安装；

　　② 分汽缸、分水器、集水器的构造、制作与安装；

③ 疏水器、减压阀、减压板的组成形式和安装方法；

④ 散热器的连接与安装要求；

⑤ 采暖系统立、支、干管的连接形式；

⑥ 管道支、吊架的制作与安装；

⑦ 集汽罐的制作与安装。

2.3.3　采暖工程识图案例

图 2-18～图 2-21 给出了采暖系统的平面图、立管图、热力入口详图，从这几张图上可获得以下内容。

（1）平面图。从平面图上可获得该建筑物的大致轮廓和位置、主要轴线号、轴线尺寸、室内外地面标高、房间名称、散热器的具体位置、散热器片数、管道走向、管径标注、立管位置及立管编号等内容。如该图所示，该建筑为一个活动中心，建筑面积 2100m²，横向 6 轴，纵向 5 轴，一层地面标高为 ±0.000，房间名称依次为大堂、厨房、诊疗室、酒吧、卫生间等，图的上方为北向。

另外，从平面图上还可以看到散热器的位置、片数或长度、采暖干管及立管位置、编号；管道的阀门、放气、泄水、固定支架、伸缩器、入口装置、管沟及人孔位置，同时还包括干管管径及标高。该图的热力入口处在 B 轴和 C 轴之间，散热器基本位于窗户下，散热器片数全部标注在围护结构或内墙的外侧，各立管的位置基本在柱边上或墙角处，并给出相应的立管编号，在靠近 4 轴和 D 轴处，3 轴和 A 轴处，2 轴和 C 轴处分别设置一个固定支架；另外还给出了各干支管的管径。

二层及以上平面图，如果建筑平面相同时，采暖平面二层至顶层可合用一张图纸，散热器位置应当分别标出。该二层平面图较为简单，只标注了立管标号、散热器位置和片数、立支管位置和相应管径，这里需要注意的是，在平面图上一定要注意注明各立管的编号，便于施工时对应查找。

（2）系统图和立管图。当集中采暖系统较复杂时，应当绘制采暖系统水平干管的轴测透视图。管道系统图主要表明管道系统的立体走向。识读时应注意以下事项。

① 查明采暖管道系统的具体走向，干管的敷设形式，管路分支情况、管径尺寸与横管坡度、管道各部标高、弯头及三通的选用等，阀门的设置，引入管、干管及各支管的标高。

② 查明供回水管道系统的具体走向。

③ 系统图上对各楼层标高都有标明，识读时可据此分清管路是属于哪一层的。

此图分别给出了采暖系统透视图和立管图，从图上可以清楚地看到整个系统的供回水环路连接方式采用的是下供下回同程式系统，该供热形式的最大特点就是可以避免系统水力失调的现象，而系统的水力失调会直接造成系统的热力失调，因此，目前一般都采用管路同程式设计；热力入口处供回水管道的标高分别是 −1.900m 和 −1.700m，入户后其标高变为 −1.100m，其中 10 号立管是靠近供水干管的第一根立管，而 9 号立管是最末端立管，供水干管是抬头走，坡度为 0.003，而回水干管是低头走，坡度也是 0.003，整个系统设置了 3 个固定支架，为了更为清楚地表现散热器连接方式，轴侧透视图上采用打断线将各立管打断，取而代之的是立管图，立管图的编号和轴侧图是一样的，立管图上给出了各层散热器的标

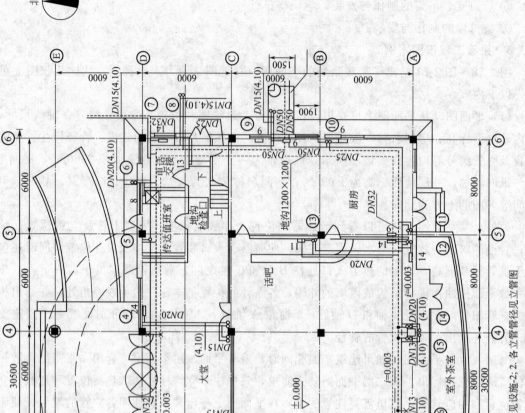

附注: 1. 热力入口详见设施-2; 2. 各立管管径见立管图

图 2-18 一层平面图

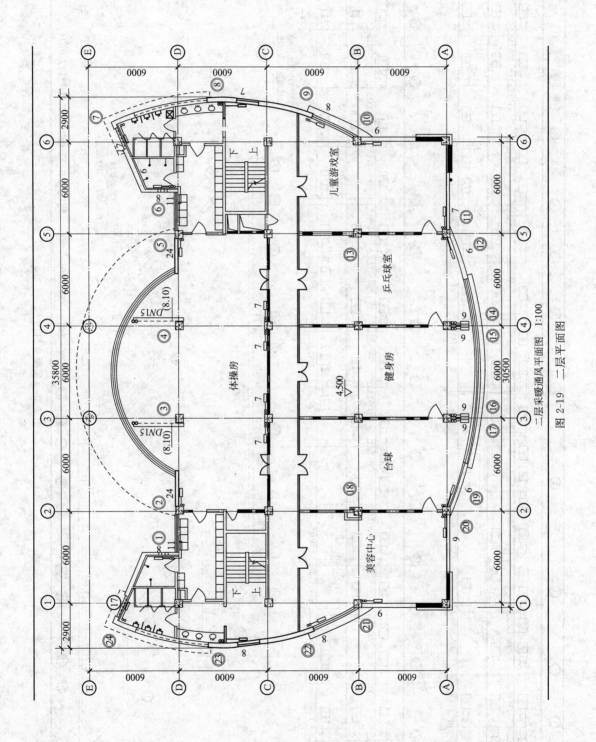

图 2-19　二层平面图

二层采暖通风平面图　1:100

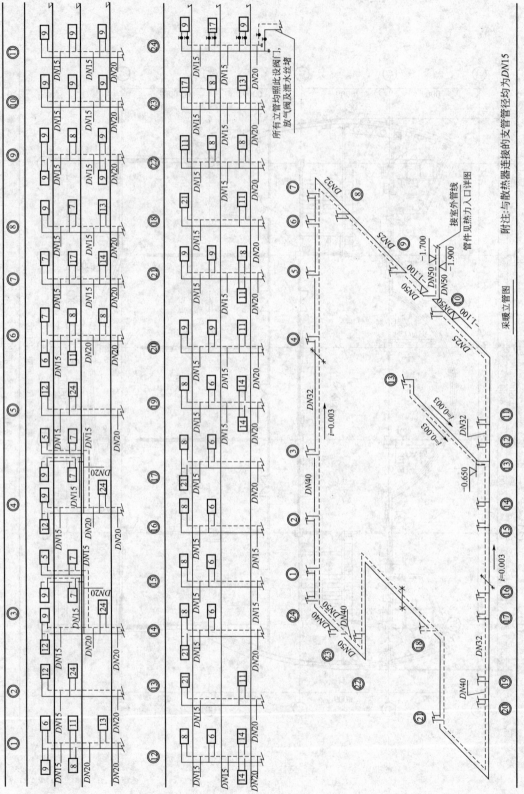

图 2-20 采暖立管图

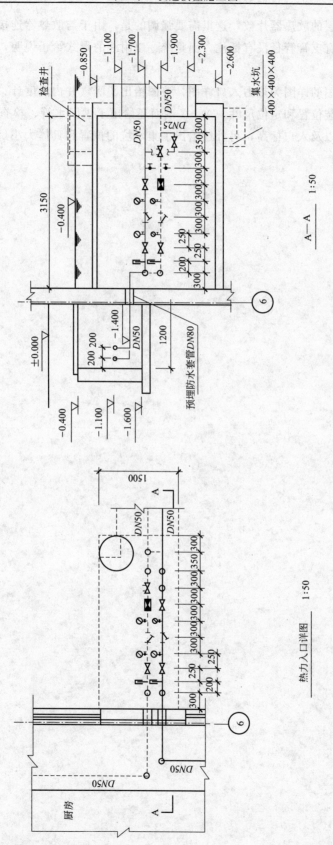

A—A　　1:50

热力入口详图　　1:50

图 2-21　入口详图

高，立管管径和各层的散热器片数，这里需要强调的是，由于与散热器连接的支管的管径是一样的，因此，所有支管管径没有标注，而是统一以附注的形式给予说明，以增加图纸的清晰度。

（3）详图。本图的详图为热力入口详图，该图给出了暖气井内温度计、压力表、过滤器阀门、泄水阀的安装位置和定位尺寸，A—A 剖面还给出了供回水管、检查井井底和顶部的标高、道路的标高以及入户标高，另外还给出了集水坑的位置和具体大小尺寸。

第3章 水暖工程计算规则与注解

3.1 水暖工程量计算一般规定

3.1.1 给水工程量计算一般规定

(1) 管道界限划分。管道界限划分通常以施工图规定界限为准，当施工图无明确规定时，按下列规定划分。

① 室内外管道界限，当建筑物外设有水表或阀门时，以水表或阀门为界，未设水表或阀门时，以建筑物外墙皮 1.5m 为界。

② 室外管道与市政管道界限，以水表井为界，无水表井者，以与市政管道碰头点为界。

(2) 室外给水工程量计算

① 给水管道安装，根据管材、管道连接方式、接口材料和管径不同，按管道中心线，以"延长米"为单位计算。

② 阀门安装，根据阀门种类、规格、型号、连接方式和管径不同，以"个"为单位计算。

③ 管道消毒、冲洗，按管径不同，以"延长米"为单位计算。

④ 新管与原有管道干线碰头，按管径和接头形式不同，以"处"为单位计算。

⑤ 浮标液位计、水塔水池浮标、水位标尺制作安装，按型式不同，分别以"组"或"套"为单位计算。

⑥ 室外消火栓安装，按配置形式（地上式、地下式）和类型（甲型、乙型）不同，以"组"为单位计算。

⑦ 消防水泵接合器安装，按配置形式（地上式、地下式、墙壁式）和规格不同，以"组"为单位计算。

⑧ 给水检查井砌筑，圆形井按内径和深度不同，矩形井按面积和深度不同，分别以"座"为单位计算。

(3) 建筑内给水工程量计算

① 给水管道安装，按管材、连接方式、接口材料及管径不同，以"延长米"为单位计算。

② 室内消火栓安装，按出口（单出口、双出口）和直径不同，以"套"为单位计算。

③ 水表安装，螺纹水表安装，按直径不同，以"个"为单位计算；焊接法兰水表（带旁通管及止回阀）按直径不同，以"组"为单位计算。

④ 钢板水箱制作，按箱重不同，以"公斤"为单位计算。

⑤ 矩形水箱安装，按容积不同，以"个"为单位计算。

⑥ 钢板水箱木制底盘制作安装，按型号（1#～6#）不同，以"个"为单位计算。

⑦ 卫生器具安装，按种类不同分别计算。它分为以下几种。

a. 浴盆、妇女卫生盆安装，按冷、热水和有无喷头，分别以组为单位计算。

b. 洗脸盆、洗手盆安装，按冷热水、开关型式、材质和用途不同，以"组"为单位计算。

c. 洗涤盆、化验盆安装，按水嘴（单嘴、双嘴、鹅颈嘴）和开关方式不同，以"组"为单位计算。

d. 淋浴器组成安装，按材质和冷、热水不同，以"组"为单位计算。

e. 水龙头安装，按直径不同，以"个"为单位计算。

f. 大便器安装，按型式（蹲式、坐式）、冲洗方式和镶接材料不同，以"组"为单位计算。倒便器安装，以"组"为单位计算。

g. 大便槽自动冲洗水箱安装，按水箱容积不同，以"套"为单位计算。

h. 小便器安装，按型式（挂斗式、立式），冲洗方式和联数（一联、二联、三联）不同，以"组"为单位计算。

i. 小便槽冲洗管制作安装，按直径大小以"延长米"为单位计算。

j. 地漏、地面扫除口安装，按规格直径不同，以"个"为单位计算。

k. 排水栓、铸铁存水弯安装，按是否带存水弯和直径不同，以"组"为单位计算。

⑧ 法兰安装，按材质、连接方式和直径不同，以"副"为单位计算。

⑨ 管道消毒冲洗，按直径不同，以"延长米"为单位计算。

⑩ 开水炉安装，按型号（1#、2#、3#）不同，以"台"为单位计算。

⑪ 电热水器、电开水炉安装，按安装方式（挂式、立式），型式不同，以"台"为单位计算。

⑫ 容积式水加热器安装，按型号（1#～7#）不同，以"台"为单位计算。

⑬ 蒸汽-水加热器、冷热水混合器安装，按类型、型号不同，以"台"为单位计算。

⑭ 清毒锅、清毒器、饮水器安装，按类型，型式（干、湿式），型号不同，以"台"为单位计算。

⑮ 自动消防信号门，按直径不同，以"组"为单位计算。

⑯ 湿式自动喷水报警阀带附件整套安装，按直径不同，以"套"为单位计算。

⑰ 消防玻璃球喷头安装，以"个"为单位计算。

3.1.2　排水工程量计算一般规定

（1）管道界限划分。施工图有规定者，以施工图规定为准，无规定时，按下述规定划分。

① 室内外管道界限，以出户第一个排水检查井为界，检查井计入室外排水系统。

② 室外管道与市政管道界限，以室外管道与市政管道碰头为界。

（2）室外排水工程量计算

① 管道安装，按管材种类、连接方式、接口材料和管径不同，以"延长米"为单位计算。

② 检查井、砖砌井和石砌井，按壁厚和深度，以立方米为单位计算；预制混凝土井，按直径和深度，以"座"为单位计算。

（3）建筑排水工程量计算

① 管道安装，按材质、连接方式、接口材料和管径不同，以"延长米"为单位计算。

② 柔性套管制作、安装，按材质、管径不同，以"个"为单位计算。

③ 刚性套管制作、安装，按材质、管径不同，以"个"为单位计算。

④ 镀锌铁皮套管制作，按直径不同，以"个"为单位计算。

⑤ 管道刷油，按刷油种类和遍数不同，根据外表面积，以平方米为单位计算。管道刷油面积可按以下的公式计算。

$$S = \pi(d + 2\delta)L$$

式中，S 为管道刷油面积，m^2；d 为管道外径，m；δ 为管道保温层厚度，m；L 为管道长度，m。

3.1.3　采暖工程量计算一般规定

（1）供暖工程量计算规则

① 供暖热源管道界限划分。室内外以入口阀门或建筑物外墙皮 1.5m 为界；与工业管道界线以锅炉房或泵站外墙皮 1m 为界；工厂车间内供暖管道以供暖系统与工业管道碰头点为界；设在高层建筑内的加压泵间管道以泵站间外墙皮为界。

② 锅炉房、泵房管道安装。锅炉房、泵房（加压泵间）管道安装应执行工业管道安装相关规定。

（2）管道安装

① 按设计图示管道中心线长度以"延长米"为单位计算，不扣除阀门，管件（包括减压器、疏水器、水表、伸缩器等组成安装）及各种井类所占的长度；方形补偿器以其所占长度按管道安装工程量计算。

② 伸缩器制作安装，螺纹连接法兰式套筒伸缩器和焊接法兰式套筒伸缩器安装、方形伸缩器制作安装，均按公称直径不同，以"个"为单位计算。

（3）栓类阀门安装

① 自动排气阀、手动放风阀安装，按公称直径不同，以"个"为单位计算。

② 安全阀安装（包括调试定压），按阀门安装相应定额项目乘以系数 2.0 计算。供暖工程（工业管道除外）所用阀门安装，按阀门安装相应规则计算。

（4）低压器具仪表组成与安装

① 减压器组成与安装，按连接方式、公称直径不同，以"组"为单位计算。

② 疏水器组成与安装，按连接方式、公称直径不同，以"组"为单位计算。

③ 仪表安装，按仪表种类（温度计、压力表）和水位表型式不同，以"副"为单位计算。

（5）供暖器具安装。各种类型散热器不分明装或暗装，均按类型分别选套定额，柱型散热器采用挂装时，套用 M132 项目计算。柱型和 M132 型铸铁散热器安装用拉条时，拉条另计算。散热器接口密封材料，若施工所用材料与定额不同时（如用胶垫或石棉绳等其他材料），不做换算。板式、壁式、闭式散热器安装，计算定额中包含了托钩的安装人工和材料，但不包括托钩价格，如散热器主材价不包括托钩时，托钩价应另计。

① 铸铁散热器组成安装，按型号不同，以"片"为单位计算。

② 光排管散热器制作安装，按公称直径不同，以"米"为单位计算。

③ 钢制闭式散热器安装，按型号不同，以"片"为单位计算。

④ 钢制板式散热器安装，按型号不同，以"组"为单位计算。

⑤ 钢制壁式散热器安装，按重量不同，以"组"为单位计算。

⑥ 钢柱式散热器安装，按片数不同，以"组"为单位计算。

⑦ 暖风机安装，按重量不同，以"台"为单位计算。

⑧ 太阳能集热器安装，按单元重量不同，以"单元"为单位计算。

⑨ 热空气幕安装，按型号或重量不同，以"台"为单位计算。

⑩ 集汽罐制作与安装，按公称直径不同，以"个"为单位计算。

（6）小型容器及水箱盘制作安装

① 钢板水箱制作，按每个水箱重量的不同，以"公斤"为单位计算。

② 补水箱及膨胀水箱安装，补水箱安装，以"个"为单位计算，膨胀水箱安装，按容积大小不同，以"个"为单位计算。

各种水箱连接管计算工程量时，可按室内管道安装的相应项目执行。各类水箱均未包括支架制作安装，工程若为型钢支架可套用"一般管道支架"项目，若为混凝土或砖支座可套土建工程预算定额相应项目。

（7）锅炉房管道、设备安装

① 工业管道、管件、阀门和法兰安装

a. 各种管道安装工程量均按不同的管材、公称直径（或管外径）进行计算，以长度为单位。

b. 管件连接工程量均按不同的管件材料、焊接方法及公称直径（或管外径）进行计算，以"件"为单位。

c. 阀门安装工程量均按不同的阀门种类、公称直径进行计算，以"个"为单位。

d. 法兰安装工程量均按不同的法兰种类、连接方法及公称直径，以"付"为单位。

② 工业管架、金属构件制作与安装包括管道支架、蒸汽分汽缸、空气分气筒的制作与安装等。

a. 管道支架制作与安装。管道支架分制作与安装，按支架形式不同，以"吨"为单位计算。

b. 蒸汽分汽缸制作与安装。蒸汽分汽缸的制作按形式不同，安装按重量不同，均以"公斤"为单位计算。

c. 空气分气筒制作与安装。空气分气筒制作与安装，按规格不同，以"个"为单位计算。

d. 除污器安装。除污器安装，按公称直径不同，以"组"为单位计算。

e. 注水器组成与安装。注水器组成与安装，按型式（单型、双型），公称直径的不同，以"组"为单位计算。

③ 低压锅炉安装。包括铸铁锅炉、快装锅炉、散装锅炉安装等。

a. 铸铁锅炉安装。铸铁锅炉安装，按炉型、所增片数的不同，以"台"为单位计算。

b. 汽水两用生活立式锅炉本体安装。汽水两用生活立式锅炉本体安装，按蒸发量或供热量的不同，以"台"为单位计算。

c. 快装锅炉成套设备安装。快装锅炉成套设备安装，按蒸发量或供热量的不同，以"台"为单位计算。快装锅炉是指锅炉生产厂除锅炉辅助机械单件供货时，炉主体在生产厂组装、砌筑、保温油漆等工序全部完成后整体出厂的锅炉。

　　d. 组装锅炉本体安装。组装锅炉本体安装，按蒸发量或供热量不同，以"组"为单位计算。组装锅炉是指由锅炉生产厂将炉本体分上下两大件组装后出厂的蒸汽、热水燃煤锅炉。

　　e. 散装锅炉本体安装。散装锅炉本体安装，按蒸发量的不同，以"吨"为单位计算。

　　f. 燃油（气）锅炉本体安装。燃油（气）锅炉本体安装，分整体与散装，按蒸发量不同，以"台"为单位计算。

　　g. 烟气净化设备安装。烟气净化设备安装，按设备类型、重量的不同，以"台"为单位计算。

　　h. 锅炉软化水处理设备安装。锅炉软化水处理设备安装，按软化水产量的不同，以"台"为单位计算。

　　i. 热交换器设备安装。热交换器设备安装，按设备类型、换热量或设备重量不同，以"台"为单位计算。

　　j. 输煤设备安装。输煤设备安装，按设备类型不同，以"台"为单位计算。

　　k. 除渣设备安装。除渣设备安装，按设备类型如，螺旋除渣机按直径（mm）、输送能力（t/h），刮板除渣机按出渣量（t/h），链条除渣机按输送长度（m）、除渣能力（t/h），重型链条除渣机按输送长度与除渣能力不同，均以"台"为单位计算。

　　l. 双辊齿式破碎机安装。双辊齿式破碎机安装，按辊齿直径的不同，以"台"为单位计算。

　　④ 风机安装及拆装检查，按类型、设备重量的不同，以"台"为单位计算。

　　⑤ 泵安装和拆装检查，按水泵类型（离心泵、锅炉给水泵、冷凝水泵、热循环水泵），水泵重量的不同，以"台"为单位计算。

3.2　给排水、采暖管道及支架制作安装计算

3.2.1　管道安装计算规则

　　(1) 各种管道，均以施工图所示中心长度，以"m"为计量单位，不扣除阀门、管件（包括减压器、疏水器、水表、伸缩器等组成安装）所占的长度。

　　(2) 镀锌铁皮套管制作以"个"为计量单位，其安装已包括在管道安装定额内，不得另行计算。

　　(3) 管道支架制作安装。室内管道公称直径 32mm 以下的安装工程已包括在内，不得另行计算，公称直径 32mm 以上的，可另行计算。

　　(4) 各种伸缩器制作安装，均以"个"为计量单位。方形伸缩器的两臂，按臂长的两倍合并在管道长度内计算。

　　(5) 管道消毒、冲洗、压力试验，均按管道长度以"m"为计量单位，不扣除阀门、管件所占的长度。

3.2.2　给水管道计算

　　(1) 室内外界线以建筑物外墙皮 1.5m 为界，入口处设阀门者以阀门为界。

　　(2) 与市政管道界线以水表井为界，无水表井者，以与市政管道碰头点为界。（水表井是指用来设置、安装、检查水表的井类构筑物。）

3.2.3　排水管道计算

（1）室内外以出户第一个排水检查井为界。（检查井是指为了对管道系统作定期检查和清通，而必须在管道适当位置上设置的井类附属构筑物。）

（2）室外管道与市政管道界线以与市政管道碰头为界。

3.2.4　采暖热源管道计算

（1）室内外以入口阀门或建筑物外墙皮 1.5m 为界。

（2）入口处设阀门者应以阀门为界。

（3）与工业管道的界线应以锅炉房或泵站外墙皮 1.5m 为界。

3.2.5　细部工程量计算

（1）镀锌钢管工程量计算

① 工程内容。管道、管件及弯管制作、安装；套管（包括防水套管）制作、安装；管道除锈、刷漆、防腐；管道绝热及保护层安装、除锈、刷漆；给水管道消毒、冲洗；水压及泄漏试验。

② 工程量计算。按不同的安装部位、输送介质、材质、型号、规格、连接方式，套管形式、材质、规格，接口材料，除锈、刷漆、防腐、绝热及保护层设计要求，以镀锌钢管管道中心线长度计算，计量单位为米（m），不扣除阀门、管件及各种井类所占长度。

（2）钢管工程量计算。钢管的工程内容及工程量计算同镀锌钢管。

（3）承插铸铁管工程量计算。承插铸铁管的工程内容及工程量计算同镀锌钢管。

（4）柔性抗震铸铁管工程量计算。柔性抗震铸铁管的工程内容及工程量计算同镀锌钢管。

（5）塑料管工程量计算。塑料管的工程内容及工程量计算同镀锌钢管（免去与塑料管无关的内容）。

（6）橡胶连接管工程量计算。橡胶连接管的工程内容及工程量计算同镀锌钢管（免去与橡胶连接管无关的内容）。

（7）塑料复合管工程量计算。塑料复合管的工程内容及工程量计算同镀锌钢管（免去与塑料复合管无关的内容）。

（8）钢骨架塑料复合管工程量计算。钢骨架塑料复合管的工程内容及工程量计算同镀锌钢管（免去与钢骨架塑料复合管无关的内容）。

（9）不锈钢管工程量计算。不锈钢管的工程内容及工程量计算同镀锌钢管。

（10）铜管工程量计算。铜管的工程内容及工程量计算同镀锌钢管（免去与铜管无关的内容）。

（11）承插缸瓦管工程量计算。承插缸瓦管的工程内容及工程量计算同镀锌钢管（免去与承插缸瓦管无关的内容）。

（12）承插水泥管工程量计算。承插水泥管的工程内容及工程量计算同镀锌钢管（免去与承插水泥管无关的内容）。

（13）承插陶土管工程量计算。承插陶土管的工程内容及工程量计算同镀锌钢管（免去与承插陶土管无关的内容）。

3.2.6　管道支架制作、安装计算

采暖、卫生、燃气器具、设备的支架均可按照下面的计算规则进行。

① 工程内容。制作、安装；除锈、刷油。

② 工程量计算。按不同形式，除锈、刷油设计要求，按设计图示以管道支架的质量计算，计量单位为"kg"。

3.3　管道附件计算

3.3.1　管道附件计算规则

管道附件计算主要是关于管道阀门的工程量计算。阀门的类型应包括浮球阀、手动排气阀、液压式水位控制阀、不锈钢阀、液相自动转换阀、选择阀和各种法兰连接及螺纹连接的低压阀门。

（1）螺纹阀门安装工程量计算。按不同类型、材质、型号、规格，按设计图示以螺纹阀门的数量计算，计量单位为"个"。

（2）螺纹法兰阀门安装工程量计算。按不同类型、材质、型号、规格，按设计图示以螺纹法兰阀门的数量计算，计量单位为"个"。

（3）焊接法兰阀门安装工程量计算。按不同类型、材质、型号、规格，按设计图示以焊接法兰阀门的数量计算，计量单位为"个"。

（4）带短管甲乙的法兰阀安装工程量计算。按不同类型、材质、型号、规格，按设计图示以带短管甲乙的法兰阀的数量计算，计量单位为"个"。

（5）自动排气阀安装工程量计算。按不同类型、材质、型号、规格，按设计图示以自动排气阀的数量计算，包括手动排气阀，计量单位为"个"。

（6）安全阀安装工程量计算。按不同类型、材质、型号、规格，按设计图示以安全阀的数量计算，计量单位为"个"。

（7）减压器安装工程量计算。按不同材质、型号、规格、连接方式，按设计图示以减压器的数量计算，计量单位为"组"。

（8）疏水器安装工程量计算。按不同材质、型号、规格、连接方式，按设计图示以疏水器的数量计算，计量单位为"组"。

（9）法兰安装工程量计算。按不同材质、型号、规格、连接方式，按设计图示以法兰的数量计算，计量单位为"副"。

（10）水表安装工程量计算。按不同类型、型号、规格、连接方式，按设计图示以水表的数量计算，计量单位为"组"。

（11）燃气表安装工程量计算。其工程内容包括安装，托架及表底基础制作、安装。其工程量按不同用途、型号、规格，按设计图示以燃气表的数量计算，计量单位为"块"。

（12）塑料排水管消声器安装工程量计算。按不同型号、规格，按设计图示以塑料排水管消声器的数量计算，计量单位为"个"。

（13）伸缩器安装工程量计算。按不同类型、材质、型号、规格、连接方式，按设计图示以伸缩器的数量计算（方形伸缩器的两臂，按臂长的两倍合并在管道安装长度内计算），计量单位为"个"。

（14）浮标液面计安装工程量计算。按不同型号、规格，按设计图示以浮标液面计的数量计算，计量单位为"组"。

（15）浮漂水位标尺安装工程量计算。按不同用途、型号、规格，按设计图示以浮漂水位标尺的数量计算，计量单位为"套"。

（16）抽水缸安装工程量计算。按不同材质、型号、规格，按设计图示以抽水缸的数量计算，计量单位为"个"。

（17）燃气管道调长器安装工程量计算。按不同型号、规格，按设计图示以燃气管道调长器的数量计算，计量单位为"个"。

（18）调长器与阀门连接安装工程量计算。按不同型号、规格，按设计图示以调长器与阀门连接的数量计算，计量单位为"个"。

3.3.2 管道阀门的型号

阀门种类多，规格杂，但为了便于设计选用和施工采购订货，国家有关标准对每种阀门都给予特定的型号和代号，以说明它的类别、结构方式、驱动方式、连接方式、阀座密封面或衬里材料、公称压力、公称直径、阀体材料等。国家标准规定阀门组成的各个部件，用七个单元表示，各单元的排列顺序和表示意义如图 3-1 所示。

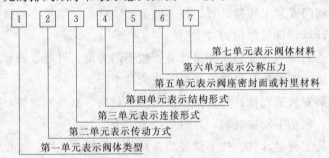

图 3-1　阀门组成代号意义

第一单元用汉语拼音字母表示阀门类型，代号见表 3-1。

表 3-1　阀门类型及代号

类型	代号	类型	代号
闸阀	Z	旋塞阀	X
截止阀	J	止回阀和底阀	H
节流阀	L	安全阀	A
球阀	Q	减压阀	Y
蝶阀	D	疏水阀	S
隔膜阀	G		

注：低温（低于−40℃）、保温（带加热套）和波纹管的阀件，在类型代号前分别加"D"、"B"和"W"汉语拼音字母。

第二单元用阿拉伯数字表示阀门的传动方式，代号见表 3-2。对于手轮、手柄或扳手等直接传动的阀门（安全阀、减压阀、疏水阀），则在型号中省略本单元。

表 3-2　阀门传递方式及代号

传动方式	代号	传动方式	代号
电磁动	0	伞齿轮	5
电磁-液动	1	气动	6
电-液动	2	液动	7
蜗轮	3	气-液动	8
正齿轮	4	电动	9

注：对于气动和液动，常开式用 6K、7K 表示，常闭式用 6B、7B 表示；气动带手轮用 6S 表示；防爆电机用 9B 表示。

第三单元用阿拉伯数字表示阀门的连接形式，代号见表 3-3。

第四单元用阿拉伯数字表示阀门的结构形式，代号见表 3-4。

表 3-3　阀门连接形式及代号

连接形式	代号	连接形式	代号
内螺纹	1	对夹	7
外螺纹	2	卡箍	8
法兰	4	卡套	9
焊接	6		

表 3-4　阀门结构形式及代号

类别	结构形式			代号
闸阀			弹性闸板	0
	明杆	楔式	刚性 单闸板	1
			双闸板	2
		平行式	单闸板	3
			双闸板	4
	暗杆	楔式	单闸板	5
			双闸板	6
截止阀和节流阀	直通式			1
	角式			4
	直流式			5
	平衡	直通式		6
		角式		7
球阀	浮动	直通式		1
		三通式	L 形	4
			T 形	5
	固定	直通式		7
蝶阀	杠杆式			0
	垂直板式			1
	斜板式			3
隔膜阀	屋脊式			1
	截止式			3

第五单元用汉语拼音字母表示阀座密封面或衬里材料，代号见表 3-5。

第六单元直接用公称压力的数值表示，并用短线与第五单元隔开。

第七单元用汉语拼音字母表示阀体材料，代号见表 3-6。对于公称压力小于或等于 1.6MPa 的灰铸铁阀门和公称压力大于或等于 2.5MPa 的碳素钢阀体，则省略本单元。

阀门型号说明举例如下。

（1）Z944W-1.0 型。表明是电动机驱动、法兰连接、明杆平行式双闸板、密封面由阀体直接加工的、公称压力为 1.0MPa、阀体为铸铁的闸阀。产品名称为电动平行式双闸板闸阀。

表 3-5　阀座密封面或衬里材料代号

密封面或衬里材料	代号	密封面或衬里材料	代号
铜合金	T	渗氮钢	D
橡胶	X	硬质合金	Y
尼龙塑料	N	衬胶	J
氟塑料	F	衬铅	Q
巴氏合金（锡基轴承合金）	B	搪瓷	C
合金钢	H	渗硼钢	P

注：由阀体直接加工的阀座密封面材料代号用"W"表示；当阀座或阀瓣（闸板）密封面材料不同时，用低硬质材料代号表示（隔膜阀除外）。

表 3-6　阀体材料及代号

阀体材料	代号	阀体材料	代号
灰铸铁（HT25-47）	Z	铬钼钢（Cr5Mo）	I
可锻铸铁（KT30-6）	K	铬镍钛钢（1Cr18Ni9Ti）	P
球墨铸铁（QT40-15）	Q	铬镍钼钛钢（Cr18Ni12Mo2Ti）	R
铜合金（H26）	T	铬钼钒钢（12CrMoV）	V
碳素钢（ZG25Ⅱ）	C		

（2）J21Y-16.0 型。表明是手动、外螺纹连接、直通式、密封面材料为硬质合金、公称压力为 16.0MPa、阀体材料为铬镍钛耐酸钢（1Cr18Ni9Ti）的截止阀。产品名称为外螺纹截止阀。

3.4　卫生器具制作安装计算

（1）浴盆

① 工程内容。器具、附件安装。

② 工程量计算。按不同材质、组装形式、型号、开关，按设计图示以浴盆的数量计算，计量单位：组。

浴盆的材质有搪瓷、铸铁、玻璃钢、塑料等，规格分为 1400、1650、1800，组装形式有冷水、冷热水、冷热水带喷头等，应在工程量计算中明确描述。

（2）净身盆。净身盆的工程内容和工程量计算同浴盆。

（3）洗脸盆。洗脸盆的工程内容和工程量计算同浴盆。

洗脸盆的型号分为立式、台式、普通，规格和组装形式有冷水、冷热水，开关种类分为肘式、脚踏式，应在工程量清单中明确描述。

（4）洗手盆。洗手盆的工程内容和工程量计算同浴盆。

（5）洗涤盆。洗涤盆的工程内容和工程量计算同浴盆。

（6）化验盆。化验盆的工作内容和工程量计算同浴盆。

（7）淋浴器。

① 工程内容。器具、附件安装。

② 工程量计算。按不同材质、组装方式、型号、规格，按设计图示以淋浴器的数量计

算，计量单位：组。

淋浴器的组装形式分为钢管组成和铜管成品，应在工程量计算中明确描述。

（8）淋浴间

① 工程内容。器具、附件安装。

② 工程量计算。按不同材质、组装方式、型号、规格，按设计图示以淋浴间的数量计算，计量单位：套。

（9）桑拿浴房。桑拿浴房的工程内容和工程量计算同淋浴间。

（10）按摩浴缸。按摩浴缸的工程内容和工程量计算同淋浴间。

（11）烘手机。烘手机的工程内容和工程量计算同淋浴间。

（12）大便器。大便器的工程内容和工程量计算同淋浴间。

大便器的规格型号有蹲式、坐式、低水箱、高水箱，开关及冲洗形式分为普通冲洗、阀冲洗、手压冲洗、脚踏冲洗、自闭式冲洗等，应在工程量计算中明确描述。

（13）小便器。小便器的工程内容和工程量计算同淋浴间。

小便器的规格、型号有挂斗式和立式，应在工程量计算中明确描述。

（14）水箱制作、安装

① 工程内容。制作；安装；支架制作、安装及除锈、刷油；除锈、刷油。

② 工程量计算。按不同材质、类型、型号、规格，按设计图示以水箱的数量计算，计量单位：套。

水箱的形状有圆形和方形，应在工程量计算中明确描述。

（15）排水栓安装工程量计算。按是否带存水弯，按不同材质、型号、规格，按设计图示以排水栓的数量计算，计量单位：组。

（16）水龙头安装工程量计算。按不同材质、型号、规格，按设计图示以水龙头的数量计算，计量单位：个。

（17）地漏安装工程量计算。按不同材质、型号、规格，按设计图示以地漏的数量计算，计量单位：个。

（18）地面扫除口安装工程量计算。按不同材质、型号、规格，按设计图示以地面扫除口的数量计算，计量单位：个。

（19）小便槽冲洗管制作安装工程量计算。按不同材质、型号、规格，按设计图示以小便槽冲洗管的长度计算，计量单位：米（m）。

（20）热水器

① 工程内容。安装；管道、管件、附件安装；保温。

② 工程量计算。按不同能源（电能、太阳能），按设计图示以热水器的数量计算，计量单位：台。

（21）开水炉工程量计算。按不同类型、型号、规格、安装方式，按设计图示以开水炉的数量计算，计量单位：台。

（22）容积式热交换器

① 工程内容。安装；保温；基础砌筑。

② 工程量计算。按不同类型、型号、规格、安装方式，按设计图示以容积式热交换器

的数量计算，计量单位：台。

（23）蒸汽-水加热器

① 工程内容。安装；支架制作、安装；支架除锈、刷油。

② 工程量计算。按不同类型、型号、规格，按设计图示以蒸汽-水加热器的数量计算，计量单位：台。

（24）冷热水混合器。

冷热水混合器的工程内容和工程量计算同蒸汽-水加热器。

（25）电消毒器安装工程量计算。按不同类型、型号、规格，按设计图示以电消毒器的数量计算，计量单位：台。

（26）消毒锅安装工程量计算。按不同类型、型号、规格，按设计图示以消毒锅的数量计算，计量单位：台。

（27）饮水器安装工程量计算。按不同类型、型号、规格，按设计图示以饮水器的数量计算，计量单位：套。

3.5 采暖器具及采暖工程系统调整计算

3.5.1 采暖器具计算规则

（1）铸铁散热器

① 工程内容。安装；除锈、刷油。

② 工程量计算。按不同型号、规格，除锈、刷油设计要求，按设计图示以铸铁散热器的数量计算，计量单位：片。

铸铁散热器的型号及规格有长翼、圆翼、M132、柱型，散热器的除锈标准以及油漆种类都应在工程量计算中明确描述。

（2）钢制闭式散热器安装工程量计算。按不同型号、规格，除锈、刷油设计要求，按设计图示以钢制闭式散热器的数量计算，计量单位：片。

（3）钢制板式散热器安装工程量计算。按不同型号、规格，除锈、刷油设计要求，按设计图示以钢制板式散热器的数量计算，计量单位：组。

（4）光排管散热器制作、安装

① 工程内容。制作、安装；除锈、刷油。

② 工程量计算。按不同型号（A、B型）、规格、管径，除锈、刷油设计要求，按设计图示以光排管的长度计算，在计算工程量长度时，每组光排管之间的连接管长度不能计入光排管制作安装工程量内，计量单位：米（m）。

（5）钢制壁板式散热器安装工程量计算。按不同质量、型号、规格，按设计图示以钢制壁板式散热器的数量计算，计量单位：组。

（6）钢制柱式散热器安装工程量计算：按不同片数、型号、规格，按设计图示以钢制柱式散热器的数量计算，计量单位为组。

（7）暖风机安装工程量计算。按不同质量、型号、规格，按设计图示以暖风机的数量计算，计量单位：台。

按照散热器的大小和送风方式不同，将暖风机分为小型暖风机和大型暖风机两类；根据其结构特点和适用热媒不同，又可分为蒸汽暖风机，热水暖风机，蒸汽、热水两用暖风机及冷、热水两用的冷暖风机等。

（8）空气幕安装工程量计算：按不同质量、型号、规格，按设计图示以空气幕的数量计算，计量单位：台。

3.5.2　采暖工程系统调整计算

① 工程内容。系统调整，包括在室外温度和热源进口温度按设计规定条件下，将室内温度调整到设计要求的温度的全部内容。

② 工程量计算。按由采暖管道、管件、阀门、法兰、供暖器具组成采暖工程系统数量计算，计量以系统为单位。

3.6　燃气器具计算

3.6.1　燃气的种类

燃气是由多种可燃与不可燃的单一气体组成的混合气体。可燃气体组分有 C_mH_n（碳氢化合物）、H_2 和 CO，不可燃气体组分有 CO_2 和 O_2 等。燃气按其起源或其生产方式不同，可分为天然气和人工气两大类。液化石油气和生物气则由于气源和输配方式的特殊性，习惯上各另列一类。燃气的分类详见图 3-2。

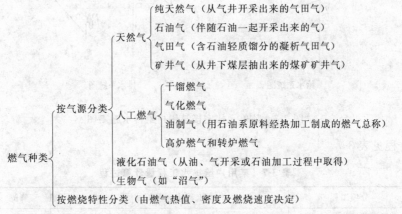

图 3-2　燃气的分类

3.6.2　燃气器具计算规则

（1）燃气开水炉安装工程量计算。按不同型号、规格，按设计图示以燃气开水炉的数量计算，计量单位：台。

（2）燃气采暖炉安装工程量计算。按不同型号、规格，按设计图示以燃气采暖炉的数量计算，计量单位：台。

（3）沸水器安装工程量计算。按不同类型（容积式沸水器、自动沸水器、燃气消毒器）型号、规格，按设计图示以沸水器的数量计算，计量单位：台。

（4）燃气快速热水器安装工程量计算。按不同型号、规格，按设计图示以燃气快速热水器的数量计算，计量单位：台。

（5）气灶具安装工程量计算。按不同用途（民用、公用），灶具气源（人工燃气灶具、液化石油气灶具、天然气燃气灶具），型号，规格，按设计图示以气灶具的数量计算，计量单位：台。

（6）气嘴安装工程量计算：按不同气嘴数（单嘴、双嘴），材质，型号，规格，按设计图示以气嘴的数量计算，计量单位：个。

3.7　水暖工程量计算实例

【例 3-1】　图 3-3 为某幢单元住宅楼的某用户厨房与卫生间的给排水设计图。给水用镀锌焊接钢管（丝接），排水用铸铁承插排水管（水泥接口）。试计算该户给排水工程的工程量。

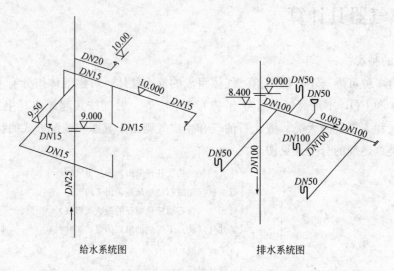

图 3-3　某单元住宅楼某用户给排水施工图

计算过程见表 3-7。

表 3-7　某用户给排水工程量计算过程

序号	分项工程		工程说明及算式	单位	数量
一、管道敷设					
1	给水	(1)DN20	0.4+0.1	m	0.5
		(2)DN15	1.6+1.8+0.1+0.2+0.5+2.5+0.1+0.8+0.1	m	7.7
2	排水	(1)DN50	0.6+1.2+0.8+0.5+0.6+0.5+0.6+0.8+1.1	m	6.7
		(2)DN100	0.6+0.3+2.1	m	3
二、器具					
1	DN15 水龙头		1+1	个	2
2	DN20 水龙头			个	1
3	浴盆			组	1
4	坐式大便器			套	1
5	洗面盆			套	1
6	排水栓		DN50	套	1
7	地漏		DN50	个	2

【例 3-2】　根据图 3-4 室内给排水管道平面图，图 3-5 室内给水管道系统图，图 3-6 室内排水管道系统图，分析平面图和系统图，可知该室内给排水工程分为 2 个给水系统、3 个排水系统。试计算各工程量。

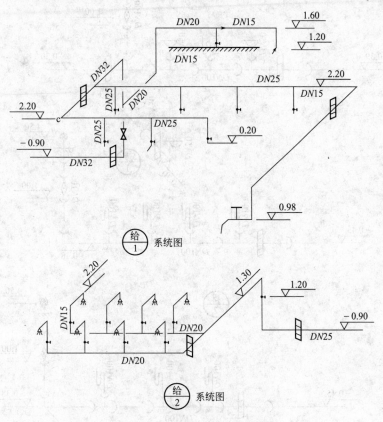

图 3-4　室内给水管道系统图

计算过程如下。

(1) 给 1 系统是一条供厕所的给水系统，管径包括 $DN32$、$DN25$、$DN20$、$DN15$。

① 镀锌钢管 $DN32$（丝扣连接）：1.5m（室内外管道界线）+0.3m+(0.9+2.20)m（立管系统图）+(1.3+0.25-0.06)m（平面图）=6.39m

立管上 J11T-10$DN32$ 截止阀：1 个

② 三个水平支管

a. 连 4 只大便器冲水及洗手盆的支管。厕所间隔距离的计算：[3900（平面图）-300（墙厚）]/4=900（mm）

镀锌钢管 $DN25$：0.9/2+0.9×3+[(2.20-0.20)×4]=11.15（m）

镀锌钢管 $DN15$：0.9/2（大便器中至墙）+(0.25-0.06+2.5)（平面图）-0.15（半砖墙厚）-0.20（洗手盆长度之半）+(2.20-0.98)（系统图）=4.01（m）

截止阀 J11T-10$DN25$：4 个

水龙头 $DN15$：1 个

b. 连接 3 个大便器冲水支管。镀锌管 $DN25$：0.9/2+(2.20-0.2)×3-(1.5×3)=1.95（m）

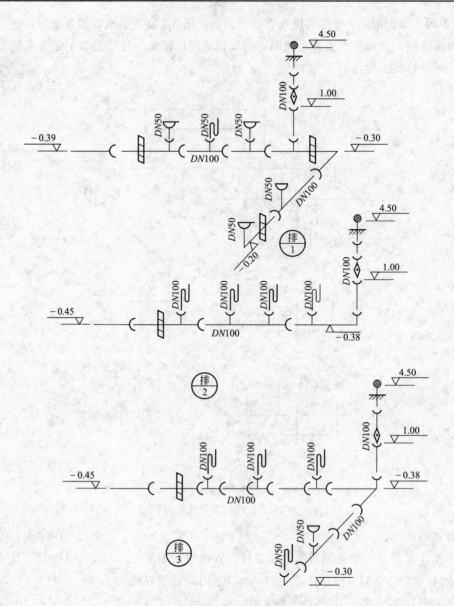

图 3-5　室内排水管道系统图

截止阀 J11T-10DN25：3 个

c. 连接小便槽冲洗及洗手盆给水支管。镀锌钢管 DN20：(1.65＋0.3)(平面图)－0.15 (半砖墙厚)＋(1.60－1.00)(系统图)＋1.45(平面图)－0.15(平面图)＝3.70 (m)

镀锌钢管 DN15：1.65(平面图)＋(1.60－1.20)×29(系统图)＝13.25 (m)

小便冲洗管 DN15：[1.45(平面图)－0.15(半砖墙厚)－0.10(小便冲洗管离墙距离)]× 2＝2.40 (m)

截止阀 J11T-10DN15：1 个

水龙头 DN15：1 个

③ 将以上工作量加以整理汇总，即得给 1 系统工作量如下。

镀锌钢管 DN32：6.39m

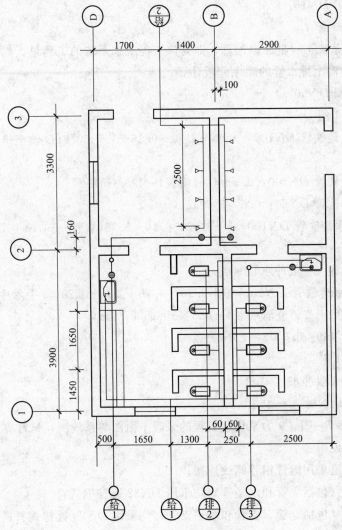

图 3-6　给排水平面图

镀锌钢管 $DN25$：11.15＋1.95＝13.1（m）

镀锌钢管 $DN20$：3.70m

镀锌钢管 $DN15$：4.01＋13.25＝17.26（m）

小便槽冲洗管 $DN15$：2.40m

截止阀 J11T-10$DN32$：1 个

截止阀 J11T-10$DN25$：4＋3＝7（个）

截止阀 J11T-10$DN15$：1 个

水龙头 $DN15$：1＋1＝2（个）

（2）给 2 系统是一条供淋浴的给水系统，管径包括 $DN25$、$DN20$、$DN15$。

镀锌钢管 $DN25$：1.5（室内外分界）＋0.3（穿墙）＋（1.3＋0.9）（系统图）＋1.4（平面图）＋0.10（水平图）＝5.5（m）

镀锌钢管 $DN20$：2.5×2＝5（m）（水平支管）

截止阀 J11T-10$DN25$：1 个

截止阀 J11T-10$DN15$：8 个

塑料淋浴器：8 套

将给 1、给 2 系统工程量加以汇总，即为该工程给水系统的工程量。然后，分析排水系统，按从污水收集器至排水管的顺序分析计算。

（3）排 1. 地漏 $DN50$：4 个

白瓷洗手盆：1 组

水平管，排水铸铁管 $DN100$：3.00＋3.90＋0.16＋1.7－0.3（D 轴至排 1 水平）＋1.4＋0.1＝9.96（m）

立管，排水铸铁管 $DN100$：0.3＋4.5（明装）＝4.8（m）

短管，排水铸铁管 $DN50$：0.5×5＝2.5（m）

（4）排 2. 排水铸铁管 $DN100$：3＋3.90－0.16＋0.38（立管）＋4.5（立管,明装）＋0.5×4（短管）＝13.62（m）

白瓷蹲式大便器（一般冲水）：4 组

（5）排 3. 排水铸铁管 $DN100$：3＋3.90－0.16＋2.5－0.20（洗手盆中心距墙）－0.15（半砖）＋0.38（立管）＋4.5（立管明装）＋0.5×3＝15.27（m）

排水铸铁管 $DN50$：0.5×2＝1（m）

白瓷洗手盆：1 组

白瓷大便器（一般冲水）：3 组

地漏 $DN50$：1 个

【例 3-3】 图 3-7～图 3-9 为某住宅工程的采暖平面图与系统图，试计算工程量。

采暖工程设计说明：

（1）给排水管道采用镀锌钢管螺纹连接；

（2）给水干管（包括立管和水平管）均采用 $DN32$ 镀锌钢管；

（3）给水支管（包括立管、支管和水平支管）均采用 $DN20$ 镀锌钢管；

（4）排水水平支管均采用 $DN20$ 镀锌钢管；

（5）排水水平干管均采用 $DN40$ 镀锌钢管；

（6）各干管、支管上均采用闸阀螺纹连接；

（7）回水管过门设混凝土地沟；

（8）采用 M-132 型铸铁散热器，片数已分别标在系统图中，每片按 85mm 计算，散热片上下两丝和连接孔间隔 500mm；

（9）给水管端各设一个集汽罐，规格为 $DN150$，$H＝300$mm；

（10）各立管离开墙面 100mm；

（11）各房间内散热器按管一侧端头离开支管立管 0.8m；

（12）室外水平供水管及回水管长度算至外墙皮 1.5m。

计算过程如下。

（1）给水镀锌钢管线接 $DN32$

① 水平引入管－0.6m 处：1.50＋2.10＝3.60（m）。

② 主管干管－0.60～17.70m 处：0.60＋17.70＝18.30（m）。

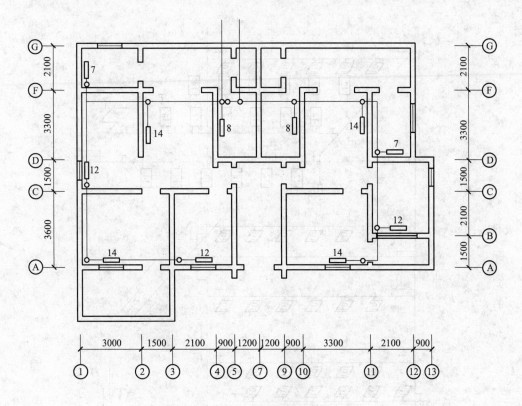

图 3-7 底层采暖平面图

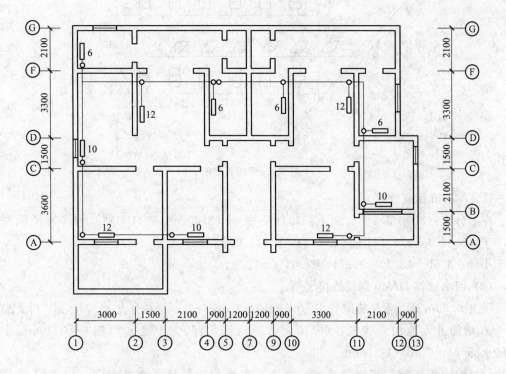

图 3-8 顶层采暖平面图

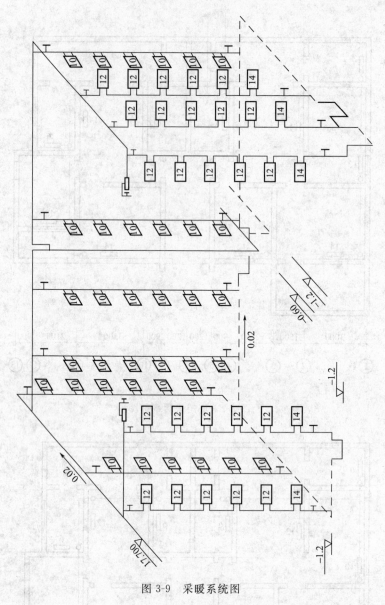

图 3-9　采暖系统图

③ 17.70m 标高处。

左右分支：$(3.0+3.6+4.20+3.30)$（K 轴）$+(3.60+4.80)$（①轴）$+4.50$（K 轴左）$+(3.0+1.8+2.1+1.5)$（11 轴）$+(0.24+0.1)$（A 轴右）$=35.74$（m）。

小计：$3.60+18.30+35.74=57.64$（m）。

（2）回水镀锌 $DN40$ 钢管线接

① -0.60m 处：水平排除管 $1.50+2.10=3.60$（m）；左右分支 35.74（m）（同上）。

② 增加进入地沟立管长：$(0.10+0.20)$（平均深）$\times4$ 处 $\times2$（根）$=2.40$m；小计：$3.60+35.74+2.40=41.74$m。

（3）给水镀锌钢管螺纹的连接。立管、支管和接散热器水平支管：$11\times[(17.70-0.10)-(0.50\times6$ 处$)$（暖气处接口孔距）$+0.8\times2$ 根 $\times6$ 处（水平支管）$]=11\times24.20=266.20$m。

（4）铸铁暖气片安装 M132

① 底层：12＋14＋12＋7＋14＋8＋8＋14＋7＋12＋14＝122（片）。

② 楼层：5×(10＋12＋10＋6＋12＋6＋12＋6＋10＋12＋6)＝5×102＝510(片)；小计：122＋510＝632(片)。

（5）自动排气阀安装 2 个。

（6）自动排气阀安装 2 个。

（7）闸阀安装 $DN20$，集汽罐上，11×2＋2 个＝24（个）。

（8）闸阀安装 $DN32$ 1 个。

3.8　水暖工程量计算常用资料

（1）常见铸铁管规格。常见铸铁管规格见表 3-8。

表 3-8　铸铁管规格

给水砂型立式铸铁直管					排水铸铁承插口直管			
公称内径/mm	外径/mm	壁厚/mm	管长/m	质量/(kg/根)	内径/mm	壁厚/mm	管长/m	质量/(kg/根)
					50	5	1.5	10.3
75	93	9	3	58.5	75	5	1.5	14.9
100	118	9	3	75.5	100	5	1.5	19.6
125	143	9	4	119	125	6	1.5	29.4
150	169	9	4	149	150	6	1.5	34.9
200	220	10	4	207	200	7	1.5	53.7

（2）卫生器具安装高度。卫生器具的安装高度如表 3-9 所列。

表 3-9　卫生器具的安装高度

卫生器具名称		卫生器具边缘离地面高度/mm		备注
		居住建筑和公共建筑	幼儿园	
污水盆	架空式	800	800	自地面至上边缘
	落地式	500	500	
洗涤盆(池)		800	800	
洗脸盆和洗手盆(有塞、无塞)		800	500	
盥洗槽		800	500	
浴盆		520～600	—	
蹲式大便器	高水箱	1800	1800	自台阶面至高水箱底
	低水箱	900	900	自台阶面至低水箱底
坐式大便器	高水箱	1800	1800	自台阶面至高水箱底
	低水箱 外露排出管式	510	370	自地面至低水箱底
	低水箱 虹吸喷射式	470		

续表

卫生器具名称		卫生器具边缘离地面高度/mm		备注
		居住建筑和公共建筑	幼儿园	
小便器	立式	100	450	自地面至受水部分上边缘
	挂式	600		
小便槽		200	150	自地面至台阶面
妇女卫生盆		360	—	
饮水器		900	—	自地面至上边缘
化验盆		870	—	

（3）焊接钢管刷油面积。每 100 延长米焊接钢管的刷油面积如表 3-10 所列。

表 3-10　每 100 延长米焊接钢管刷油面积

公称直径/mm	保温层厚度/mm										
	0	20	25	30	40	50	60	70	80	90	100
15	6.68	19.24	22.38	25.53	31.81	38.09	44.37	50.66	56.94	63.22	69.51
20	8.40	20.94	24.11	27.25	33.54	39.82	46.10	52.39	58.67	64.95	71.24
25	10.52	23.09	26.23	29.37	35.66	41.94	48.22	54.51	60.79	67.07	73.26
32	13.27	25.84	28.98	32.12	38.41	44.69	50.97	57.26	63.54	69.82	76.11
40	15.08	27.65	30.79	33.93	40.21	46.50	52.78	59.06	65.35	71.63	77.91
50	18.85	31.42	34.56	37.70	43.98	50.27	56.55	62.83	69.11	75.40	81.68
70	23.72	36.29	39.43	42.57	48.85	55.13	61.42	67.70	73.98	80.27	86.55
80	27.80	40.37	43.51	46.65	52.94	59.22	65.50	71.79	78.07	84.35	90.63
100	35.81	48.38	51.52	54.66	60.95	67.23	73.51	79.80	86.08	92.36	98.65
125	43.98	56.55	59.69	62.83	69.11	75.40	81.68	87.96	94.25	100.53	106.81
150	51.84	64.40	67.54	70.69	76.97	83.25	89.54	95.82	102.01	108.39	114.67

（4）散热器安装支、托架数量。散热器安装支、托架数量如表 3-11 所列。

表 3-11　散热器支、托架数量

散热器型号	每组片数	上部托钩或卡架数	下部托钩或卡架数	总计	备注
60 型	1	2	1	3	
	2～4	1	2	3	
	5	2	2	4	
	6	2	3	5	
	7	2	4	6	
M-132、150 型	3～8	1	2	3	
	9～12	1	3	4	
	13～16	2	4	6	
	17～20	2	5	7	
	21～24	2	6	8	
柱型	3～8	1	2	3	
	9～12	1	3	4	
	13～16	2	4	6	不带足
	17～20	2	5	7	
	21～24	2	6	8	

散热器型号	每组片数	上部托钩或卡架数	下部托钩或卡架数	总计	备注
圆翼型	1	—	—	2	
	2	—	—	3	
	3～4	—	—	4	
扁管、板式	1	2	2	4	
串片型	每根长度小于 1.4m			2	
	长度为 1.6～2.4m			3	
	注：多根串联托钩间距不大于 1m				

（5）常见铸铁散热器技术数据。几种常见铸铁散热器的技术数据如表 3-12 所列。

表 3-12　几种铸铁散热器的技术数据

型　　号	散热面积 /(m²/片)	水容量 /(L/片)	质量 /(kg/m²)	工作压力 /MPa	试验压力 /MPa	外形尺寸/mm
四柱 813	0.28	1.37	27.1	0.4	0.8	813×164×57
M-132	0.24	1.30	27.1	0.4	0.8	584×132×82
长翼型　大 60	1.17	8.42	24	0.4	0.5	280×600×115
长翼型　小 60	0.8	5.66	24	0.4	0.5	200×600×115
圆翼型（D75 单根）	1.8	4.42	21.2	0.4	0.6	168×168×1000

（6）常见钢制散热器技术数据。几种常见钢制散热器的技术数据如表 3-13 所列。

表 3-13　几种常见钢制散热器的技术数据

型　　号	散热面积/(m²/片)	水容量/(L/片)	质量/(kg/片)	工作压力/MPa
钢制柱式散热器 600×120	0.15	1	2.2	0.8
钢制板式散热器 600×1000	2.75	4.6	18.4	0.8
钢制扁管散热器单板 520×1000	1.151	4.71	15.1	0.6
单板带对流片 624×1000	5.55	5.49	27.4	0.6
闭式钢串片散热器				
150×80	3.15	1.05	10.5	1.0
240×100	5.72	1.47	17.4	1.0
500×90	7.44	2.50	30.5	1.0

（7）集汽罐制作用料规格。常见集汽罐制作用料规格如表 3-14 所列。

表 3-14　常见集汽罐制作用料规格

集汽罐规格/mm	ϕ250	ϕ300	ϕ400
堵头钢板厚度/mm	6	8	8
接头管规格/mm	ϕ50	ϕ70	ϕ80

第4章 水暖工程量清单计价

4.1 工程量清单的概念及应用

4.1.1 工程量清单计价的概念和内容

工程量清单计价是改革和完善工程价格管理体制的一个重要组成部分。工程量清单计价方法相对于传统的定额计价方法是一种新的计价模式，或者说是一种市场定价模式，是由建设产品的买方和卖方在建设市场上根据供求状况、信息状况进行的自由竞价，从而最终能够签订工程合同价格的方法。在工程量清单的计价过程中，工程量清单为建设市场的交易双方提供了一个平等的平台，其内容和编制原则的确定是整个计价方式改革中的重要工作。

（1）工程量清单计价的概念。工程量清单是表现拟建工程的分部分项工程项目、措施项目、其他项目名称和相应数量的明细清单，是按照招标要求和施工设计图纸要求，将拟建招标工程的全部项目和内容，依据统一的项目名称、编码、工程量计算规则和计量单位，编列和计算分部分项工程数量、措施项目和其他项目的表格，作为招标文件的组成部分，供投标单位逐项填写单价用于投标报价。投标人根据招标文件中规定的准备实施的全部工程项目的内容以及工程量清单的形式表示的工程部位、性质以及数量，确定各项目的综合单价，汇总计算出投标工程的总造价。中标的工程量清单报价是承包合同的重要组成部分，也是竣工结算和索赔的重要依据。

工程量清单是一份由招标人提供的文件，应由具有编制招标文件能力的招标人，或受其委托具有相应资质的中介机构进行编制。工程量清单是招标文件的组成部分，是编制标底和投标报价的依据，是签订工程合同、调整工程量和办理竣工结算的基础，一经中标且签订合同，即成为合同的组成部分。因此，无论招标人还是投标人都应该慎重对待。

（2）工程量清单计价的内容。工程量清单作为招标文件的组成部分，一个最基本的功能是作为信息的载体，以便投标人能对工程有全面充分的了解。从这个意义上讲，工程量清单的内容应该全面、准确。工程量清单主要包括工程量清单说明和工程量清单表两部分。

① 工程量清单说明。工程量清单说明主要指招标人解释拟招标工程的工程量清单的编制依据以及重要作用，明确清单中的工程量是招标人估算得出来的，仅仅作为投标报价的基础，结算时的工程量应以招标人或由其授权委托的监理工程师核准的实际完成量为依据，提示投标申请人重视清单，以及如何使用清单。

② 工程量清单表。工程量清单表作为清单项目和工程数量的载体，是工程量清单的重要组成部分。见表4-1。

表 4-1　工程量清单

（招标工程项目名称）工程　　　　　　　　　　　　　　　　　　　　　共　页　第　页

序　号	编　号	项目名称	计量单位	工程量
一		（分部工程名称）		
1		（分部工程名称）		
2				
⋮				
二		（分部工程名称）		
1		（分部工程名称）		
2				
⋮				

合理的清单项目设置和准确的工程数量，是清单计价的前提和基础。对于招标人来说，工程量清单是进行投资控制的前提和基础，工程量清单表编制的质量直接关系和影响到工程建设的最终结果。

4.1.2　工程量清单计价的特点

工程造价的计价具有多次性的特点，在项目建设的各个阶段都要进行造价的预测和计算。在投资决策、初步设计、扩大初步设计和施工图设计阶段，业主委托有关的工程造价中介咨询机构根据某一阶段所具备的信息进行确定和控制，这一阶段的工程造价还并不完全具备价格属性，因为此时交易的另一方主体还没有真正出现，此时的造价确定过程可以理解为是业主的单方面行为，属于业主对投资费用管理的范畴。工程价格形成的主要阶段是招投标阶段，但由于我国的投资费用管理和工程价格管理模式并没有严格区分，所以长期以来在招投标阶段实行按预算定额规定的分部分项子目，逐项计算工程量，套用预算定额单价（或单位估价标）确定直接费，然后按规定的取费标准确定其他直接费、现场经费、间接费、利润和税金，加上材料调差和适当的不可预见费，经汇总后即为工程预算或标底，而标底则作为评标定标的主要依据。这种模式在工程价格的形成过程中有比较明显的缺陷。在工程量清单计价方法的招标方式下，由业主或招标单位根据统一的工程量清单项目设置规则和工程量清单计量规则编制工程量清单，鼓励企业自主报价，业主根据其报价，结合质量、工期等因素综合评定，选择最佳投标企业中标。在这种模式下，标底不再成为评标的主要依据，甚至可以不编制标底。从而在工程价格的形成过程中摆脱了长期以来的计划管理色彩，而由市场的参与各方主体自主定价，符合价格形成的基本原理。

工程量清单计价真实反映了工程实际，为把定价自主权交给市场参与方提供了可能。在工程招标、投标的过程中，投标企业在投标报价时必须考虑工程本身的内容、范围、技术特点要求以及招标文件的有关规定、工程现场情况等因素；同时还必须充分考虑到许多其他方面的因素，如投标单位自己制定的工程总进度计划、施工方案、分包计划、资源安排计划等。这些因素对投标报价有着直接而重大的影响，而且对每一项招标工程来讲都具有其特殊的一面，所以应该允许投标单位针对这些方面灵活机动地调整报价，以使报价能够比较准确地与工程实际相吻合。只有这样才能把投标定价自主权真正交给招标和投标单位，投标单位才会对自己的报价承担相应的风险与责任，从而建立起真正的风险制约和竞争机制，避免合同实施过程中的推诿和扯皮现象的发生，为工程管理提供方便。

因此，采用工程量清单计价方法具有如下特点。

（1）竞争的需要。招投标过程本身就是一个竞争的过程，招标人给出工程量清单，投标人去填单价（此单价中一般包括成本、利润风险），填高了中不了标，填低了又要赔本，这时候就体现出了企业技术、管理水平的重要，形成了企业整体实力的竞争。

（2）提供了一个平等的竞争条件。采用施工图预算来投标报价，由于设计图纸的缺陷，不同投标企业的人员理解不一，计算出的工程量也有不同，报价相差甚远，容易产生纠纷。而工程量清单报价就为投标者提供了一个平等竞争的条件，相同的工程量，由企业根据自身的实力来填报单价，符合商品交换的一般性原则。

（3）有利于工程款的拨付和工程造价的最终确定。中标后，业主要与中标施工企业签订施工合同，工程量清单报价基础上的中标报价就成了合同价的基础。投标清单上的单价也就成了拨付工程款的依据。业主根据施工企业完成的工程量，可以很容易地确定进度款的拨付额。工程竣工后，再根据设计变更、工程量的增减乘以相应单价，业主也很容易确定工程的最终造价。

（4）有利于实现风险的合理分担。采用工程量清单报价方式后，投标单位只对自己所报的成本、单价等负责，而对工程量清单的变更或计算错误等不负责任；相应的，对于这一部分风险则应由业主承担。这种格局符合风险合理分担与责、权、利关系对等的一般原则。

（5）有利于业主对投资的控制。采用施工图预算形式，业主对因涉及变更、工程量的增减所引起的工程造价变化不敏感，往往等竣工结算时才知道这些对项目投资的影响有多大，但此时常常是为时已晚，而采用工程量清单计价的方式则一目了然，在要进行设计变更时，能马上知道它对工程造价的影响，这样业主就能根据投资情况来决定是否变更或进行方案比较，以决定最恰当的处理方法。

4.2　工程量清单的编制内容

4.2.1　工程量清单编制依据及注意事项

（1）工程量清单的编制依据。编制工程量清单的依据有：招标文件规定的相关内容；设计施工图；施工现场情况；国家制定的统一工程量计算、分部分项工程的项目划分、计量单位等。

（2）工程量清单的编制原则

① 首先要满足建设工程施工招投标的需要，能够对工程造价进行合理的确定和有效的控制。

② 编制工程量清单要做到五统一，即统一项目编码、统一工程量计算规则、统一计量单位、统一项目名称、统一项目特征。

③ 有利于规范建筑市场的计价行为，能够促进企业的经营管理、技术进步，增加施工企业在国内外建筑市场的竞争能力。

④ 适当考虑我国目前工程造价管理工作的现状，实行市场调价。

（3）《建设工程工程量清单计价规范》中对工程量清单编制工作的规定。工程量清单是招标投标活动中，对招标人和投标人都具有约束力的重要文件，是招投标活动的依据，专业性强，内容复杂，对编制人员的业务技术水平要求很高，能否编制出完整、严谨的工程量清单，直接影响到招标的质量，也是招标成败的关键。因此，规定工程量清单应由具有编制招标文件能力的招标人或具有相应资质的中介机构进行编制。"相应资质的中介机构"是指具有工程造价咨询机构资质并按规定的业务范围承担工程造价咨询业务的中介机构。

《招标投标法》规定，招标文件应当包括招标项目的技术要求和投标报价要求。工程量清单体现了招标人要求投标人完成的工程项目及相应的工程数量，全面反映了投标报价要求，是投标人进行报价的依据，工程量清单应当是招标文件不可分割的一部分。

工程量清单反映的是拟建工程的全部工程内容及为实现这些工程内容而进行的其他工作。借鉴国外实行的工程量清单计价的做法，结合我国当前的实际情况，我国的工程量清单由分部分项工程量清单、措施项目清单和其他项目清单组成。分部分项工程量清单应该表明拟建工程的全部分项实体工程名称和相应数量，编制时应避免错项、漏项；措施项目清单表明了为完成分项实体工程而必须采取的一些措施性工作，编制时力求全面；其他项目清单主要体现了招标人提出的一些与拟建工程有关的特殊的要求，这些特殊的要求所需的费用金额也记入报价中。

(4) 编制水暖工程工程量清单注意事项

① 关于项目特征。项目特征是工程量清单计价的关键依据之一，由于项目的特征不同，其计价的结果也相应发生差异，因此招标人在编制工程量清单时，应在可能的情况下明确描述该工程量清单项目的特征。投标人按招标人提出的特征要求计价。

② 关于工程量清单计算规则

a. 工程量清单的工程量必须依据工程量计算规则的要求编制，工程量只列实物量，所谓实物量即工程完工后的实体量，如绝热工程量只能按设计要求的绝热厚度计算，不能将施工的误差增加量计入绝热工程量内。投标人在投标报价时，可以按自己的企业技术水平和施工方案的具体情况，将绝热的施工误差量计入综合单价内。增加的量越小越有竞标能力。

b. 有的工程项目，由于特殊情况不属于工程实体，但在工程量清单计量规则中列有清单项目，也可编制工程量清单，如采暖系统中调整项目就属此种情况。

③ 关于工程内容。工程量清单的工程内容是完成该工程量清单可能发生的综合工程项目，工程量清单计价时，按图纸、规程规范等要求选择编列所需项目。

④ 编制水暖工程工程量清单项目如涉及管沟及管沟的土石方、垫层、基础、砌筑抹灰、地沟盖板、土石方回填、土石方运输等工程内容时，按建筑工程工程量清单项目及计算规则的相关项目编制工程量清单。如涉及路面开挖及修复、管道支墩、井砌筑等工程内容，按照市政工程工程量清单项目及计算规则的有关项目编制工程量清单。

4.2.2 分部分项工程量清单的编制

分部分项工程量清单包括的内容，应满足两方面的要求：第一要满足规范管理、方便管理的要求；第二是要满足计价的要求，本规范提出了分部分项工程量清单的四个统一，即项目编码统一、项目名称统一、计量单位统一、工程量计算规则统一。招标人必须按照规定执行，不得因情况不同而变动。

分部分项工程量清单编码以 12 位阿拉伯数字表示，前 9 位为全国统一编码，编制分部分项工程量清单时应按附录中的相应编码设置，不得变动，后 3 位是清单项目名称编码，由清单编制人员根据设置的清单项目编制。项目编码结构如图 4-1 所示。

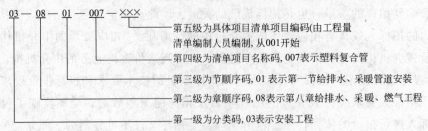

图 4-1　工程量清单项目编码结构

分部分项工程量清单项目名称的设置，应考虑三个因素：一是附录中的项目名称；二是附录中的项目特征；三是拟建工程的实际情况。工程量清单编制时，以附录中的项目名称为主体，考虑该项目的规格、型号、材质等特征要求，结合拟建工程的实际情况，使其工程量清单项目的名称具体化、细化，能够反映影响工程造价的主要因素。

随着科学技术的发展，新材料、新技术、新的施工工艺将不断出现，因此《建设工程工程量清单计价规范》规定，凡附录中的缺项，在工程量清单编制时，编制人员可以补充。补充项目应填写在工程量清单相应分部工程项目之后，并在"项目编码"栏中以"补"字表示。

现行"预算定额"，其项目一般是按施工工序进行设置的，包括的工程内容一般是单一的，据此规定了相应的工程量计算规则。工程量清单项目的划分，一般是以一个"综合实体"考虑的，一般包括多项工程内容，据此规定了相应的工程量计算规则。两者的工程量计算规则是有区别的。

工程数量的计算主要通过工程量计算规则计算得到。工程量计算规则是指对清单项目工程量的计算规定。除另有说明外，所有清单项目的工程量应以实体工程量为准，并以完成后的净值计算；投标人投标报价时，应在单价中考虑施工中的各种损耗和需要增加的工程量。

凡工程内容中为列全的其他具体工程，由投标人按照投标文件或图纸要求编制，以完成清单项目为准，综合考虑到报价中。

【例 4-1】某室内采暖管道采用焊接钢管，管径 DN20，手工除锈，刷一次防锈漆，刷两次银粉漆，套镀锌铁皮套管。请编制分部分项工程量清单。

项目名称：DN20 焊接钢管

项目编码：030801001001

计量单位：m

工程数量：经计算为 560m

填制表格见表 4-2。

表 4-2　分部分项工程量清单

工程名称：　　　　　　　　　　　　　　　　　　　　　　　　　　　　　　第　页　共　页

序号	项目编码	项目名称	计量单位	工程数量
1	030801001001	DN20 室内焊接钢管安装螺纹连接，手工除锈，刷一次防锈漆，两次银粉漆，镀锌铁皮套管	m	560

表 4-3　措施清单项目及其列表条件

序号	措施项目名称	措施项目发生的条件
1	环境保护	正常情况下都要发生
2	文明施工	
3	安全施工	
4	临时设施	
5	材料二次搬运	
6	脚手架	
7	已完工程及设备保护	
8	夜间施工	拟建工程有必须连续施工的要求,或工期紧张有夜间施工的倾向
9	混凝土、钢筋混凝土模板及支架	拟建工程中有混凝土及钢筋混凝土工程
10	施工排水降水	依据水文地质资料,拟建工程的地下施工深度低于地下水位
11	大型机械设备进出场安拆	施工方案中有大型机具的使用方案,拟建工程必须使用的大型机具
12	垂直运输机械	施工方案中有垂直运输机械的内容、施工高度超过 5m 的工程
13	室内空气污染测试	使用挥发性有害物质的材料
14	组装平台	拟建工程中有钢结构、非标设置制作安装、工艺管道预制安装
15	设备、管道施工安全防冻和焊接保护措施	设备、管道冬期施工,易燃易爆、有毒有害环境施工,对焊接质量要求较高的工程
16	压力容器和高压管道的检验	工程中有三类压力容器制作安装,及超过 10MPa 的高压管道敷设
17	焦炉施工大棚	焦炉施工方案要求
18	焦炉烘炉、热态工程	
19	管道安装充气保护	设计及施工规范要求
20	隧道内施工的通风、供水、供气、供电、照明及通讯	隧道施工方案要求
21	现场施工围栏	招标文件及施工组织设计要求,拟建工程有需要隔离施工的内容
22	长输管线临时水工保护设施	长输管线涉水敷设
23	长输管线施工便道	一般长输管道工程均需要
24	长输管线穿跨越施工措施	长输管线穿跨越铁路、公路、河流
25	长输管线穿越地上建筑物的保护措施	长输管道穿越有地上建筑物的地段
26	长输管线施工队伍调遣	长输管道工程均需要
27	格架式抱杆(大型吊装机具)	施工方案要求,大于 40t 设备的安装
28	市政工程(略)	参阅市政工程施工方案

4.2.3　措施项目清单的编制

措施项目清单的编制应考虑多种因素，除工程本身因素外，还涉及水文、气象、环境、安全和施工企业的实际情况。为此《建设工程工程量清单计价规范》提供"措施项目一览表"，作为列项的参考。表中"通用项目"所列内容是指各专业工程的"措施项目清单"中均可列的措施项目。表中各专业工程中所列的内容，是指相应专业的"措施项目清单"中可列的措施项目。措施项目清单以"项"为计量单位，相应数量为"1"。

影响措施项目设置的因素太多，"措施项目一览表"中部分已列出，因情况不同，出现表中未列的措施项目，工程量清单编制人员可以作补充。补充项目应列在清单项目最后，并在"序号"栏中以"补"字示之。措施项目清单及其列项条件见表 4-3。

4.2.4　其他项目清单的编制

工程建设标准的高低、工程的复杂程度、工程的工期长短、工程的组成内容等直接影响其他项目清单中的具体内容，《建设工程工程量清单计价规范》提供了两部分四项作为列项的参考。其不足部分，清单编制人可加以补充，补充项目应列在清单项目最后，并以"补"字在"序号"栏中示之。预留金主要考虑可能发生的工程量变更而预留的金额，此处提出的工程量变更主要指工程量清单漏项、有误引起的工程量的增加和施工中的设计变更引起的标准提高或工程量的增加等。

总承包服务费包括配合协调招标人工程分包和材料采购所需的费用，此处提出的工程分包是指国家允许分包的工程。

为了准确地计价，零星工作项目表应详细列出人工、材料、机械名称和相应数量。人工应按工种列项，材料和机械应按规格、型号列项。

4.3　《建设工程工程量清单计价规范》的主要内容

4.3.1　正文部分

《建设工程工程量清单计价规范》（GB 50500—2008）（以下简称新《计价规范》），从 2008 年 12 月 1 日起实施。同时 GB 50500—2003 废除。

新《计价规范》包括正文和附录两部分。正文包括总则、术语、工程量清单编制、工程量清单计价、工程量清单及其计价格式等内容，且分别就新《计价规范》的适用范围、遵循原则、编制清单应遵循的规则、清单计价活动的规则做了明确规定，共有条文 136 条（其中强制性条文 15 条）。

4.3.1.1　总则

新《计价规范》第一章为总则，共 8 条，比 2003 年的《计价规范》增加了 2 条，其中强制性条文 1 条。主要内容为制订本规范的目的、依据、本规范的适用范围、工程量清单计价活动中应遵循的基本原则和附录适用的工程范围。

（1）施行清单计价规范的目的。在建设工程招标投标活动中实行定额计价方式，虽然在建设工程承发包中起了很大的作用，也取得了明显的成效。但是，这一计价方式的推行过程中，也存在一些突出的问题。例如，预算定额确定的消耗量不能体现企业个别成本，建筑市场缺乏竞争力；预算定额约束了企业自主报价，不能实现合理低价中标，不能实现招标投标双赢的效果；另外，与国际通行做法相距较远。因此，为了解决这些弊端，在认真总结我国工程造价改革经验的基础上，研究和借鉴国外招标投标实行工程量清单计价的做法，制定了符合我国国情的《建设工程工程量清单计价规范》，确立了我国招标投标实行工程量清单计价应遵守的规则。因而，规范建设工程工程量清单计价行为，统一建设工程工程量清单的编制和计价方法，是施行该规范的主要目的。

（2）新《计价规范》的适用范围。新《计价规范》主要适用于建设工程招标投标的工程量清单计价活动。工程量清单计价是与现行定额计价方式共存于招标投标计价活动中的另一种计价方式。新《计价规范》所称的建设工程包括建筑工程、装饰装修工程、安装工程、市政工程和园林绿化工程。凡是建设工程招标投标实行工程量清单计价，不论招标主体是政府机构、国有企事业单位、集体企业、私人企业和外商投资企业，不管资金来源是国有资金、外围政府贷款及援助资金、私人资金等都应遵守该规范。

（3）应遵循的原则。工程量清单计价是市场经济的产物，并随着市场经济的发展而发展。因此，必须遵守市场经济活动的基本原则。这些原则包括客观、公正、公平、按价值规律办事等。

所谓客观、公正、公平，是指要求工程量清单计价活动要有完全的透明度，工程量清单的编制要实事求是，不弄虚作假，公平一致地对待所有投标人。投标人要根据本企业的实际情况编制投标报价，报价不能低于工程成本，不能串通报价，不能恶意降低和哄抬报价。招标投标双方应以诚实、守信的态度进行工程竣工结算。

工程量清单计价活动是政策性、经济性、技术性很强的一项工作。所以，在工程量清单计价工作中，除了要遵循计价规范的各项要求外，还应遵守国家的有关法律、法规及规范，它们主要有《建筑法》、《合同法》、《价格法》、《招标投标法》和《建筑工程施工发包与承包计价管理办法》以及涉及工程质量、安全、环境保护的工程建设及强制性标准规范。

4.3.1.2　术语

（1）工程量清单。即建设工程的分部分项工程项目、措施项目、其他项目、规费项目和税金项目的名称和相应数量等的明细清单。

（2）项目编码。即分部分项工程量清单项目名称的数字标识。

（3）项目特征。即构成分部分项工程量清单项目、措施项目自身价值的本质特征。

（4）综合单价。它是指完成一个规定计量单位的分部分项工程量清单项目或措施清单项目所需的人工费、材料费、施工机械使用费和企业管理费与利润，以及一定范围内的风险费用。

（5）措施项目。它是指为完成工程项目施工，发生于该工程施工准备和施工过程中的技术、生活、安全、环境保护等方面的非工程实体项目。

（6）暂列金额。它是指招标人在工程量清单中暂定并包括在合同价款中的一笔款项，用于施工合同签订时尚未确定或者不可预见的所需材料、设备、服务的采购，施工中可能发生的工程变更、合同约定调整因素出现时的工程价款调整以及发生的索赔、现场签证确认等的费用。

（7）暂估价。它是指招标人在工程量清单中提供的用于支付必然发生但暂时不能确定的材料的单价以及专业工程的金额。

（8）计日工。它是指在施工过程中，完成发包人提出的施工图纸以外的零星项目或工作，按合同中约定的综合单价计价。

（9）总承包服务费。总承包服务费是指总承包人为配合协调发包人进行的工程分包自行采购的设备、材料等进行管理、服务以及施工现场管理、竣工资料汇总整理等服务所需的费用。

（10）索赔。它是指在合同履行过程中，对于非己方的过错而应由对方承担责任的情况造成的损失，向对方提出补偿的要求。

（11）现场签证。它是指发包人现场代表与承包人现场代表就施工过程中涉及的责任事件所作的签证证明。

（12）企业定额。它是指施工企业根据本企业的施工技术和管理水平而编制的人工、材料和施工机械台班等的消耗标准。

（13）规费。它是根据省级政府或省级有关权力部门规定必须缴纳的，应计入建筑安装工程造价的费用。

（14）税金。它是国家税法规定的应计入建筑安装工程造价内的营业税、城市维护建设税以及教育费附加等。

（15）发包人。它是指具有工程发包主体资格和支付工程价款能力的当事人以及取得该当事人资格的合法继承人。

（16）承包人。它是指被发包人接受的具有工程施工承包主体资格的当事人以及取得该当事人资格的合法继承人。

（17）造价工程师。它是指取得造价工程师注册证书，在一个单位注册从事建设工程造价活动的专业人员。

（18）造价员。它是指取得全国建设工程造价员资格证书，在一个单位注册从事建设工程造价活动的专业人员。

（19）工程造价咨询人。它是指取得工程造价咨询资质等级证书，接受委托从事建设工程造价咨询活动的企业。

（20）招标控制价。它是指招标人根据国家或省级、行业建设主管部门颁发的有关计价依据和办法，按设计施工图纸计算的，对招标工程限定的最高工程造价。

（21）投标价。它是投标人投标时报出的工程造价。

（22）合同价。它是发、承包人在施工合同中约定的工程造价。

（23）竣工结算价。它是发、承包双方依据国家有关法律、法规和标准规定，按照合同约定的最终工程造价。

4.3.1.3　工程量清单及其计价格式

（1）工程量清单格式

① 工程量清单应采用统一格式。

② 工程量清单格式应由下列内容组成。

a. 封面（见表4-4）。

b. 填表须知（见表4-5）。

c. 总说明（见表4-6）。

表 4-4　封面

_____工程

工 程 量 清 单

工程造价

招标人：_____　　　　　　　咨询人：_____

　　　（单位盖章）　　　　　　　　　　　　　　（单位资质专用章）

法定代表人　　　　　　　　　　　　　法定代表人

或其授权人：_____　　　　　或其授权人：_____

　　　（签字或盖章）　　　　　　　　　　　　　（签字或盖章）

编制人：_____　　　　　　　复核人：_____

　（造价人员签字盖专用章）　　　　　　（造价工程师签字盖专用章）

编制时间：　年　　月　　日　　　　　　复核时间：　年　　月　　日

表 4-5　填表须知

填表须知

1. 工程量清单及其计价格式中所有要求签字、盖章的地方，必须由规定的单位和人员签字、盖章。

2. 工程量清单及其计价格式中的任何内容不得随意删改或涂改。

3. 工程量清单计价格式中列明的所有需要填报的单价和合价，投标人均应填报，未填报的单价和合价，视为此项费用已包括在工程清单的其他单价和合价中。

4. 金额（价格）均以_____币表示。

表 4-6　总说明

工程名称：　　　　　　　　　　　　　　　　　　　　　第 页 共 页

d. 分部分项工程量清单（见表 4-7）。

e. 措施项目清单（见表 4-8）。

f. 其他项目清单（见表 4-9）。

g. 零星工作项目表（见表 4-10）。

表 4-7　分部分项工程量清单

工程名称：　　　　　　　　　　　　　　　　　　　　　　　第　页　共　页

序　号	项目编码	项目名称	计量单位	工程数量

表 4-8　措施项目清单

工程名称：　　　　　　　　　　　　　　　　　　　　　　　第　页　共　页

序　号	项目名称	计量单位	工程数量

表 4-9　其他项目清单

工程名称：　　　　　　　　　　　　　　　　　　　　　　　第　页　共　页

序号	项目名称	金额/元	序号	项目名称	金额/元
1	招标人部分		2.1	总承包服务费	
1.1	不可预见费		2.2	零星工作项目计价表	
1.2	工程分包和材料购置费		2.3	其他	
1.3	其他			合计	
2	投标人部分				

表 4-10　零星工作项目表

工程名称：

序　号	名　称	计量单位	数　量
1	人工		
	小计		
2	材料		
	小计		
3	机械		
	小计		
	合计		

③ 工程量清单格式的填写应符合下列规定。工程量清单应由招标人填写。

填表须知除本《计价规范》内容外，招标人可根据具体情况进行补充。

总说明应按下列内容填写：

a. 工程概况，包括建筑规模、工程特征、计划工期、施工现场实际情况、交通运输情况、自然地理条件、环境保护要求等；

b. 工程招标和分包范围；

c. 工程量清单编制依据；

d. 工程质量、材料、施工等的特殊要求；

e. 招标人自行采购材料的名称、规格、型号、数量等；

f. 预留金，自行采购材料的金额、数量；

g. 其他需说明的问题。

（2）工程量清单计价格式

① 工程量清单计价应采用统一格式。

② 工程量清单计价格式应随招标文件发至投标人。工程量清单计价格式应由下列内容组成：

a. 封面（见表4-11）。

b. 投标总价（见表4-12）。

c. 工程项目总价表（见表4-13）。

d. 单项工程费汇总表（见表4-14）。

e. 单位工程费汇总表（见表4-15）。

f. 分部分项工程量清单计价表（见表4-16）。

g. 措施项目清单计价表（见表4-17）。

h. 其他项目清单计价表（见表4-18）。

i. 零星工作项目计价表（见表4-19）。

表4-11 封面

_____工程

工程量清单报价

投标人：_____（单位签字盖章）

法定代表人：_____（签字盖章）

造价工程师及注册证号：_____（签字盖执业专用章）

编制时间：_____

表4-12 投标总价

投标总价

建设单位：_____

工程项目：_____

投标总价(小写)：_____

（大写）_____

投标人：_____（单位签字盖章）

法定代表人：_____（签字盖章）

编制时间：_____

表 4-13　工程项目总价

工程名称：　　　　　　　　　　　　　　　　　　　　　　　　　　　　　　第　页　共　页

序　号	单项工程名称	金额/元
	合计	

注：1. 单位工程名称按照单项工程费汇总表的工程名称填写。

2. 金额按照单项工程费汇总表的合计金额填写。

表 4-14　单项工程费汇总表

工程名称：　　　　　　　　　　　　　　　　　　　　　　　　　　　　　　第　页　共　页

序　号	单项工程名称	金额/元
	合计	

注：1. 单位工程名称按照单项工程费汇总表的工程名称填写。

2. 金额按照单项工程费汇总表的合计金额填写。

表 4-15　单位工程费汇总表

工程名称：　　　　　　　　　　　　　　　　　　　　　　　　　　　　　　第　页　共　页

序　号	项目名称	金额/元
1	分部分项工程费合计	
2	措施项目费合计	
3	其他项目费合计	
4	规费	
5	税金	
	合计	

注：单位工程费汇总表中的金额按照分部分项工程量清单计价表、措施项目清单计价表和其他项目清单计价表的合计金额和相关规定计算的规费、税金填写。

表 4-16　分部分项工程量清单计价表

工程名称：　　　　　　　　　　　　　　　　　　　　　　　　　　　　　　第　页　共　页

序号	项目编码	项目名称	计量单位	工程数量	金　额	
					综合单价/元	合价/元
	本页小计					
	合　计					

注：1. 综合单价应包括完成一个规定计量单位工程所需的人工费、材料费、机械使用费、管理费和利润，并应考虑风险因素。

2. 分部分项工程量清单计价表中的序号、项目编码、项目名称、计量单位、工程数量必须按分部分项工程量清单中的相应内容填写。

表 4-17　措施项目清单计价表

工程名称：　　　　　　　　　　　　　　　　　　　　　　　　　　第　页　共　页

序　号	项目名称	金额/元
	合　计	

注：1. 措施项目清单计价表中的序号、项目名称必须按措施项目清单中的相应内容填写。

2. 投标人可根据施工组织设计采取的措施增加项目。

表 4-18　其他项目清单计价表

序　号	项目名称	金额/元
1	招标人部分	
2	投标人部分	
	小计	
	合　计	

注：1. 其他项目清单计价表中的序号、项目名称必须按其他项目清单中的相应内容填写。

2. 招标人部分的金额必须按招标人提出的数额填写。

表 4-19　零星工作项目计价表

工程名称：　　　　　　　　　　　　　　　　　　　　　　　　　　第　页　共　页

序号	项目名称	计量单位	工程数量	金　额	
				综合单价	合价
1	人工				
	小计				
2	材料				
	小计				
3	机械				
	小计				
	合　计				

注：1. 招标人提供的零星工作费表应包括详细的人工、材料、机械名称、计量单位和相应数量。

2. 综合单价应参照《建设工程工程量清单计价规范》规定的综合单价组成，根据零星工作的特点填写。

3. 工程竣工，零星工作费应按实际完成的工作量所需费用结算。

　j. 分部分项工程量清单综合单价分析表（见表 4-20）。

　k. 措施项目费分析表（见表 4-21）。

　l. 主要材料价格表（见表 4-22）。

表 4-20　分部分项工程量清单综合单价分析表

工程名称：　　　　　　　　　　　　　　　　　　　　　　　　　　　第　页　共　页

序号	项目编码	项目名称	定额名称	工程内容	单位	数量	综合单价组成					合价/元	综合单价/元
							人工费	材料费	机械使用费	管理费	利润		

表 4-21　措施项目费分析表

工程名称：　　　　　　　　　　　　　　　　　　　　　　　　　　　第　页　共　页

序号	措施项目名称	单位	数量	金额/元					
				人工费/元	材料费/元	机械使用费/元	管理费/元	利润/元	小计
	合计								

表 4-22　主要材料价格表

工程名称：　　　　　　　　　　　　　　　　　　　　　　　　　　　第　页　共　页

序号	材料编码	材料名称	规格、型号等特殊要求	单位	单价/元

注：1. 招标人提供的主要材料价格表应包括详细的材料编码、材料名称、规格型号和计量单位等。

2. 所填写的单价必须与工程量清单计价中相应材料的单价一致。

4.3.2　附录部分

4.3.2.1　附录组成

附录部分由附录 A、附录 B、附录 C、附录 D、附录 E、附录 F 六部分组成。

（1）附录 A 为建筑工程工程量清单项目及计算规则，适用于工业与民用建筑物和构筑物工程。

（2）附录 B 为装饰装修工程工程量清单项目及计算规则，适用于工业与民用建筑物和构筑物的装饰装修工程。

（3）附录 C 为安装工程工程量清单项目及计算规则，适用于工业与民用安装工程。

（4）附录 D 为市政工程工程量清单项目及计算规则，适用于城市市政建设工程。

（5）附录 E 为园林绿化工程工程量清单项目及计算规则，适用于园林绿化工程。

（6）附录 F 为矿山工程工程量清单项目及计算规则，适用于矿山工程。

附录中包括项目编码、项目名称、项目特征、计量单位、工程量计算规则和工程内容，其中项目编码、项目名称、计量单位、工程量计算规则作为四统一的内容，要求招标人在编制工程量清单时必须执行。

4.3.2.2　附录的内容

本附录的内容是以表格的形式来体现，其内容见表 4-23。

表 4-23　附录内容结构

项目编码	项目名称	项目特征	计量单位	工程量计算规则	工程内容

（1）项目编码。编码是为工程造价信息全国共享而设的，要求全国统一。项目编码以五级编码设置，用 12 位阿拉伯数字表示。前 9 位为全国统一编码，即一、二、三、四级编码统一，编制工程量清单时应按附录中的相应编码设置，不得变动；后 3 位是清单项目名称编码，即第五级编码，由工程量清单编制人员区分具体工程的清单项目特征而分别编码，具体形式与内容参见图 4-1。

（2）项目名称。项目名称的设置或划分原则上以形成工程实体为原则，这也是计量的前提，因此项目的名称均以工程实体命名。所谓实体是指形成生产或工艺作用的主要实体部分，对附属或次要部分均不设置项目，项目必须包括完成或形成实体部分的全部内容。如工业管道安装工程项目，实体部分指管道，完成这个项目还包括防腐、刷油、绝热保温、管道脱脂、酸洗、试压、探伤检查等。刷油漆、保温层及保护壳也是实体，但对管道安装而言，它们就是附属的次要项目了，只能在综合单价中考虑，而不能列项计价。脱脂、酸洗、试压等不能构成实体，更不需要列项单计，只在综合单价中考虑。

但也有个别工程项目，既不能形成实体，也不能综合在某一个实物量当中。如消防系统的调试、自动控制仪表工程、采暖工程、通风工程的系统调试项目，它们是多台设备、组件由网络（指管线）连接、组成一个系统，在设备安装的最后阶段，根据工艺要求，进行参数整定，标准测试调整，以达到系统运行前的验收要求。它是某些设备安装工程不可或缺的一个内容，没有这个过程便无法验收。因此，本规范对系统调试项目，均作为工程量清单项目单列。

项目设置的另一个原则是不能重复。完全相同的项目，只能相加后列一项，用同一编码，即一个项目只有一个编码，只有一个对应的综合单价。

（3）项目特征。项目特征是用来表述项目名称的，它直接影响实体的自身价值，对项目的准确描述，是影响价格的因素，是设置具体清单项目的依据。如不同的工程部位、不同的施工工艺（或称施工方法不同）或材料品种、规格等都影响该项目的价格，都必须表述在项目名称的前面或后面。以管道安装为例，项目名称必须表述材质是镀锌钢管还是不锈钢管，管径是 $DN25$ 还是 $DN50$，供暖器具是铸铁散热器还是钢制板式散热器。

施工方法不同时也要表述，如管道安装是螺纹连接还是焊接，电器配管是暗配还是明配，敷设电缆的位置是在支架上，还是地沟埋设等都将影响安装价格。即使是同一规格、同一材质，安装工艺或安装位置不一样时，也需分别设置项目和编码。

在项目特征一栏中，很多以"名称"作为特征。此处的名称是指形成的实体的名称，而项目名称不一定是实体本名，而是同类实体的统称，在设置具体清单项目时，就要用该实体的本名称。如编码030204031，其项目名称为小电器安装，小电器是这个项目的统称，它包括：按钮、照明开关、茶座、电笛、电铃、电风扇、水位电器信号装置、测量表计、继电器、电磁锁、小型安全变压器等。还有没写到的，这么多的小电器不可能每个都列上，都设一个编码，只有放在一起，取名"小电器"。在设置清单项目时，就要按具体的名称设置，并表述其特征，如型号、规格等，且各自编码。项目名称与项目特征中的名称并不矛盾，特征中的名称是对项目名称的具体表述，是不可缺少的。

（4）计量单位。本附录按国际惯例，工程量的计量单位均采用基本单位计量，它与定额的计算单位是不一样的，编制清单或报价时一定要求以本附录规定的计量单位计量，除各专业另有特殊规定外，均按以下单位计量。

① 以重量计算的项目——吨或千克（t 或 kg）。

② 以体积计算的项目——立方米（m^3）。

③ 以面积计算的项目——平方米（m^2）。

④ 以长度计算的项目——米（m）。

⑤ 以自然计量单位计算的项目——个、套、块、樘、组、台……

⑥ 没有具体数量的项目——系统、项……

各专业有特殊计量单位的，再另外加以说明。

（5）工程量计算规则。本附录中每一个清单项目都有一个相应的工程量计算规则，这个规则全国统一，即全国各省市的工程量清单，均要按本附录的计算规则计算工程量。

（6）工程内容。工程内容是指完成该清单项目可能发生的具体工程，这是表格形式的最后一个内容。由于清单项目是按实体设置的，而且应包括完成该实体的全部内容。安装工程的实体往往是由多个工程综合而成的，因此对各清单可能发生的工程项目均作了提示并列在"工程内容"一栏内，供清单编制人员对项目描述时参考。对清单项目的描述很重要，它是报价人计算综合单价的主要依据，可供招标人确定清单项目和投标人投标报价参考。以水暖工程安装为例，030801001镀锌钢管的安装，此项的"工程内容"有：①管道、管件及弯管的制作、安装；②管件安装（指铜管管件、不锈钢管管件）；③套管（包括防水套管）制作、安装；④管道除锈、刷油、防腐；⑤管道绝热及保护层安装、除锈、刷油；⑥给水管道消毒、冲洗；⑦水压及泄漏试验。

4.4　工程量清单报价策略

4.4.1　工程量清单报价的编制

《建设工程工程量清单计价规范》的实施是我国工程造价计价方式改革的一项重大举措，标志着我国工程造价管理发生了由传统"量价合一"的计划模式向"量价分离"的市场模式的重大转变。

工程量清单是表现拟建工程的分部与分项工程项目、措施项目、其他项目和相应数量的明细清单，是一种用来表达工程计价项目的项目编码、项目名称和描述、单位、数量、单价、合价的表格。工程量清单报价就是根据招标人提供工程量清单表格中的项目编码、项目名称和描述、单位、数量四个栏目，由投标人完成单价、合价两个栏目的报价。

工程量清单报价要求投标单位根据市场行情和自身实力对工程量清单项目逐项报价，工程量清单报价采用综合单价计价，综合单价中综合了工程直接费、间接费、利润和税金等其他费用。工程量清单报价应包括清单所列项目的全部费用，包括分部分项工程费、措施项目费、其他项目费和规费、税金共五项内容。

（1）分部分项工程量清单报价的编制。分部分项工程费报价时采用的是综合单价法，即每个编码项目费用中包括完成工程量清单中一个规定计量单位项目所需要的人工费、材料费、机械使用费、管理费和利润，并考虑风险因素。

人工费、材料费和机械使用费，每一项都是由"量"和"价"两个因素组成的，即一个规定计量单位中所需要消耗的人工数量、材料数量和机械台班数量以及人工单价、材料单价和机械台班单价所组成的费用。

人、材、机消耗量的确定。每一个规定计量单位编码项目的人、材、机消耗量，采用企业定额消耗量标准，目前还没有企业定额的单位可以采用地方定额的消耗量标准。

人、材、机单价的确定。人、材、机的单价是指市场价格，企业根据自己的材料供应网和平时积累的大量价格信息资料，结合市场供求关系价格变化，准确、快捷地确定人、材、机的市场价格。

企业管理费和利润率的确定。企业管理费和利润率这两项费用都包括在清单的报价中，企业应当根据自己的实力、竞争的要求以及想要达到的目的，并参考地方定额的标准来确定这两项的费用比例。这完全由企业自主决定。

（2）措施项目清单的编制。措施项目清单包括为完成分部实体工程而必须采用的一些措施性工作，如排水、模板、脚手架以及垂直运输等，由于不同的施工企业会采用不同的施工方法与措施，措施项目清单中所列的措施项目均以"一项"为一个报价单位，即一个措施报一个总价。

《建设工程工程量清单计价规范》所列措施项目内容，在原有定额中有的是属于直接费的项目，如大型机械进出场费用、垂直运输费用、模板和支架、脚手架以及施工排水等，有的是包含在各子项目中，如二次搬运费用、已完工程及设备保护费用等，有的是属于现场管理费的内容，如临时设施等，而现在单独列项的文明施工、安全施工、环境保护原来都包含在临时设施中。

措施项目清单中的每项内容都需要根据施工组织设计的要求以及现场的实际情况进行仔细拆分、计算才会有比较准确的结果。比如"临时设施"这一项，概括起来包括以下几方面的内容：①临时建筑，如临时宿舍、办公室、临时仓库等；②临时设施，如临水、临电、小型临时设施等；③临时道路，包括施工道路的铺设、硬化及塔式起重机基础等。临时设施费包括了以上建设项目的搭设、租赁、摊销、维护以及拆除的全部费用。以上各项都需要分别计算出人、材、机的费用，企业管理费和利润，然后再进行综合，形成临时设施这一项内容的总价。

（3）其他项目清单报价的编制。其他项目清单主要体现了招标人提出的一些与拟建工程有关的特殊要求，《建设工程工程量清单计价规范》所列其他项目清单共四项，即预留金、材料购置费、总承包服务费、零星工作项目费等。其中与投标人有关的费用有：预留金、材料购置费，这两部分费用由招标人事先在招标文件中说明，属于招标人的费用，不需要投标人另外报价；与投标人有关的费用有：总承包服务费、零星工作项目费，这两部分费用由投标人自行竞争报价确定。总承包服务费包括配合协调招标人进行的工程分包和材料采购所需要的费用，根据招标人提出的要求所需发生的费用确定；零星工作项目费应根据招标文件中的"零星工作项目计划表"确定。

（4）规费和税金报价的编制。规费是指国家或地方造价管理部门规定的、允许列入工程报价内容的费用，如定额测定费等。这一项费用各地没有统一规定，报价时根据招标文件的要求填报。税金是指我们平时所说的两税一费（营业税、城市维护建设税和教育费附加），税额根据税务部门的统一规定计取。规费和税金，虽然列入清单报价内容，但却不是投标人的收入，而是收取以后需要上缴的费用。

采用工程量清单投标计价，就是要求投标人根据清单表格中描述的工程项目，结合工程情况、市场竞争情况和本企业的实力，充分考虑各种风险因素，自主填报价格，列出包括工程直接成本、间接成本、利润和税金等项目在内的综合单价和汇总价，并以所报综合单价作为与业主签订承包合同的依据。

4.4.2　工程量清单报价前期准备

投标报价之前，必须准备与报价有关的所有资料，这些资料的质量高低直接影响到投标报价成败。投标前需要准备的资料主要有：招标文件；设计文件；施工规范；有关的法律、法规；企业内部定额及有参考价值的政府消耗量定额；企业人工、材料、机械价格系统资料；可以询价的网站及其他信息来源；与报价有关的财务报表及企业积累的数据资源；拟建工程所在地的地质资料及周围的环境情况；投标对手的情况及对手常用的投标策略；招标人的情况及资金情况等。所有这些都是确定投标策略的依据，只有全面地掌握第一手资料，才能快速准确地确定投标策略。

投标人在报价之前需要准备的资料可分为两类：一类是公用的，任何工程都必须用，投标人可以在平时积累，如规范、法律、法规、企业内部定额及价格系统等；另一类是特有资料，只能针对投标工程，这些必须是在得到招标文件后才能收集整理，如设计文件、地质、环境、竞争对手的资料等。确定投标策略的资料主要是特有资料，因此投标人对这部分资料要格外重视。投标人要在投标时显示出核心竞争力就必须有一定的策略，有不同于别的投标竞争对手的优势。主要从以下几方面考虑。

（1）掌握全面的设计文件。招标人提供给投标人的工程量清单是按设计图纸及规范规则进行编制的，可能未进行图纸会审，在施工过程中不免会出现这样那样的问题，这就是设计变更，所以投标人在投标之前就要对施工图纸结合工程实际进行分析，了解清单项目在施工过程中发生变化的可能性，对于不变的报价要适中，对于有可能增加工程量的报价要偏高，有可能降低工程量的报价要偏低等，只有这样才能降低风险，获得最大的利润。

（2）实地勘察施工现场。投标人应该在编制施工方案之前对施工现场进行勘察，对现场和周围环境，及与此工程有关的可用资料进行了解和勘察。实地勘察施工现场主要从以下几方面进行：现场的形状和性质，其中包括地表以下的条件；水文和气候条件；为工程施工和竣工，以及修补其任何缺陷所需的工作和材料的范围和性质；进入现场的手段，以及投标人需要的住宿条件等。

（3）调查与拟建工程有关的环境。投标人不仅要勘察施工现场，在报价前还要详尽了解项目所在地的环境，包括政治形势、经济形势、法律法规和风俗习惯、自然条件、生产和生活条件等。对政治形势的调查，应着重工程所在地和投资方所在地的政治稳定性；对经济形势的调查，应着重了解工程所在地和投资方所在地的经济发展情况，工程所在地金融方面的换汇限制、官方和市场汇率、主要银行及其存款和信贷利率、管理制度等；对自然条件的调查，应着重工程所在地的水文地质情况、交通运输条件、是否多发自然灾害、气候状况如何等；对法律法规和风俗习惯的调查，应着重工程所在地政府对施工的安全、环保、时间限制等各项管理规定，宗教信仰和节假日等；对生产和生活条件的调查，应着重施工现场周围情况，如道路、供电、给排水、通讯是否便利，工程所在地的劳务和材料资源是否丰富，生活物资的供应是否充足等。

（4）调查招标人与竞争对手。对招标人的调查应着重以下几个方面：第一，资金来源是否可靠，避免承担过多的资金风险；第二，项目开工手续是否齐全，提防有些发包人以招标为名，让投标人免费为其估价；第三，是否有明显的授标倾向，招标是否仅仅是出于政府的压力而不得不采取的形式。

对竞争对手的调查应着重从以下几方面进行：首先，了解参加投标的竞争对手有几个，其中有威胁性的都是哪些，特别是工程所在地的承包人，可能会有评标优惠；其次，根据上述分析，筛选出主要竞争对手，分析其以往同类工程投标方法，惯用的投标策略，开标会上提出的问题等。投标人必须知己知彼才能制定切实可行的投标策略，提高中标的可能性。

4.4.3　工程量清单报价的策略

（1）不平衡报价策略。工程量清单报价策略，就是保证在标价具有竞争力的条件下，获取尽可能大的经济效益。常用的一种工程量清单报价策略是不平衡报价，即在总报价固定不变的前提下，提高某些分部分项工程的单价，同时降低另外一些分部分项工程的单价。采用不平衡报价策略无外乎两方面的目的：一是为了尽早地获得工程款，另外一个则是尽可能多地获得工程款。通常的做法有以下几种。

① 适当提高早期施工的分部分项工程单价，如土方工程、基础工程的单价，降低后期施工分部分项工程的单价。

② 对图纸不明确或者有错误，估计今后工程量会有增加的项目，单价可以适当报高一些；对应的，对工程内容说明不清楚，估计今后工程量会取消或者减少的项目，单价可以报得低一些，而且有利于将来索赔。

③ 对于只填单价而无工程量的项目，单价可以适当提高，因为它不影响投标总价，而后项目一旦实施，利润则是非常可观的。

④ 对暂定工程，估计今后会发生的工程项目，单价可以适当提高；相对应的，估计暂定项目今后发生的可能性比较小，单价应该适当下调。

⑤ 对常见的分部分项工程项目，如钢筋混凝土、砖墙、粉刷等项目的单价可以报得低一些，对不常见的分部分项工程项目，如刺网围墙等项目的单价可以适当提高一些。

⑥ 如招标文件要求某些分部分项工程报"单价分析表"，可以将单位分析表中的人工费及机械设备费报得高一些，而将材料费报得低一些。

⑦ 对于工程量较小的分部分项工程，可以将单价报低一些，让招标人感觉清单上的单

价大幅下降，体现让利的诚意，而这部分费用对于总的报价影响并不大。

不平衡报价可以参考表 4-24 进行。

表 4-24 不平衡报价策略

信息类型	变动趋势	不平衡结果
资金收入的时间	早	单价高
	晚	单价低
清单工程量不准确	需要增加	单价高
	需要减少	单价低
报价图纸不明确	可能增加工程量	单价高
	可能减少工程量	单价低
暂定工程	自己承包的可能性高	单价高
	自己承包的可能性低	单价低
单价和包干混合制项目	固定包干价格项目	单价高
	单价项目	单价低
单价组成分析表	人工费和机械费	单价高
	材料费	单价低
议标时招标人要求压低单价	工程量大的项目	单价小幅度降低
	工程量小的项目	单价较大幅度降低
工程量不明确报单价的项目	没有工程量	单价高
	有假定的工程量	单价适中

（2）多方案报价法。对于一些招标文件，如果发现工程范围不很明确，条款不清楚或很不公正，或技术规范要求过于苛刻时，则要在充分估计投标风险的基础上，按多方案报价法处理。即是按原招标文件报一个价，然后再提出，如某某条款做某些变动，报价可降低多少，由此可报出一个较低的价。这样可以降低总价，吸引招标人。

（3）计日工单价的报价。如果是单纯报计日工单价，而且不计入总价中，可以报高些，以便在招标人额外用工或使用施工机械时可多盈利；但如果计日工单价要计入总报价时，则需具体分析是否报高价，以免抬高总报价。总之，要分析招标人在开工后可能使用的计日工数量，再来确定报价方针。

（4）低价格投标策略。先低价投标，而后赢得机会创造第二期工程中的竞争优势，并在以后的实施中盈利；某些施工企业其投标的目的不在于从当前的工程上获利，而是着眼于长远的发展；较长时期内，投标人没有在建的工程项目，如果再不得标，就难以维持生存。因此，虽然本工程无利可图，只要能有一定的管理费维持公司的日常运转，就可设法度过暂时的困难，再图发展。

4.5　工程量清单计价的费用构成与计算

4.5.1　工程量清单计价模式下水暖工程的费用构成

工程量清单计价模式下水暖工程的工程费用包括分部分项工程费、措施项目费、其他项目费。以及规费和税金，见图 4-2。

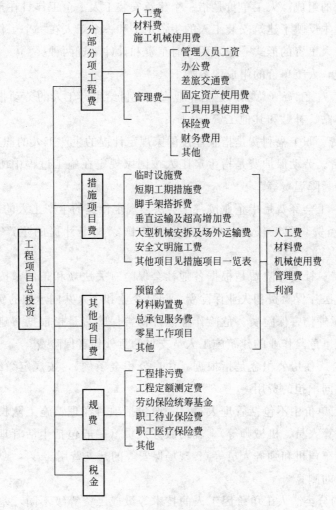

图 4-2　工程量清单计价费用的构成

（1）分部分项工程费。分部分项工程费是指为完成在工程量清单中列出的各分部分项清单工程量所需的费用。包括人工费、材料费（消耗的材料总和）、机械使用费、管理费、利润以及风险费。

（2）措施项目费。措施项目费是指分部分项工程以外，为完成该工程项目施工，发生于该工程施工前和施工过程中的技术、生活、安全等方面的非工程实体项目所需的费用。是由"措施项目一览表"确定的工程措施项目金额的总和，包括人工费、材料费、机械使用费、管理费、利润以及风险费。

（3）其他项目费。其他项目费是指分部分项工程费和措施项目费以外，该工程项目施工中可能发生的其他费用。包括预留金、材料购置费（仅指由招标人购置的材料费）、总承包服务费、零星工作项目费的估算金额等的总和。

（4）规费。规费是指政府和有关部门规定必须缴纳的费用的总和。

（5）税金。税金是指国家税法规定的应计入建筑安装工程造价内的营业税、城市维护建设税及教育附加费用等的总和。

4.5.2 人工单价的计算

(1) 人工单价的组成。人工单价是指一个建筑安装工人一个工作日在预算中应计入的全部人工费用，它基本反映了建筑安装工人的工资水平和一个工人在一个工作日中可以得到的报酬。建筑安装工人工资的形式一般采用计时工资和计件工资两种。

根据现行规定，人工单价的组成内容如下。

① 工资（总额）。工资（总额）是指企业直接支付给生产工人的劳动报酬总额，包括基本工资、奖金、津贴、补贴和其他工资。

② 职工福利费。职工福利费是指企业按国家规定计提的生产工人的职工福利基金。

③ 劳动保护费。劳动保护费是指生产工人按国家规定在施工过程中所需的劳动保护用品、保健用品、防暑降温费等。

④ 工会经费。工会经费是指企业按《工会法》规定计提的生产工人的工会经费。

⑤ 职工教育经费。职工教育经费是指企业按国家规定计提的生产工人的职工教育经费。

⑥ 社会保险费。社会保险费是根据各地社会保险有关法规和条例，按规定缴纳的基本养老保险费、基本医疗保险费和失业保险费，包括企业和个人共同承担的费用。

⑦ 危险作业意外伤害保险费。危险作业意外伤害保险费是指根据《建筑法》有关保险规定，由企业为从事危险作业的建筑施工人员支付的意外伤害保险费。

⑧ 住房公积金。住房公积金是指根据《住房公积金条例》，按规定缴纳的住房公积金，包括企业和个人共同承担的费用。

⑨ 其他。人工单价中不包括管理人员（一般包括项目经理、施工队长、工程师、技术员、财会人员、预算人员、机械师等）、辅助服务人员（一般包括生活管理员、炊事员、医务员、翻译员、小车司机和勤务人员等）、现场保安等的开支费用。

(2) 人工单价的测算

① 人工单价的分类。人工单价因工人的技术等级或工资等级不同，差距很大。与定额相配套的人工单价有两类：一类是按技术等级或工资等级分；另一类是按工种分，如混凝土工、钢筋工、木工、抹灰工、砖瓦工等。现在定额的人工单价是按工种分的。

② 工种人工单价的测算。工种人工单价测算分三步：

a. 测算工种平均技术等级；

b. 根据工种平均技术等级和人工费组成内容测算工种月人工费开支；

c. 计算工种人工单价。

$$工种人工单价 = \frac{工种月人工费开支}{全月法定工作日}$$

全月法定工作日按全年 365 天，扣除双休日 104 天和法定节假日 10 天后除以 12 个月计算，即为：

$$\frac{365 - (104 + 10)}{12} = 20.9 \text{（天）}$$

(3) 人工费的计算

① 现行的概预算定额计价模式。其方法是，根据工程量清单提供的工程量，利用现行

的概、预算定额，计算出完成各个分部分项工程量清单的人工费，然后根据本企业的实力及投标策略，对各个分部分项工程量清单的人工费进行调整，汇总计算出整个投标工程的人工费。其计算公式为：

$$人工费 = \sum[\Delta(概预算定额中人工工日消耗量 \times 相应等级的日工资综合单价)]$$

② 动态的计价模式。动态的计价模式计算人工费的方法是，首先根据工程量清单提供的清单工程量，结合本企业的人工效率和企业定额，计算出投标工程消耗的工日数；其次根据现阶段企业的经济、人力、资源状况和工程所在地的实际生活水平，以及工程特点，计算工日单价；然后根据劳动力来源及人员比例，计算综合工日单价；最后计算人工费。其计算公式为：

$$人工费 = \sum(人工工日消耗量 \times 综合工日单价)$$

4.5.3　材料价格的确定

材料的预算价格是指材料（包括构件、成品及半成品等）从其来源地（或交货地点）到达施工工地仓库（施工工地内存放材料的地方）后出库的平均价格。材料预算价格一般由以下几部分组成。

（1）材料供应价。材料的供应价一般包括材料原价和供销部门的经营费（加价）两部分，这是材料预算价格中最重要的构成要素。

① 材料原价的确定。材料的原价指材料的进价、进口材料抵岸价或市场批发价，对同一种材料，因产地、供应渠道不同出现几种供应价时，可根据不同来源地供货数量比例，采取加权平均的方法确定其综合供应价，计算公式如下：

$$加权平均价 = \frac{K_1 C_1 + K_2 C_2 + \cdots + K_n C_n}{K_1 + K_2 + \cdots + K_n}$$

式中，K_1、K_2、$\cdots$、K_n 分别为各种不同供应地点的供应量或各不同地点的需求量；C_1、C_2、$\cdots$、C_n 分别为各不同供应地点的供应价。

② 供销部门经营费的确定。供销部门的经营费是指根据采购情况，有时不能直接向生产单位采购订货，需经过当地的物质部门（如材料公司、金属公司等）材料经销商供应材料时所发生的经营管理费用（或称供销部门手续费）。

$$供销部门手续费 = 材料原价 \times 供销部门手续费率$$

或　　　　　　　$$供销部门手续费 = 材料净重 \times 供销部门单位重量手续费$$

$$材料供应价 = 材料原价 + 供销部门手续费$$

注：供销部门手续费一般为材料原价的 1%～2.5%。

不经过供销部门而直接从生产单位采购订货的材料就不发生这笔费用。当供销部门手续费已经包括在材料原价时，则不再计算此项费用。

材料的供货方式和供货渠道包括业主供货和承包商供货两种方式。对于业主供货的材料，招标书中列有业主供货材料单价表，投标人在利用招标人提供的材料价格报价时，应考虑现场交货的材料运费，还应考虑材料的保管费。承包商供货材料的渠道一般有当地供货、指定厂家供货、异地供货和国外供货等。

（2）包装费。包装费是为使材料在搬运、保管过程中不受损失或便于运输而对材料进行包装所发生的净费用。但不包括已计入材料原价中的包装费。材料运到现场后要对包装品进行回收，回收价值冲减材料预算价格。包装费的确定如下：

① 包装费用，包括水运和陆运的包装袋、包装箱、绑扎等费用。

② 材料在产地带包装者，包装费已计入原价内，不再另行计算包装费。但包装材料回收值，应从材料预算价格中扣除。其计算公式为：

$$包装器材残值回收费 = \frac{包装器材原值 \times 回收率 \times 回收残值率}{包装器材标准容量}$$

③ 采购部门自备周转使用的容器按下列公式计算包装费用：

$$包装费 = \frac{包装器材原值 \times [(1-回收率 \times 回收残值率) \times 使用期维修费率]}{周转使用次数 \times 包装容器标准容量}$$

④ 包装器材的回收值应按当地旧、废包装器材出售价格计算。常用的包装材料回收率可参考下列资料计算。

a. 木材制品包装者回收率70%，回收残值率20%。

b. 用铁皮、铁丝制品包装者，其回收率铁桶以95%、铁皮以50%、铁丝以20%计算，其回收残值率按包装材料原价的50%计算。

c. 用纸皮与纤维制品包装者，回收率按50%计算，其回收残值率按包装材料原价的50%计算。

d. 用草绳、草袋制品包装者不计算回收值。

（3）运输费。运输费指由材料采购地点运至工地仓库的全程运输费用，在一些量重价低的材料预算价格中，运杂费占的比重很大，有的甚至超过供应价。材料运输费用包括车船运输费、调车和驳船费、装卸费及运输过程中分类整理、堆放等附加工作费等项内容，材料运输费用应按照国家有关部门和地方政府交通运输部门的规定计算，同一品种的材料如有若干个来源地，其运输费用可根据每个来源地的运输里程、运输方法和运价标准，用加权平均的方法计算运输费。

（4）运输损耗费。运输损耗费是指材料在装卸和运输过程中不可避免所发生的合理损耗，运输损耗可以计入运输费用，也可以单独列项计算。计算公式为：

$$运输损耗费 = 材料原价 \times 相应材料损耗率$$

（5）采购及保管费。采购及保管费指为组织材料的采购、供应和保管工作所支付的各项必要费用。采购及保管费一般按到仓库价格的比率取定。采购及保管费一般包括采购费、仓储费、工地保管费和仓储损耗。

材料采购及保管费的费率，各地区有关部门所规定的各有不同。一般材料总的采购及保管费率不大于材料费的2.5%，金属结构材料（指角钢、钢板、槽钢、工字钢等）不大于材料费的1%。

采购及保管费按规定的费率计算：

$$采购及保管费 = 材料运到工地仓库价格 \times 采购及保管费率$$

（6）材料检验试验费。材料检验试验费是指对建筑材料、构件和建筑安装物进行一般鉴定、检查所发生的费用，包括自设实验室进行试验所耗用的材料和化学药品等费用，不包括新结构、新材料的试验费和建设单位对具有出厂合格证明的材料进行的检验的对构件做破坏性试验及其他特殊要求检验试验的费用。

（7）风险费的确定。风险费主要指材料价格浮动。由于工程所用材料不可能在工程行使初期一次全部采购完毕，因此随着时间的推移，市场的变化造成材料价格的变动会给承包商造成材料费风险。

以上七项费用之和即材料预算价格或材料单价。计算公式为：

$$材料预算价格＝（供应价＋包装费＋运输费＋运输损耗费＋采购及保管费＋$$
$$材料检验试验费＋风险费）－包装品回收值$$

4.5.4　机械台班单价的计算

4.5.4.1　机械台班单价确定依据

（1）折旧费的计算依据

① 机械预算价。机械预算价格按机械出厂（或抵岸完税）价格，及机械以交货地点或口岸运至使用单位机械管理部门的全部运杂费计算。

国产机械出厂价格（或销售价格）的收集途径有：

a. 全国施工机械展销会上各厂家的订货合同价；

b. 全国有关机械生产厂家函询或面询的价格；

c. 组织有关大中型施工企业提供当前购入机械的账面实际价格；

d. 城乡和住房建设部价格信息网络中的当期价格。

根据上述资料列表对比分析，合理取定。对于少量无法取到实际价格的机械，可用同类机械或相近机械的价格采用内插法和比例法取定。

进口机械价格是依据外贸、海关等部门的现行规定及企业购置机械设备发票中外币值乘以当期的外币汇率计算。关税及增值税、外贸部门手续费、银行财务费按现行规定的标准计算。

② 残值率。它是指机械报废时回收的残值占机械原值（机械预算价格）的比率。残值率根据有关文件规定按运输机械 2%、特大型机械 3%、中小型机械 4%、掘进机械 5% 取定。

③ 贷款利息系数。为补偿企业贷款购置机械设备所支付的利息，从而合理反映资金的时间价值，以大于 1 的贷款利息系数，将贷款利息（单利）分摊在台班折旧费中。其公式如下：

$$贷款利息系数 = 1 + \frac{n+1}{2}i$$

式中，n 为国家有关文件规定的此类机械折旧年限；i 为当年银行贷款利率。

④ 耐用总台班。指机械在正常施工作业条件下，从投入使用直到报废止，按规定应达到的使用总台班数。

a. 机械耐用总台班即机械使用寿命，一般可分为机械技术使用寿命、经济使用寿命。

b. 机械技术使用寿命，指机械在不实行总体更换的条件下，经过修理仍无法达到规定性能指标的使用期限。

c. 经济使用寿命，指从最佳经济效益的角度出发，机械使用投入费用（包括燃料动力费、润滑擦拭材料费、保养、修理费用等）最低时的使用期限。超过经济使用寿命的机械，虽仍可使用，但由于机械技术性能不良，完好率下降，燃料、润滑料消耗增加，生产效率降低，导致生产成本增高（一般说寿命期修理费超过原值的一半的机械就不该使用）。

《全国统一施工机械台班费用定额》中的耐用总台班是以经济使用寿命为基础，并依据国家有关固定资产折旧年限规定，结合施工机械工作对象和环境以及年能达到的工作台班确定。

机械耐用总台班的计算公式为：

$$耐用总台班＝折旧年限×年工作台班＝大修间隔台班×大修周期$$

a. 年工作台班是根据有关部门对各类主要机械最近三年的统计资料分析确定。

b. 大修间隔台班是指机械自投入使用起至下一次大修止，应达到的使用台班数。

c. 大修周期是指机械正常的施工作业条件下，将其寿命期（即耐用总台班）按规定的大修理次数划分为若干个周期。其计算公式为：

$$大修周期＝寿命期大修理次数＋1$$

（2）大修理费计算依据。每台班的大修理费是指机械设备按规定的大修间隔台班进行必要的大修理以恢复机械的正常功能时每台班所摊的费用，它取决于一次大修理费用、大修理次数和耐用总台班的数量。

① 一次大修理费。按机械设备规定的大修理范围和工作内容，进行一次全面修理所需消耗的工时、配件、辅助材料、油燃料以及送修运输等全部费用计算。

② 寿命期大修理次数。为恢复机械原机功能按规定在寿命期内需要进行的大修理次数。

（3）经常修理费计算依据

① 各级保养（一次）费用。分别指机械在各个使用周期内为保证机械处于完好状况，必须按规定的各级保养间隔周期、保养范围和内容进行的一、二、三级保养或定期保养所消耗的工时、配件、辅料、油燃料等费用。

② 寿命期各级保养总次数。分别指一、二、三级保养或定期保养在寿命期内各个使用周期中保养次数之和。

③ 机械临时故障排除费用、机械停置期间维护保养费。指机械除规定的大修理及各级保养以外，临时故障所需要费用以及机械在工作日以外的保养维护所需润滑擦拭材料费，可按各级保养（不包括例保辅料费）费用之和的3％计算。即：

$$\genfrac{}{}{0pt}{}{机械临时故障排除费及}{机械停置期间维护保养费}＝\sum（各级保养一次费用×寿命期各级保养总次数）×3\%$$

④ 替换设备及工具附具台班摊销费。指轮胎、电缆、蓄电池、运输皮带、钢丝绳、胶皮管、履带板等消耗性设备和按规定随机配备的全套工具附具的台班摊销费用。其计算公式为：

$$\begin{aligned}替换设备及工具附具台班摊销费＝\sum[&（各类替换设备数量×单价÷耐用台班）＋\\&（各类随机工具附具数量×单价÷耐用台班）]\end{aligned}$$

⑤ 例保辅料费。即机械日常保养所需润滑擦拭材料的费用。

（4）安拆费及场外运费计算依据。台班安拆费及场外运费分别按不同机械型号、重量、外形体积以及不同的安拆和运输方式测算其一次安拆费和一次场外运输费，及年平均安拆、运输次数，作为计算依据。

4.5.4.2 机械台班单价的计算方法

(1) 折旧费计算公式

$$台班折旧费 = \frac{机械预算价格 \times (1-残值率) \times 贷款利息系数}{耐用总台班}$$

(2) 大修理费计算公式

$$台班大修理费 = \frac{一次大修理费 \times 寿命期内大修理次数}{耐用总台班}$$

(3) 经常修理费计算公式

$$台班经修费 = \frac{\Sigma (各级保养一次费用 \times 寿命期各级保养次数) + 临时故障排除费}{耐用总台班} +$$

$$替设设备台班摊销费 + 工具附具台班摊销费 + 例保辅料费$$

为简化计算,编制台班费用定额时也可采用下列公式:

$$台班经修费 = 台班大修费 \times K$$

$$K = \frac{机械台班经常修理费}{机械台班大修理费}$$

(4) 安拆费和场外运输费计算公式

$$台班安拆费 = \frac{机械一次安拆费 \times 年平均安拆次数}{年工作台班} + 台班辅助设施费$$

$$台班辅助设施费 = \frac{(一次运输及装卸费 + 辅助材料一次摊销费 + 一次架线费) \times 年运输次数}{年工作台班}$$

(5) 燃料动力费计算公式

$$台班燃料动力费 = 台班燃料动力消耗量 \times 相应单价$$

(6) 人工费计算公式

$$台班人工费 = 定额机上人工工日 \times 日工资单价$$

$$定额机上人工工日 = 机上定员工日 \times (1+增加工日系数)$$

$$增加工日系数 = (年日历天数 - 规定节假日公休日 - 辅助工资中年非工作日 -$$

$$机械年工作台班) \div 机械年工作台班$$

(7) 养路费及车船使用税计算公式

$$养路费及车船使用税 = 载重量(或核定自重吨位) \times \{养路费标准[元/(吨 \cdot 月)] \times 12 +$$

$$车船使用税标准[元/(吨 \cdot 年)]\} \div 年工作台班$$

4.5.5 措施项目费的计算

4.5.5.1 措施项目费的构成

措施项目费是指工程量清单中,除工程量清单项目费用以外,为保证工程顺利进行,按照国家现行有关建设工程施工及验收规范、规程要求,发生于该工程施工前和施工过程中非工程实体项目的费用。其内容如表 4-25 所列。

影响措施项目设置的因素比较多,因此"措施项目费一览表"中不能一一列出,根据情况不同,出现表中未列的措施项目,工程量清单编制人可做补充。补充项目应列在清单项目最后,并在"序号"栏中以"补"字示之。

表 4-25　措施项目费一览表

序号	项 目 名 称
1 通用项目	
1.1	环境保护
1.2	文明施工
1.3	安全生产
1.4	临时设施
1.5	夜间施工
1.6	二次搬运
1.7	大型机械设备进出场及安拆
1.8	混凝土、钢筋混凝土模板及支架
1.9	脚手架
1.10	已完工程及设备保护
1.11	施工排水、降水
2 建筑工程	
2.1	垂直运输机械
3 装饰装修工程	
3.1	垂直运输机械
3.2	室内空气污染测试
4 安装工程	
4.1	组装平台
4.2	设备、管道施工的安全、防冻和焊接保护措施
4.3	压力容器和高压管道的检测
4.4	焦炉施工大棚
4.5	焦炉烘炉、热态工程
4.6	管道安装后的充气保护措施
4.7	隧道内施工的通风、供水、供气、供电、照明及通讯设施
4.8	现场施工围栏
4.9	长输管道临时水工保护措施
4.10	长输管道施工便道
4.11	长输管道跨越或穿越施工措施
4.12	长输管道地下穿越地上建筑物的保护措施
4.13	长输管道工程施工队伍调遣
4.14	格架或抱杆
5 市政工程	
5.1	围堰
5.2	驻岛
5.3	现场施工围栏
5.4	便道
5.5	便桥
5.6	洞内施工的通风、供水、供气、供电、照明及通讯设施
5.7	驳岸块石清理

4.5.5.2　措施项目费的计算

措施项目费属于竞争性的费用，投标报价时由编制人根据企业的情况自行计算，可高可低。编制人没有计算或少计算费用，视为此费用已包括在其他费用内，额外的费用除招标文件和合同约定外，不予支付。

措施项目费应按所采用的消耗量定额的计算规则和计算方法及施工组织设计方案计取。招标人提出的措施项目清单是根据一般情况提出的，没有考虑不同投标人的"个性"，因此投标人在报价时，可以根据本企业的实际情况，增加措施项目内容报价（如赶工措施费、工程保险费、工程保修费和预算包干费等）。

常见的措施项目费用计算可参考下面公式进行计算。

（1）环境保护费

$$环境保护费 = 直接工程费 \times 环境保护费费率（\%）$$

$$环境保护费费率（\%） = \frac{本项费用年度平均支出}{全年建安产值 \times 直接工程费占总造价比例（\%）}$$

（2）文明施工费

$$文明施工费 = 直接工程费 \times 文明施工费费率（\%）$$

$$文明施工费费率（\%） = \frac{本项费用年度平均支出}{全年建安产值 \times 直接工程费占总造价比例（\%）}$$

（3）安全施工费

$$安全施工费 = 直接工程费 \times 安全施工费费率（\%）$$

$$安全施工费费率（\%） = \frac{本项费用年度平均支出}{全年建安产值 \times 直接工程费占总造价比例（\%）}$$

（4）临时设施费。临时设施费由以下三部分组成。

① 周转使用临建（如活动房屋）费。

$$周转使用临建费 = \sum \left[\frac{临建面积 \times 每平方米造价}{使用年限 \times 365 \times 利用率（\%）} \times 工期（天） \right] + 一次性拆除费$$

② 一次性使用临建（如简易建筑）费。

$$一次性使用临建费 = \sum 临建面积 \times 每平方米造价 \times [1 - 残值率（\%）] + 一次性拆除费$$

③ 其他临时设施（如临时管线）费。其他临时设施在临时设施费中所占比例，可由各地区造价管理部门依据典型施工企业的成本资料经分析后综合测定。

$$临时设施费 = （周转使用临建费 + 一次性使用临建费） \times [1 + 其他临时设施所占比例（\%）]$$

（5）夜间施工增加费

$$夜间施工增加费 = \left(1 - \frac{合同工期}{定额工期} \right) \times \frac{直接工程费中的人工费合计}{平均日工资单价} \times$$

$$每工日夜间施工费开支$$

（6）二次搬运费

$$二次搬运费 = 直接工程费 \times 二次搬运费费率（\%）$$

$$二次搬运费费率（\%） = \frac{年平均二次搬运费开支额}{全年建安产值 \times 直接工程费占总造价的比例（\%）}$$

（7）大型机械进出场及安拆费

$$大型机械进出场及安拆费=\frac{一次进出场及安拆费\times 年平均安拆次数}{年工作台班}$$

（8）混凝土、钢筋混凝土模板及支架

① 　　　模板及支架费＝模板摊销量×模板价格＋支、拆、运输费

摊销量＝一次使用量×（1＋施工损耗）×［1＋（周转次数－1）×补损率/周转次数－

（1－补损率）×50％/周转次数］

② 　　　租赁费＝模板使用量×使用日期×租赁价格＋支、拆、运输费

（9）脚手架搭拆费

① 　　　脚手架搭拆费＝脚手架摊销量×脚手架价格＋搭、拆、运输费

$$脚手架摊销量=\frac{单位一次使用量\times（1－残值率）}{耐用期\div 一次使用期}$$

② 　　　租赁费＝脚手架每日租金×搭设周期＋搭、拆、运输费

（10）已完工程及设备保护费

　　　已完工程及设备保护费＝成品保护所需机械费＋材料费＋人工费

（11）施工排水、降水费

排水降水费＝Σ排水降水机械台班费×排水降水周期＋排水降水使用材料费、人工费

4.5.6　其他项目费的组成及计算

其他项目费包括预留金、材料购置费、总承包服务费和零星工作项目费。其他项目费清单中的预留金、材料购置费和零星工作项目费，均为估算、预测数量，虽在投标时计入投标人的报价中，不应视为投标人所有，工程结算时，应按约定或按承包人实际完成的工作内容结算，剩余部分仍归招标人所有。零星工作项目费的"单价"是综合单价的概念，应考虑管理费、利润、风险等，见表 4-26。

表 4-26　其他项目费用计算

项目名称	计算基础
预留金	根据拟建安装工程的设计深度和设计概、预算总额大小进行估算
材料购置费	按拟建安装工程自行采购材料量进行估算
总承包服务费	按招标文件规定，允许分包工程的预算价和合同价
零星工作项目费	按招标文件提出的零星工作暂估工作量进行计算

（1）预留金。主要考虑可能发生的工程量变化和费用增加而预留的金额。引起工程量变化和费用增加的原因很多，一般主要有以下几方面。

① 清单编制人员在统计工程量及变更工程量清单时发生的漏算、错算等引起的工程量增加。

② 设计深度不够、设计质量低造成的设计变更引起的工程量增加。

③ 在现场施工过程中，应业主要求，并由设计或监理工程师出具的工程变更增加的工程量。

④ 其他原因引起的，且应由业主承担的费用增加，如风险费用及索赔费用。

　　此处提出的工程量变更主要是指工程量清单漏项或有误引起的工程量的增加和施工中的设计变更引起标准提高或工程量的增加等。

　　预留金由清单编制人根据业主意图和拟建工程实况计算出金额填制表格。其计算应根据设计文件的深度、设计质量的高低、拟建工程的成熟程度及工程风险的性质来确定其额度。设计深度深、设计质量高，已经成熟的工程设计，一般预留工程总造价的3%～5%即可。在初步设计阶段，工程设计不成熟的，最少要预留工程总造价的10%～15%。

　　预留金作为工程造价费用的组成部分计入工程造价，但预留金的支付与否、支付额度以及用途，都必须通过（监理）工程师的批准。

　　（2）材料购置费。是指业主出于特殊目的或要求，对工程消耗的某类或某几类材料，在招标文件中规定，由招标人采购的拟建工程材料费。

　　（3）总承包服务费包括配合协调招标人工程分包和材料采购所需的费用，此处提出的工程分包是指国家允许分包的工程。总承包服务费仅需简单列项即可。

　　（4）零星工作项目中的工、料、机计量，要根据工程的复杂程度、工程设计质量的优劣，以及工程项目设计的成熟程度等因素来确定其数量。一般工程以人工计量为基础，按人工消耗总量的1%取值即可。材料消耗量主要是辅助材料消耗，按不同专业工人消耗材料类别列项，按工人日消耗量计入。机械列项和计量，除了考虑人工因素外，还要参考各单位工程机械消耗的种类，可按机械消耗总量的1%取值。

4.5.7　规费的组成及计算

4.5.7.1　规费的组成

　　规费是指按照国家或省、自治区、直辖市人民政府规定，允许计入工程造价的各项税收费，主要包括以下费用。

　　（1）工程排污费。是指施工现场按规定缴纳的排污费用。

　　（2）工程定额测定费。是指按规定支付工程造价（定额）管理部门的定额测定费。

　　（3）养老保险统筹基金。是指企业按规定向社会保障主管部门缴纳的职工基本养老保险（社会统筹部分）。

　　（4）行业保险费。是指企业按照国家规定缴纳的行业保险金。

　　（5）医疗保险费。是指企业按照规定向社会保障主管部门缴纳的职工基本医疗保险费。

4.5.7.2　规费的计算

　　规费的计算按下面公式计算：

$$规费＝计算基数×规费费率（\%）$$

　　（1）规费费率的计算步骤。根据本地区典型工程发承包价的分析资料综合规费计算中所需的数据。

　　① 每万元发承包价中人工费含量和机械费含量。

　　② 人工费占直接工程费的比例。

　　③ 每万元发承包价中所含规费缴纳标准和各项基数。

　　（2）规费费率的计算公式。

　　① 以直接工程费为计算基础

$$规费费率(\%)=\frac{\sum 规费缴纳标准\times每万元发承包价计算基数}{每万元发承包价中的人工费含量}\times$$

人工费占直接工程费的比例

② 以人工费为计算基础

$$规费费率（\%）=\frac{\sum 规费缴纳标准\times每万元发承包价计算基数}{每万元发承包价中的人工费含量}\times100\%$$

③ 以人工费和机械费合计为计算基础

$$规费费率(\%)=\frac{\sum 规费缴纳标准\times每万元发承包价计算基数}{每万元发承包价中的人工费和机械费含量}\times100\%$$

规费费率一般以当地政府或有关部门制定的费率标准执行。

4.5.8 税金的组成及计算

税收是国家凭借政治权力，把一部分国民经济收入以税金形式转变为国家所有的一种分配制度。税收的特征，一是具有法制性，各种税目和税率由国家决定，对一切从事生产经营的单位和个人均普遍适用。纳税人必须依照税法条例按期缴纳税金；二是无偿性，国家依法征税无需偿还，也不需对纳税人付出任何代价；三是稳定性，即各种税目所确定的课税主体、课税对象和课税税率，都具有较长时间的延续性，以保证国家财政收入的稳定性。

4.5.8.1 税金的组成

建筑安装工程税金，是指国家依照法律条例规定，向从事建筑安装工程的生产经营者征收的财政收入。其中包括营业税、城市维护建设税和教育费附加等。

(1) 营业税。根据国家营业税条例规定，对国营、集体和个体建筑安装企业承包建筑、修缮、安装及其他工程作业所取得的收入都应征收营业税，应纳的税款准许计入工程预算造价之内。

建筑安装企业承包建筑安装工程和修缮业务，实行分包和转包形式的，其分包和转包收入应纳的营业税，由总承包人缴纳。

营业税的收入，其中70%作为中央预算收入入库，30%作为地方预算收入入库。缴纳地点为承包工程所在地。

(2) 城市维护建设税。城市维护建设税是为扩大和稳定城市、乡镇的公用事业和公共设施维护资金的来源，凡缴纳产品税、增值税、营业税的单位和个人，都是城市维护建设税的纳税人，按照上述税额为基数，同时缴纳城市维护建设税。

(3) 教育费附加。为加快发展地方教育事业，扩大地方教育经费的来源，凡缴纳产品税、增值税、营业税的单位和个人，都应按照规定同时缴纳教育费附加。教育费附加以各单位和个人实际缴纳的产品税、增值税、营业税的税额为计征依据。

4.5.8.2 税金的计算

(1) 税率的确定。

① 营业税的税率。国家规定，建筑安装工程营业税按营业收入额（即建筑安装工程全部收入）的3%计算。

② 城市维护建设税的税率。国家规定，城市维护建设税的税率要根据纳税人所在地不同，分三种情况予以确定。

　　a. 纳税人所在地在市区者，为营业税的 7%，即 3%×7%＝0.21%。

　　b. 纳税人所在地在县城、镇者，为营业税的 5%，即 3%×5%＝0.15%。

　　c. 纳税人所在地不在市区、县城或镇者，为营业税的 1%，即 3%×1%＝0.03%。

　　③ 教育费附加税的税率。过去国家规定教育费附加税率为营业税的 1%，目前有些地方已提高到 3%，即 3%×3%＝0.09%。

　　④ 纳税税率的确定。将上述三项税率分别汇总，即可得纳税税率。

　　a. 纳税人所在地在市区者的税率：3%＋3%×7%＋3%×3%＝3.3%。

　　b. 纳税人所在地在县城、镇者的税率：3%＋3%×5%＋3%×3%＝3.24%。

　　c. 纳税人所在地不在市区、县城或镇者的税率：3%＋3%×1%＋3%×3%＝3.12%。

　　(2) 应纳税额。以上税率是按建筑安装工程全部收入为计税基础，所以，应纳税额可用公式表示为：

$$应纳税额＝含税工程造价×税率$$

其中

$$含税工程造价＝不含税工程造价＋应纳税额$$

所以

$$应纳税额＝\frac{不含税工程造价}{1-税率}×税率$$

　　将以上税率代入上式即得：

　　a. 纳税人所在地在市区，应纳税额＝不含税工程造价×3.41%；

　　b. 纳税人所在地在县城、镇，应纳税额＝不含税工程造价×3.35%；

　　c. 纳税人所在地不在市区、县城或镇，应纳税额＝不含税工程造价×3.22%。

4.6　水暖工程量清单编制实例

　　【例 4-2】　某学校室外供暖管道（地沟敷设）中有 $\phi133×4.5mm$ 的无缝钢管管道一段，管沟起止长度为 150m，管道的供、回水管分上下两层安装，中间设置方形伸缩器一个，臂长 1.2m，该管道刷红丹漆两遍，珍珠岩瓦绝热，绝热厚度为 50mm，试计算该段管道安装的分项项目的工程量。

　　根据题意，管道安装工程量由两部分组成。

　　供、回水管的长度：$L_1＝150×2＝300$（m）

　　伸缩器两臂的增加长度：$L_2＝1.2×2×2＝4.8$（m）

　　室外供热管道的安装工程量＝$L_1＋L_2＝300＋4.8＝304.8$（m）

　　分部分项工程量清单表见表 4-27。

表 4-27　分部分项工程量清单表

工程名称：　　　　　　　　　　　　　　　　　　　　　　　　　　　　　第　页　共　页

序号	项目编码	项目名称	计量单位	工程数量
1	030801002001	无缝钢管 $\phi133×4.5mm$，焊接，室外工程，两遍红丹漆，珍珠岩瓦保温，$\delta＝50mm$，	m	304.8

　　【案例 4-1】　某医疗中心安装工程（给排水）实例节选（见表 4-28～表 4-30）。

表 4-28　分部分项工程量清单计价表

序号	项目编码	项目名称	计量单位	工程数量
1	030801001001	涂塑钢管 1. 安装部位(室内、外):管道井 2. 输送介质:中水 3. 规格:DN80 4. 连接方式:螺纹	m	64.1
2	030801001002	涂塑钢管 1. 安装部位(室内、外):管道井 2. 输送介质:中水 3. 规格:DN70 4. 连接方式:螺纹	m	23.4
3	030801001003	涂塑钢管 1. 安装部位(室内、外):管道井 2. 输送介质:中水 3. 规格:DN50 4. 连接方式:螺纹	m	10.6
4	030801005001	塑料管(UPVC、PVC、PP-C、PP-R、PE 管等) 1. 安装部位(室内、外):室内 2. 输送介质:中水 3. 材质:PP-R 4. 规格:DN15 5. 连接方式:热熔	m	1068.8
5	030801005002	塑料管(UPVC、PVC、PP-C、PP-R、PE 管等) 1. 安装部位(室内、外):室内 2. 输送介质:中水 3. 材质:PP-R 4. 规格:DN20 5. 连接方式	m	105.6
6	030801005003	塑料管(UPVC、PVC、PP-C、PP-R、PE 管等) 1. 安装部位(室内、外):室内 2. 输送介质:中水 3. 材质:PP-R 4. 规格:DN25 5. 连接方式	m	96
7	030801005004	塑料管(UPVC、PVC、PP-C、PP-R、PE 管等) 1. 安装部位(室内、外):室内 2. 输送介质:中水 3. 材质:PP-R 4. 规格:DN32 5. 连接方式	m	744
8	030801005005	塑料管(UPVC、PVC、PP-C、PP-R、PE 管等) 1. 安装部位(室内、外):室内 2. 输送介质:中水 3. 材质:PP-R 4. 规格:DN40 5. 连接方式	m	412

续表

序号	项目编码	项目名称	计量单位	工程数量
9	030801005006	塑料管(UPVC、PVC、PP-C、PP-R、PE 管等) 1. 安装部位(室内、外):室内 2. 输送介质:中水 3. 材质:PP-R 4. 规格:DN50 5. 连接方式	m	944
10	030801001004	涂塑钢管 1. 安装部位(室内、外):管道井 2. 输送介质:冷水 3. 规格:DN80 4. 连接方式:螺纹	m	56.3
11	030801001005	涂塑钢管 1. 安装部位(室内、外):管道井 2. 输送介质:冷水 3. 规格:DN70 4. 连接方式:螺纹	m	31.2
12	030801001006	涂塑钢管 1. 安装部位(室内、外):管道井 2. 输送介质:冷水 3. 规格:DN50 4. 连接方式:螺纹	m	11.2
13	030801001007	涂塑钢管 1. 安装部位(室内、外):室内 2. 输送介质:冷水 3. 规格:DN20 4. 连接方式:螺纹	m	13
14	030801001008	涂塑钢管 1. 安装部位(室内、外):室内 2. 输送介质:冷水 3. 规格:DN15 4. 连接方式:螺纹	m	28.5
15	030801009001	不锈钢管 1. 输送介质:冷水 2. 材质 3. 规格:DN15 4. 连接方式:凸环	m	2603.2
16	030801009002	不锈钢管 1. 输送介质:冷水 2. 材质 3. 规格:DN20 4. 连接方式:凸环	m	574.4

序号	项目编码	项目名称	计量单位	工程数量
17	030801009003	不锈钢管 1. 输送介质:冷水 2. 材质 3. 规格:DN25 4. 连接方式:凸环	m	403.2
18	030801009004	不锈钢管 1. 输送介质:冷水 2. 材质 3. 规格:DN32 4. 连接方式:凸环	m	640
19	030801009005	不锈钢管 1. 输送介质:冷水 2. 材质 3. 规格:DN40 4. 连接方式:凸环	m	704
20	030801009006	不锈钢管 1. 输送介质:冷水 2. 材质 3. 规格:DN50 4. 连接方式:凸环	m	192
21	030801001009	涂塑钢管 1. 安装部位(室内、外):管道井 2. 输送介质:热水 3. 规格:DN100 4. 连接方式:螺纹	m	46
22	030801001010	涂塑钢管 1. 安装部位(室内、外):管道井 2. 输送介质:热水 3. 规格:DN80 4. 连接方式:螺纹	m	78
23	030801001011	涂塑钢管 1. 安装部位(室内、外):管道井 2. 输送介质:热水 3. 规格:DN70 4. 连接方式:螺纹	m	132.6
24	030801001012	涂塑钢管 1. 安装部位(室内、外):管道井 2. 输送介质:热水 3. 规格:DN50 4. 连接方式:螺纹	m	101.4

续表

序号	项目编码	项目名称	计量单位	工程数量
25	030801001013	涂塑钢管 1. 安装部位(室内、外):管道井 2. 输送介质:热水 3. 规格:DN40 4. 连接方式:螺纹	m	23.4
26	030801001014	涂塑钢管 1. 安装部位(室内、外):管道井 2. 输送介质:热水 3. 规格:DN32 4. 连接方式:螺纹	m	9.8
27	030801009007	不锈钢管 1. 输送介质:热水 2. 材质 3. 规格:DN20 4. 连接方式:凸环	m	468.8
28	030801009008	不锈钢管 1. 输送介质:热水 2. 材质 3. 规格:DN25 4. 连接方式:凸环	m	763.2
29	030801009009	不锈钢管 1. 输送介质:热水 2. 材质 3. 规格:DN32 4. 连接方式:凸环	m	643.2
30	030801009010	不锈钢管 1. 输送介质:热水 2. 材质 3. 规格:DN15 4. 连接方式:凸环	m	2683.2
31	030801009011	不锈钢管 1. 输送介质:热水 2. 材质 3. 规格:DN40 4. 连接方式:凸环	m	380.8
32	030801009012	不锈钢管 1. 输送介质:热水 2. 材质 3. 规格:DN50 4. 连接方式:凸环	m	808

续表

序号	项目编码	项目名称	计量单位	工程数量
33	030804018001	铜质清扫口 1. 材质:铜质 2. 规格:DN200	个	6
34	030804018002	铜质清扫口 1. 材质:铜质 2. 规格:DN100	个	65
35	030804018003	铜质清扫口 1. 材质:铜质 2. 规格:DN50	个	112
36	030804020001	热水器(电能源) 1. 类型 2. 型号	台	32
37	030804005001	污水盆 1. 组装形式 2. 开关 3. 规格	组	32
38	030804017001	快速密闭地漏 1. 材质:快速密闭 2. 规格:DN50	个	144
39	030804007001	淋浴器 1. 材质 2. 规格 3. 组装形式:双柄淋浴头淋浴器	组	256
40	030804017002	铝合金或铜防返溢地漏 1. 材质:铝合金或铜防返溢 2. 规格:DN50	个	448
41	030804016001	红外线感应水龙头 1. 规格:红外线感应水龙头 2. 材质	个	432
42	030804003001	洗脸盆 1. 组装形式:台式 2. 开关 3. 规格	组	336
43	030804012001	大便器 1. 类型、型号:坐箱式坐便器 2. 组装方式	套	256
44	030804003002	洗脸盆 1. 组装形式:立式 2. 开关 3. 规格	组	112

序号	项目编码	项目名称	计量单位	工程数量
45	030804012002	大便器 1. 类型、型号:自闭式冲洗阀大便器 2. 组装方式	套	96
46	030803005001	自动排气阀 型号、规格:DN20	个	10
47	030803001001	闸阀 1. 类型:闸阀 2. 型号、规格:DN32	个	64
48	030803001002	闸阀 1. 类型:闸阀 2. 型号、规格:DN20	个	264
49	030803001003	闸阀 1. 类型:闸阀 2. 型号、规格:DN50	个	48
50	030803001004	闸阀 1. 类型:闸阀 2. 型号、规格:DN15	个	178
51	030803001005	闸阀 1. 类型:闸阀 2. 型号、规格:DN40	个	16
52	030803001006	闸阀 1. 类型:闸阀 2. 型号、规格:DN25	个	208
53	030803001007	过滤器 1. 类型 2. 型号、规格:DN50	个	7
54	030803001008	减压阀 1. 类型 2. 型号、规格:DN50	个	7
55	030803001009	止回阀 1. 类型:止回阀 2. 型号、规格:DN20	个	16
56	030803001010	止回阀 1. 类型:止回阀 2. 型号、规格:DN25	个	16
57	030803001011	减压阀 1. 类型:减压阀 2. 型号、规格:DN40	个	2
58	030803001012	过滤器 1. 类型:过滤器 2. 型号、规格:DN40	个	2

序号	项目编码	项目名称	计量单位	工程数量
59	030803013001	伸缩器 1. 类型:伸缩器 2. 材质:不锈钢 3. 型号、规格:DN50	个	17
60	030803013002	伸缩器 1. 类型:伸缩器 2. 材质:不锈钢 3. 型号、规格:DN70	个	5
61	030803013003	伸缩器 1. 类型:伸缩器 2. 材质:不锈钢 3. 型号、规格:DN32	个	16
62	030803013004	伸缩器 1. 类型:伸缩器 2. 材质:不锈钢 3. 型号、规格:DN100	个	1
63	030803013005	伸缩器 1. 类型:伸缩器 2. 材质:不锈钢 3. 型号、规格:DN80	个	3
64	030801004001	柔性抗震铸铁管 1. 安装部位(室内、外) 2. 输送介质:污水 3. 规格:DN150 4. 接口型式:柔性	m	1980
65	030801004002	柔性抗震铸铁管 1. 安装部位(室内、外) 2. 输送介质:污水 3. 规格:DN50 4. 接口型式:柔性	m	1970.7
66	030801004003	柔性抗震铸铁管 1. 安装部位(室内、外) 2. 输送介质:污水 3. 规格:DN75 4. 接口型式:柔性	m	458.2
67	030801004004	柔性抗震铸铁管 1. 安装部位(室内、外) 2. 输送介质:污水 3. 规格:DN200 4. 接口型式:柔性	m	158.5
68	030801004005	柔性抗震铸铁管 1. 安装部位(室内、外) 2. 输送介质:污水 3. 规格:DN100 4. 接口型式:柔性	m	1107.1

表 4-29　措施项目清单计价表

序号	项目名称	金额/元	序号	项目名称	金额/元
1	脚手架费		11	组装平台	
2	大型机械设备进出场及安拆		12	设备、管道施工安全、防冻和焊接保护措施	
3	施工排水、降水				
4	环境保护		13	焦炉施工大棚	
5	文明施工		14	压力容器和高压管道的检验	
6	二次搬运		15	管道安装后的充气保护	
7	已完工程及设备保护		16	焦炉烘炉、热态工程	
8	临时设施		17	隧道内施工的通风、供水、供电、照明及通讯设施	
9	夜间施工				
10	冬、雨季施工		18	格架式抱杆	

表 4-30　其他项目清单计价表

序号	项目名称	金额/元	序号	项目名称	金额/元
	招标人部分			投标人部分	
	预留金			总承包服务费	
	材料购置费			零星工作项目费	
	小计			小计	

第5章 水暖工程预结算书的编制

5.1 水暖工程施工图预算书的编制

5.1.1 水暖工程施工图预算书的编制内容

（1）编制说明书。安装工程施工预算说明书主要包括：编制施工预算所采用的施工定额（或劳动定额和材料消耗定额）、安装工程施工图、施工方案、设计变更和图纸会审记录，以及存在的问题和处理的方法等内容。

（2）工程量计算表。见表5-1。

表 5-1 安装工程施工预算工程量计算表

工程名称：　　　　　　　　　　　　　　　　　　　　　　　　　　　　　　　第　页　共　页

序号	施工定额编号	分项工程名称	计量单位	计算公式	工程量

（3）工程量汇总表。见表5-2。

表 5-2 安装工程施工预算工程量汇总表

工程名称：　　　　　　　　　　　　　　　　　　　　　　　　　　　　　　　第　页　共　页

序号	施工定额编号	分项工程名称	计量单位	工程量	备注
1					
2					
3					
⋮					

（4）定额用工分析表。见表5-3。

表 5-3　安装工程预算定额用工分析表

工程名称：　　　　　　　　　　　　　　　　　　　　　　　　　　第 页 共 页

序号	施工定额编号	分项工程名称	计量单位	工程量	综合工日		其中：							(工日)
					定额	合计	( )工		( )工		( )工		( )工	
							定额	合计	定额	合计	定额	合计	定额	合计
(1)	(2)	(3)	(4)	(5)	(6)	(7)	(8)	(9)	(10)	(11)	(12)	(13)	(14)	(15)
1														
2														
⋮														
		小计												

（5）材料用量分析表。见表 5-4。

表 5-4　安装工程施工预算定额用料分析表

工程名称：　　　　　　　　　　　　　　　　　　　　　　　　　　第 页 共 页

序号	施工定额编号	分项工程名称	计量单位	工程量	( ) ( )		( ) ( )		( ) ( )		( ) ( )		( ) ( )		( ) ( )	
					定额	合计	定额	合计	定额	合计	定额	合计	定额	合计	定额	合计
(1)	(2)	(3)	(4)	(5)	(6)	(7)	(8)	(9)	(18)	(19)	(20)	(21)	(22)	(23)	(24)	(25)
1																
2																
⋮																
		小计														

（6）机械使用费表。见表 5-5。

表 5-5　安装工程施工预算机械使用费表

工程名称：　　　　　　　　　　　　　　　　　　　　　　　　　　第 页 共 页

序号	机械设备名称型号	数量	使用日历天数	台班单价	机械费合计	备　注
(1)	(2)	(3)	(4)	(5)	(6)	(7)

（7）工料和机械费汇总表。见表 5-6。

（8）施工预算表。见表 5-7。

5.1.2　水暖工程施工图预算书的编制依据

（1）施工图纸和施工说明书

① 经过设计单位、建设单位和施工单位三方有关人员共同会审的施工图纸及会审纪要。

② 安装标准图（包括国标、院标）。

③ 与安装工程有关的土建图纸，如设备基础平面布置图、管道预留孔洞图等。

④ 施工说明书。

表 5-6　安装工程施工预算工料和机械费汇总表

工程名称：　　　　　　　　　　　　　　　　　　　　　　　　　第　页　共　页

序号	工料及费用名称	单位	数量	单价	合计	备注
一	人工费	元				
1						
2						
3						
二	材料费	元				
1						
2						
⋮						
三	机械费	元				
四	直接费	元				

表 5-7　安装工程施工预算表

工程名称：　　　　　　　　　　　　　　　　　　　　　　　　　第　页　共　页

序号	施工定额编号	分项工程名称	计量单位	数量	单价	合价

（2）安装工程预算定额和单位估价表

① 国家颁发的统一安装工程预算定额、单位估价表。

② 地方政府的现行安装工程预算定额、单位估价表。

（3）材料预算价格

① 地区现行的材料预算价格。

② 如果当地没有材料预算价格规定，则应由建设银行、建设单位和施工单位三方在当地建委的领导下，依据国家规定的编制原则和方法共同进行编制。

（4）施工组织设计或施工方案

① 经过批准的施工组织设计或施工方案。

② 指明预算定额规定中不包括的特殊工序。

（5）施工管理定额和独立费定额及法定利润

① 地区现行施工管理费定额和各项独立费定额。

② 根据国家规定，法定利润统一按建筑安装工程预算成本的 2.5％计取。

（6）有关手册

① 可查出金属材料质量的金属材料手册。

② 可查出有关设备质量的其他手册。

（7）其他文件

① 建设单位和施工单位双方签订的工程合同书或协议书。

② 上级部门有关工程预算编制的指令性文件或规定。

5.1.3　水暖工程施工图预算的费用组成

（1）直接费。包括：①人工费；②材料费；③施工机械使用费；④ 其他直接费。

（2）施工管理费。包括①工作人员工资；②生产工人辅助工资；③工资附加费；④办公费；⑤差旅交通费；⑥固定资产使用费；⑦工具、用具使用费；⑧劳动保护费；⑨检验试验费；⑩其他费用。

这部分费用一般各地区都有自己的规定，可参考当地的相关定额标准进行取费。

（3）独立费。包括：①临时设施费；②远征工程增加费；③施工机构迁移费；④冬、雨季及夜间施工增加费；⑤劳保支出；⑥技术装备费；⑦预算包干费；⑧其他费用。

其他费用包括：

a. 由于建设单位责任原因造成的停、窝工及机械设备停滞费；

b. 由于施工交叉作业干扰以及断路绕道等的损失费；

c. 由于施工场地限制和材料到货及备料集中而发生的材料、构件、半成品等二次倒运费；

d. 由于施工工艺和操作规程的要求，必须连续施工以及建设单位工期要求而发生的夜间施工的照明费、降低工效费和夜餐费；

e. 经建设单位同意而发生的材料代用增加费；

f. 一般的设计变更而发生的费用增加；

g. 其他增加费（如有害健康环境中施工保健费、危险施工的保安费等）。

以上费用的处理方法，一种是按实际发生多少、由施工单位提出费用签证单，交建设单位办理签证结算；另一种是按系数包干，包干系数多少与包干内容有关，目前全国均不统一，一般按所在地区规定办理；三是其中部分费用项目采取费率包干方式。

（4）法定利润。法定利润的计算，凡实行独立核算的施工企业，按工程预算成本（即工程直接费＋施工管理费＋独立费）的 2.5%计取。

综上所述，安装工程费用的组成和计算方法，由于各地区的具体情况不同，故取费的办法也不一样，但列项及项目划分大体是相同的，例如，表 5-8 是北京市安装工程预算取费计算公式表。

5.1.4　水暖工程施工图预算编制的步骤和方法

（1）熟悉和掌握编制施工图预算的基础资料

① 图纸和合同。在编制施工图预算以前，预算人员必须仔细、系统、全面地阅读本工程的施工图和有关的标准图。只有将图纸看懂和熟悉以后，才能对工程内容、工艺流程、技术要求等有一个完整的概念；才能在编制预算时做到项目全、计量准、速度快。因此，看图计量是编制施工图预算的关键环节。另外，通过阅读施工图，还会发现图纸中的错误和存在问题，及早提供设计单位或建设单位，以便进行修改，防止预算编制完后由于图纸变更而改动预算。

表 5-8　建筑安装工程预算取费计算公式（北京）

费用项目	专业项目		
	暖气工程	通风工程	卫生、煤气
	2	3	4
(1)工、料、机直接费	按施工图设计要求和定额规定计算		
(2)其他直接费小计	（直接费合计中的其中工资）×32％		
其中：二次搬运费	（直接费合计中的其中工资）×25％		
中小型机械费	—		
大型机械进退场费	—		
工程水电费	—		
冬雨季施工费	（直接费合计中的其中工资）×7％		
(3)施工管理费	（直接费合计中的其中工资）×153％		
(4)合　计	(1)+(2)+(3)		
(5)系统试调费	［(4)－（设备价值）］×1％［(4)×1.5％］		
(6)临时设施包干费	（直接费合计中的其中工资）×18％		
(7)劳保支出费	［(4)+(5)］×1.2％		
(8)远郊流动施工津贴费	（直接费合计中的其中2日数）×1.2×0.25％		
(9)副食补贴费	（直接费合计中的其中工资）×10％		
(10)材料调价费	按材料调价的有关规定计算		
(11)法定利润	（直接费合计中的其中工资）×30％		
(12)技术装备费	（直接费合计中的其中工资）×36％		
总计（工程预算造价）	(4)+(5)+(6)+(7)+(8)+(9)+(10)+(11)+(12)		

工程合同或协议书是施工单位与建设单位共同协商制定的契约。关于工程的项目划分、技术物资供应、采用的标准定额、预算编制原则（即是否执行预算包干）和取费标准规定等内容在设计图纸中是没有的，一般均由双方在合同中做出明确规定。只有掌握这些规定，才能使施工图预算做得完整、准确。

②掌握施工组织设计的有关内容。施工组织设计（或施工方案）是由施工单位根据工程特点、施工现场条件、工期要求等情况编制的。因此，在编制施工图预算时，必须了解施工组织设计中影响工程费用的因素。例如，为了确保安装工程质量，达到规范标准和满足设计要求，要采取特殊的安装技术措施，这些措施只要不属于预算定额和各种取费标准范围之内的增加费用，就应编入预算内。另一方面，在改建、扩建工程中，有些项目和工程量，完全靠图纸是无法计算的，这就要求预算人员到施工现场进行实测了解。总之，对各种情况和资料掌握得越全面、具体，编出的预算也就越符合实际，越准确可靠，同时也就相应地减少了开工后的现场签证。

（2）工程量计算

①严格按照预算定额规定和工程量计算规则进行。

②根据设计图纸所标明的尺寸、数量、设备或材料明细表等进行计算。

③结合定额的规定口径进行计算。

④编制工程量汇总表。

（3）套单价

① 分项工程的名称、规格、计量单位必须与预算定额或单位估价表中所列内容完全一致，即从预算定额或单位估价表中找出与之相应的子项编号、查出该项目的单价（北京市称基价）。

② 在套用单价的过程中，凡遇到与所需套用预算单价的分项工程名称、规格不一致时，在定额允许换算的情况下（在定额说明或附注中可查到），将有关预算单价换算成所需用的预算单价。

③ 在套预算单价时，必须维护定额和单价的严肃性，除定额说明允许换算的项目外，其他必须遵照执行。在执行过程中，如发现问题，可向当地建委或定额站及时反映。

（4）计算各项费用。具体计算式是：

$$直接费＝\sum（分项工程量×单价）$$

$$施工管理费＝基本工资×施工管理费费率$$

$$独立费＝基本工资×法定利润费率$$

$$法定利润＝基本工资×法定利润费率$$

$$安装工程总价＝直接费＋管理费＋独立费＋法定利润$$

（5）写编制说明

① 编制依据：a. 采用的图纸名称及编号；b. 采用的预算定额或单位估价表；c. 间接费和独立费费用定额；d. 施工组织设计或施工方案。

② 是否考虑设计修改或图纸会审记录。

③ 遗留项目或暂估项目有哪些，并说明原因。

④ 存在问题及善后处理方法。

⑤ 其他事项。

（6）施工图预算的报批。施工图预算编完后，先经施工单位内部自审，再报送建设单位和当地建设银行审查。施工图预算审批方式有三种。

① 施工图预算由施工单位编制，送建设单位审查盖章后生效。

② 施工图预算由施工单位编制，建设单位负责主持召开预算审查会，在有建设单位、设计单位、建设银行、施工单位参加的预算审查会议上，对全部预算内容逐项进行研讨审查。

③ 施工图由施工单位编制，交当地银行审查签证。

5.1.5 施工图预算表格

（1）封面。封面是施工图预算书的首页。其上一般应标明施工单位名称、建设单位名称、工程编号、工程名称、专业名称、工程造价、编制单位、编制单位负责人、编制人、主编、审核、预算负责人以及编制日期等，如表5-9所列。

（2）工程预算说明书。说明书内容包括：编制依据、工程范围、未纳入施工图预算的各项因素等，如表5-10所示。

（3）工程量计算书。工程量计算书包括分项工程名称、计算式、单位及其数量。其作用是便于套用定额，如表5-11所列。

表 5-9　封面格式

施工图预算书

建设单位：

工程编号：

工程名称：

工程造价：

编制单位_____负责人

审　核_____主　编_____编制人

编制日期：　　年　　月　　日

表 5-10　工程预算书

（一）编制依据

　　……

（二）工程范围

　　……

（三）本预算未纳入因素

　　……

（四）……

表 5-11　工程量计算书

工程名称：

序　号	分项工程名称	计　算　式	单　位	数　量
⋮				

　　（4）工程预算书。预算书包括：定额编号、分项工程名称、定额单位、数量、单价、金额及其人工费、材料费、机械费明细表，如表 5-12 所列。

　　（5）工程预算总括表。总括表包括：建设单位、单位工程名称、工程总造价、建筑面积、费用（直接费、间接费、计划利润、税金、单位工程费等）名称、金额、取费基础、取费率、计算式等，见表 5-13。

表 5-12　工程预算书

工程名称：　　　　　　　　　　　　　　　　　　　　　　　　　　　年　　月　　日

序号	定额编号	分项工程名称	工程量		价值/元		其　　中						备注
							人工费		材料费		机械费		
			定额单位	数量	定额单价	金额	单价	金额	单价	金额	单价	金额	
⋮													

表 5-13　工程预算总括表

年　　月　　日

建设单位				单位工程			
工程总造价				建筑面积			
编号	费用名称	金额(元)	取费基础	取费率(%)	计算式		备注
(一)	直接费						
(1)	定额直接费						
	⋮						
(2)	其他直接费						
	⋮						
(二)	间接费						
	⋮						
	单位工程费用(预算造价)			(一)+(二)+……			

（6）材料汇总表。材料汇总表包括材料名称、规格、单位及其数量，如表 5-14 所列。其作用是便于建设单位向施工单位提供主要材料的指标或实物，也可供施工单位作为控制工程用料的依据。

表 5-14　材料汇总表

序　号	材料名称	规　格	单　位	数　量
⋮				

（7）工料分析表。工料分析表包括：工程名称、定额编号、分项工程名称、单位、工程量、工料名称、工料用量等，见表 5-15。

表 5-15　工料分析表

工程名称：

序号	定额编号	项目名称	单位	工程量 / 工料名称 工料用量	单位用量	合计	单位用量	合计	单位用量	合计
⋮										

5.2　水暖工程结算书的编制

5.2.1　竣工结算书的编制依据和内容

5.2.1.1　竣工结算编制的依据

建设项目竣工结算编制的主要依据如下。

（1）建设项目计划任务书和有关文件。

（2）建设项目总概算书和单项工程综合概（预）算书。

（3）建设项目设计文件。

（4）建筑工程的竣工结算文件。

（5）设备安装工程结算文件。

（6）设备、工器具和生产用具购置费用结算文件。

（7）其他工程和费用的结算文件。

（8）国家和地方主管部门颁发的有关建设工程竣工结算的文件。

5.2.1.2　竣工结算的内容

建设项目竣工结算文件主要由文字说明和一系列报表组成。

（1）文字说明。竣工结算的文字说明主要包括以下内容。

① 建设工程概况。

② 建设工程概算和基本建设计划的执行情况。

③ 各项技术经济指标完成情况和各项拨款的使用情况。

④ 建设成本和投资效果分析，以及建设中的主要经验。

⑤ 存在的问题和解决的建议。

（2）决算报表

① 大、中型建设项目竣工工程概况表主要内容

a. 大、中型建设项目的一般情况包括建设项目或单项工程名称、建设地址、建设时间和批准情况。

b. 建设规模包括占地面积，新增生产能力、完成主要工程量和建设成本。

c. 主要技术经济指标包括主要材料消耗量指标、单位面积造价、单位生产能力投资、单位产品成本和投资回收年限等。

该表填列的主要内容为全面考核基本建设计划完成情况、概预算的执行情况和分析投资效果提供依据。大、中型建设项目竣工工程概况表见表 5-16。

表 5-16　大、中型建设项目竣工工程概况表

建设项目或单项工程名称					项目		概算	实际
建设地址		占地面积	设计	实际	建设成本	一、交付使用财产		
						1. 建安工程投资		
新增生产能力	能力（或效益）名称	单位	设计	实际		2. 设备、工具、器具投资		
						3. 其他投资		
						二、转出投资		
						三、应核销投资		
建设时间	计划	从　　年　　月开工至　　年　　月竣工				四、应核销其他支出		
	实际	从　　年　　月开工至　　年　　月竣工				合计		
初步设计和概算批准机关、日期、文号					主要材料消耗	名称	单位	概算	实际
完成主要工程量	名称	单位	设计	实际		钢材	t		
						木材	m³		
	建筑面积	m²				水泥	t		
	设备	t/台			主要技术经济指标	名称	单位	设计	实际
						单位面积造价			
						单位生产能力投资			
						单位产品成本			
						投资回收年限			

② 大、中型建设项目竣工财务决算表主要内容

a. 基建资金来源包括基建预算拨款、基建其他贷款、应付款、固定资产和专用基金等。

b. 基建资金占用包括交付使用财产、应核销投资支出、银行存款现金以及专用基金资产等。

该表采用现金平衡表示式，填列了建设项目从开工起到竣工止全部资金来源和资金占用情况，全面地反映基本建设的实际收入和支出，是考核资金来源和使用情况，以及分析投资效果的依据。大、中型建设项目竣工财务决算表见表 5-17。

③ 大、中型建设项目交付使用财产总表主要内容

a. 建设项目交付使用的固定资产，包括各工程项目的名称，建筑安装工程资产价值，设备工程资产价值和其他费用数额。

b. 流动资金数额，包括交付使用财产总表，填列了建设项目建成后新增固定资产和流动资产的全部价值。它是竣工验收后向生产或使用单位交接财产的依据。大、中型建设项目交付使用财产总表，见表 5-18。

表 5-17　大、中型建设项目竣工财务决算表

建设项目名称：

资　金　占　用	金额	资　金　来　源	金额
一、交付使用财产合计		一、基建预算拨款	
1. 固定资产		其中:国家预算拨款	
2. 流动资产		二、进口设备转账拨款	
二、应核销投资支出		三、基建其他拨款合计	
1. ……		1. 地方财政自筹资金	
三、转出投资合计		2. 部门单位自筹资金	
1. ……		3. ……	
四、应核销其他支出合计		四、基建投资借款	
1. ……		五、应付款	
五、器材合计		六、固定基金	
1. 设备		七、专用基金	
2. 材料			
六、银行存款及现金			
七、应收款			
八、固定资产原值			
减:折旧			
固定资产净值			
九、专用基金资产			
1. 专用基金物资			
2. 专用基金存款			
合计		总计	

表 5-18　大、中型建设项目交付使用财务总表

建设项目名称：　　　　　　　　　　　　　　　　　　　　　　　　　　单位:元

建设工程名称	总计	固　定　资　产				流动资产	备　注
		合计	建筑安装工程	设备	其他费用		

交付单位:　　　　　　　　　　　　　　　　　　接收单位:

盖　章:　　　年月日　　　　　　　　　　　　盖章　年　月　日

④ 大、中、小型建设项目交付使用时财产明细表主要内容

a. 各项建筑工程的名称、结构形式、建筑面积和价值。

b. 各种设备、器具和家具的名称、规格、型号、单位,数量和价值。

c. 设备安装费用数额。该表填列了交付使用全部固定资产的详细情况,作为向生产或使用单位交付财产的依据,也是使用单位经营管理的依据。其具体形式见表 5-19。

表 5-19　大、中、小型建设项目交付使用财产明细表

建设项目名称：

工程项目名称	建筑工程			设备、工具、器具、家具					
	结构	面积/m²	价值/元	名称	规格型号	单位	数量	价值/元	设备安装费用/元
合计				合计					

交付单位　　　　　　　　　　　　　　　　　　接收单位

盖　章　　　年　月　日　　　　　　　　　　盖　章　　　年　月　日

⑤ 小型项目竣工结算表主要内容

a. 建设项目的概况包括名称、地址和占地面积，建设时间及新增生产能力和建设成本等。

b. 资金来源和资金占用情况综合了建设项目竣工工程概况表和竣工财务决算表的主要内容，它表示了工程的主要情况，财务实际收入和支出。其具体形式见表 5-20。

表 5-20　小型建设项目竣工结算总表

	建设项目名称					项目	金额/元	主要事项说明
	建设地址		占地面积	设计	实际			
新增生产能力	能力（或效益）名称	设计	实际	初步设计或概算批准机关、日期		资金来源	1. 基建预算贷款		
							2. 基建其他贷款		
							3. 应付款		
建设时间	计划	从　年　月开工至　年　月竣工					⋮		
	实际	从　年　月开工至　年　月竣工					合计		
	项目		概算/元	实际/元		1. 交付使用固定资产		
建设成本	建筑安装工程					2. 交付使用流动资产		
	设备、工具、器具					3. 应核销投资支出		
	其他基本建设					4. 应核销其他支出		
	1. 土地征用费				资金占用	5. 库存设备、材料		
	2. 负荷试车费					6. 银行存款及现金		
	3. 生产职工培训费					7. 应收款		
	⋮					⋮		
	合计					合计		

5.2.1.3　竣工结算与施工图预算的区别

以施工图预算为基础编制竣工结算时，在项目划分、工程量计算规则、定额使用、费用计算规定、表格形式等方面都是相同的。其不同方面如下。

（1）施工图预算在工程开工前编制，而竣工结算在工程竣工后编制。

（2）施工图预算依据施工图编制，而竣工结算依据竣工图编制。

（3）施工图预算一般不考虑施工中的意外情况，而竣工结算则会根据施工合同规定增加一些施工过程中发生的签证（如停水、停电、停工待料、施工条件变化等）费用。

（4）施工图预算要求的内容较全面，而竣工结算以货币量为主。

5.2.2　竣工结算书的编制方法和步骤

（1）收集、整理和分析有关资料。在竣工验收阶段，应注意收集资料，系统地整理所有的技术资料、工程结算的经济文件、施工图纸和各种变更与签证资料，并分析它们的准确性，为准确与迅速编制竣工决算制造条件。

（2）清理各项账务、债务和结余物资。在收集、整理和分析有关资料过程中，要特别注意建设工程从筹建到竣工投产（或使用）全部费用的各项账务、债权和债务的清理，做到工完账清。既要核对账目，又要查点库有实物的数量，做到账与物相符，账与账相符，对结余的各种材料、工器具和设备，要逐项清点核实，妥善管理，并按规定及时处理，收回资金。对各种往来款项要及时全面清理，为竣工结算的编制提供准确的数据和结果。

（3）填写竣工结算报表。按照建设工程决算报表内容，根据编制依据中的有关资料进行统计或计算各个项目的数量，并将其结果填到相应表格的栏目内，完成所有报表的填写。

（4）编写竣工结算说明。按照建设项目竣工结算说明的内容要求，根据编制依据材料和填写在报表中的结果，编写文字说明。

（5）上报主管部门审查。将编写的文字说明和填写的表格经核对无误后装订成册，即为建设项目竣工结算文件。将其上报主管部门审查，同时，抄送有关部门，并把其中财务成本部分送交开户银行签证。

5.2.3　定额计价模式竣工结算的编制方法

竣工结算的编制大体与施工图预算的编制相同，但竣工结算更加注意反映工程实施中的增减变化，反映工程竣工后实际经济效果。工程实践中，增减变化主要集中在以下几个方面。

① 工程量量差。这种工程量量差是指按照施工图计算出来的工程数量与实际施工时的工程数量不符而发生的差额。量差造成的主要原因有：施工图预算错误、设计变更与设计漏项、现场签证等。

② 材料价差。这种价差是指合同规定的开工至竣工期内，因材料价格变动而发生的价差。一般分为主材的价格调整和辅材的价格调整。主材价格调整主要是依据行业主管部门、行业权威部门发布的材料信息价格或双方约定认同的市场价格的材料预算价格或定额规定的材料预算价格进行调整，一般采用单项调整。辅材价格调整，主要是按照有关部门发布的地方材料基价调整系数进行调整。

③ 费用调整。费用调整主要有两种情况，一个是从量调整，另一个是政策调整。

因为费用（包括间接费、利润、税金）是以直接费（或人工费，或人工费和机械费）为基础进行计取的，工程量的变化必然影响到费用的变化，这就是从量调整。在施工期间，国家可能有费用政策变化出台，这种政策变化一般是要调整的，这就是政策调整。

④ 其他调整。比如有无索赔事项，施工企业使用建设单位水电费用的扣除等。

定额计价模式下竣工结算的编制格式大致可分为三种。

5.2.3.1　增减账法

竣工结算的一般公式为：

$$竣工结算价＝合同价＋变更＋索赔＋奖罚＋签证$$

以中标价格或施工图预算为基础，加增减变化部分进行工程结算，操作步骤如下。

（1）收集竣工结算的原始资料，并与竣工工程进行观察和对照。结算的原始资料是编制竣工结算的依据，必须收集齐全。在熟悉时要深入细致，并进行必要的归纳整理，一般按分部分项工程的顺序进行。根据原有施工图纸、结算的原始资料，对竣工工程进行观察和对照，必要时应进行实际丈量和计算，并做好记录。如果工程的作法与原设计施工要求有出入时，也应做好记录。在编制竣工结算时，要本着实事求是的原则，对这些有出入的部分进行调整（调整的前提时取得相应的签证资料）。

（2）计算增减工程量，依据合同约定的工程计价依据（预算定额）套用每项工程的预算价格。合同价格（中标价）或经过审定的原施工图预算基本不再变动，作为结算的基础依据。根据原始资料和对竣工工程进行观察的结果，计算增加和减少的原合同约定工作内容或施工图外工程量，这些增加或减少的工程量或是由于设计变更和设计修改而造成的，或是其他原因造成的现场签证项目等。套用定额子目的具体要求与编制施工图预算定额相同，要求准确合理。

（3）调整材料价差。根据合同约定的方式，按照材料价格签证、地方材料基价调整系数调整材料差。

（4）计算工程费用。常用两种方法。

一是分别取费法，步骤如下。

① 计算原有施工图预算的直接费用。

② 计算增加或减少工程部分的直接费。

竣工结算的直接费用等于上述①、②的合计。

③ 然后以此为基准，再按合同规定取费标准分别计取间接费、利润、税金，计算出工程的全部税费，求出工程的最后实际造价。

另一种方法是集中取费法。主要适合于工程的变更、签证较少的项目，其步骤如下。

① 先将施工图预算与变更、签证等增减部分合计计算直接费。

② 按取费标准计取间接费、利润、税金，汇总合计，即得出了竣工工程结算最终工程造价。

目前竣工结算的编制基本已实现了电算化，上机套价已基本普及，编制时相对容易些。编制时可根据工程特点和实际需要自行选择以上方式之一或双方约定其他方式。

（5）如果有索赔与奖罚、优惠等事项亦要并入结算。

5.2.3.2 竣工图重算法

该法是以重新绘制的竣工图为依据进行工程结算。竣工图是工程交付使用时的实样图。

（1）竣工图的内容

① 工程总体布置图、位置图、地形图，并附竖向布置图。

② 建设用地范围内的各种地下管线工程综合平面图（要求注明平面、高程、走向、断面，跟外部管线衔接关系，复杂交叉处应有局部剖面图等）。

③ 各专业工程和有关专业的设计总说明书。

④ 给排水专业：a. 设计说明；b. 给排水设备明细表；c. 各层给排水布置平面图（包括给水、废水、污水、雨水、透气管）；d. 各种给排水主管图及透视图；e. 各种给排水工程实际施工详图；f. 屋顶水箱、屋面给排水工程图、水泵房、水池、水塔、冷水塔等工程给排水工程图。

⑤ 暖通专业：a. 设计说明；b. 暖通设计明细表；c. 各层平面布置图；d. 暖通管道立面透视图；e. 暖通管道系统图。

⑥ 其他专业（略）。

（2）对竣工图的要求

① 工程竣工后应及时整理竣工图纸，凡结构形式改变、工程改变、平面布置改变、项目改变以及其他重大改变，或者在原图纸上修改部分超过 40％或者修改后图面混乱不清的个别图纸需要重新绘制，对结构件和门窗重新编号。

② 凡在施工中，按施工图要求施工，没有变更的，在原施工图上加盖竣工图标志后可作为竣工图。

③ 对于工程变化不大的，不用重新绘制，可在施工图上变更处分别标明，无重大变更的将修改内容如实地改绘在蓝图上，竣工图标记应具有明显的"竣工图"字样，并有编制单位名称、制图人、审核人和编制日期等基本内容。

④ 变更设计洽商记录的内容必须如实地反映到设计图上，如在图上反映确有困难，则必须在图中相应部分加文字说明（见洽商××号），标注有关变更设计洽商记录的编号，并附该洽商记录的复印件。

⑤ 竣工图应完整无缺，分系统（基础、结构、建筑、设备）装订，内容清晰。

⑥ 绘制施工图必须采用不褪色的绘图墨水，文字材料不得用复写纸，一般圆珠笔和铅笔等。

在竣工图的封面和每张竣工图的图标处加盖竣工图章。竣工图绘制后要请建设单位、监理单位人员在图签栏内签字，并加盖竣工图章。竣工图是其他竣工资料的纲领性总图，一定要如实地反映工程实况。

以重新绘制的竣工图为依据进行工程结算就是以能准确反映工程实际竣工效果的竣工图为依据，重新编制施工图预算的过程。所不同的是编制依据不是施工图，而是竣工图。按竣工图为依据编制竣工结算主要适用于设计变更、签证的工程量较多且影响又大时，可将所有的工程量按变更或修改后的设计图重新计算工程量。

5.2.3.3　包干法

常用的包干法包括按施工图预算加系数包干方式和按平方米造价包干方式。

(1) 施工图预算加系数包干法。这种方法是事先由甲乙双方共同商定包干范围，按施工图预算加上一定的包干系数作为承包基数，实行一次包死。如果发生包干范围以外的增加项目，如增加建筑面积，提高原设计标准或改变工程结构等，必须由双方协商同意后方可变更，并随时填写工程变更结算单，经双方签证作为结算工程价款的依据，实际施工中未发生超过包干范围的事项，结算不做调整。采用包干法时，合同中一定要约定包干系数的包干范围，常见的包干范围一般包括：

① 正常的社会停水、停电即每月一天以内（含一天，不含正常节假日双休日）的停窝人工、机械损失；

② 在合理的范围内钢材每米实际重量与理论重量在±5‰内的差异所造成的损失；

③ 由施工企业负责采购的材料，因规格品种不全发生代用（五大材除外）或因采购、运输数量亏吨、价格上扬而造成的量差和价差损失；

④ 甲乙双方签订合同后，施工期间因材料价格频繁变动而当地造价管理部门尚未及时下达政策性调整规定所造成的差价损失；

⑤ 施工企业根据施工规范及合同的工期要求或为局部赶工自行安排夜间施工所增加的费用；

⑥ 在不扩大建筑面积、不提高设计标准、不改变结构形式、不变更使用用途、不提高装修档次的前提下，确因实际需要而发生的门窗移位、墙壁开洞、个别小修小改及较为简单的基础处理等设计变更所引起的小量赶工费用（额度双方约定）；

⑦ 其他双方约定的情形。

(2) 建筑面积平方米包死法。由于住宅工程的平方米造价相对固定、透明，一般住宅工程较适合按建筑面积平方米包干结算。实际操作方法是：建设单位双方根据工程资料，事先协商好包干平方米造价，并按建筑面积计算出总造价。计算公式是：

$$工程总造价 = 总建筑面积 \times 约定平方米造价$$

合同中应明确注明平方米造价与工程总造价，在工程竣工结算时一般不再办理增减调整。除非合同约定可以调整的范围，并发生在包干范围之外的事项，结算时仍可以调整增减造价。

5.2.4　工程量清单计价模式下竣工结算的编制方法

总体看，工程量清单计价模式下竣工结算的编制方法和传统定额计价结算的大框架差不多，相对而言，清单计价更明了，在变更发生时就知道对造价的影响。

(1) 增减账法。对于一般中小型的民用项目，如结构简单、施工图纸清晰齐全、施工周期短的工程，增加投标方核标大于工作时间时，一般可采用：工程结算价＝中标价＋变更＋索赔＋奖罚＋签证。该法以招标时工程量清单报价为基础，加增减变化部分进行工程结算。

但对工程量大、结构复杂、工作时间紧的项目宜采用：

$$工程结算价 = 中标价 + 变更 + 工程量量差超过 \pm 3\% \sim 5\% 的数量$$

（双方合同中具体约定超过量）×中标综合单价＋政策性的人工、

机械费调整＋允许按实调的暂定价＋索赔＋奖罚＋签证

如采用可调价格合同形式。如合同约定中标综合单价可调整的条件（例分项工程量增减超过 15％），遇到相应条件时综合单价也可做调整。

（2）竣工图重算法。该法是以重新绘制的竣工图为依据进行工程结算，工程结算编制的方法同工程量清单报价的方法，所不同的是依据的图纸由施工图变为竣工图。

第6章　影响水暖工程造价的因素

6.1　工程质量与造价

6.1.1　质量对造价的影响

质量是指项目交付后能够满足业主或客户需求的功能特性与指标。一个项目的实现过程就是该项目质量的形成过程，在这一过程中要达到项目的质量要求，需要开展两个方面的工作，一是质量的检验与保障工作，二是项目质量失败的补救工作。这两项工作都要消耗和占用资源，从而都会产生质量成本。这两种成本分别是：项目质量检验与保障成本，它是为保障项目的质量而发生的成本。项目质量失败补救成本，它是由于质量保障工作失败后为达到质量要求而采取各种质量补救措施所发生的成本。

6.1.2　工程造价与质量的管理问题

项目质量是构成项目价值的本原，所以任何项目质量的变动都会给工程造价带来影响并造成变化。同样，现有工程造价管理方法也没有全面考虑项目质量与造价的集成管理问题，实际上现有方法对于项目质量和造价的管理是相互独立、相互割裂的。另外，现有方法在造价信息管理方面也存在着项目质量变动对造价变动的影响信息与其他因素对造价的影响信息混淆一起的问题。

6.1.3　如何控制工程质量

在施工阶段影响工程质量的因素很多，因此必须建立起有效的质量保证监督体系，认真贯彻检查各种规章制度的执行情况，及时检验质量目标和实际目标的一致性，确保工程质量达到预定的标准和等级要求。工程质量对整个工程建设的效益起着十分重要的作用，为降低工程造价，必须抓好工程施工阶段的工程质量。在建设施工阶段如何确保工程质量，使工程造价得到全面控制以达到降低造价、节约投资、提高经济效益的目的，必须抓好事前、事中、事后的质量控制。

（1）事前质量控制

① 人的控制。人是指参与工程施工的组织者和操作者，人的技术素质、业务素质、工作能力直接关系到工程质量的优劣，必须设立精干的项目组织机构和优选施工队伍。

② 对原材料、构配件的质量控制。原材料、构配件是施工中必不可少的物质条件，材料的质量是工程质量的基础，原材料质量不合格就造不出优质的工程，即工程质量也就不会合格，所以加强材料的质量控制是提高工程质量的前提条件，因此除监理单位把关外，作为项目部也要设立专门的材料质量检查员，确保原材料的进场合格。

③ 编制科学合理的施工组织设计是确保工程质量及工程进度的重要保证。施工方案科学正确与否，是关系到工程的工期、质量目标能否顺利实现的关键。因此，确保优选施工方

案在技术上先进可行，在经济上合理，有利于提高工程质量。

④ 对施工机械设备的控制。施工机械设备对工程的施工进程和质量安全均有直接影响，从保证项目施工质量角度出发，应着重从机械设备的选型、主要性能参数和操作要求三方面予以控制。

⑤ 环境因素的控制。影响工程项目质量的环境因素很多，有工程地质、水文、气象等；工程管理环境，如质量保证体系、质量管理制度等；劳动环境，如劳动组合、劳动工具、工作面等。因此，应根据工程特点和具体条件，对影响工程质量的因素采取有效的控制。

（2）事中控制。工程质量是靠人的劳动创造出来的，不是靠最后检验出来的，要坚持预防为主方针，将事故消灭在萌芽状态，应根据施工组织中确定的施工工序、质量监控点的要求严格质量控制，做到上道工序完工通过验收合格后方可进行下道工序的操作，重点部位隐蔽工程要实行旁站监理，同时要做好已完工序的保护工作，从而达到控制工程质量的目的。

（3）事后质量控制。严格执行国家颁布的有关工程项目质量验评标准和验收标准，进行质量评定和办理竣工验收和交接工作，并做好工程质量的回访工作。

6.2　工程工期与造价

6.2.1　工期对造价的影响

工期是指项目或项目的某个阶段、某项具体活动所需要的，或者实际花费的工作时间周期。在一个项目的全过程中，实现活动所消耗或占用的资源发生以后就会形成项目的成本，这些成本不断地沉淀下来、累积起来，最终形成了项目的全部成本（工程造价），因此工程造价是时间的函数。由于在项目管理中，时间与工期是等价的概念，所以造价与工期是直接相关的，造价是随着工期的变化而变化的。形成这种相关与变化关系的根本原因有两个：一是项目所耗资源的价值会随着时间的推移而不断地沉淀成为项目的造价，二是项目消耗与占用的各种资源都具有一定的时间价值。确切地说，造价与工期的关系是由于时间（工期）本身这种特殊资源所具有的价值造成的。

项目消耗或占用的各种资源都可以被看成是对于资金的占用，因为这资源消耗的价值最终都会通过项目的收益而获得补偿。因此，工程造价实际上可以被看成是在工程项目全生命周期中整个项目实现阶段所占用的资金。这种资金的占用，不管占用的是自有资金还是银行贷款都有其自身的时间价值。这种资金的时间价值最根本的表现形式就是占用银行贷款所应付的利息。资金的时间价值既是构成工程造价的主要科目之一，又是造成工程造价变动的根本原因之一。

一个工程建设项目在不同的基本建设阶段，其对造价的作用及计价办法也不尽相同。但是无论在哪个阶段，影响工程造价的因素除了人工工资水平、材料价格水平、机械费用以及费用标准外，对其影响较大的是工期，工期是计算投资的重要依据。在工程建设过程中，要缩短工程工期必然要增加工程直接费用，因为要缩短工期，就要重新组织施工，加大劳动强度，加班加点，必然降低工作效率，增加工程直接费用，而由于工期缩短却节省了工期管理费。无故拖延工期，将增加人工费用以及机械租赁费用的开支，也会引起直接费用的增加，同时还增加管理人员费用的开支。工期及工程造价的关系曲线见图 6-1。

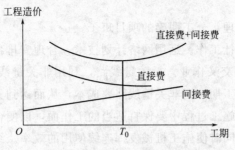

图 6-1　工期与工程造价关系

从图 6-1 中可以看出，工期在 T_0 点（理想工期）时，对应的工程投资最好。

6.2.2　工程造价与工期的管理问题

在项目管理中，"时间（工期）就是金钱"是因为工程造价的发生时间、结算时间、占用时间等有关因素的变动都会给工程造价带来变动。但是现有造价管理方法并没有全面考虑项目工期与造价的集成管理问题，实际上现有方法对于项目工期与造价的管理是相互独立和相互割裂的。同时，现有方法无法将由于项目工期变动对造价的影响，和由于项目所耗资源数量及所耗资源价格变动的影响进行科学的区分，这些不同因素对项目造价变动的影响信息是混淆在一起的。

6.2.3　工期长短对造价的影响

缩短工程工期的作用如下。

（1）能使工程早日投产，从而提高经济效益。

（2）能使施工企业的管理费用、机械设备及周转材料的租赁费降低，从而降低建筑工程的施工费用。

（3）能减少施工资金的银行贷款利息，有利于施工企业降低造价成本。

因此缩短工期、降低工程成本是提高施工企业效益的重要途径。但也应该看到，不合理地缩短工期，亦是不可取的，主要表现在以下几个方面。

（1）施工资金流向过于集中，不利于资金的合理流动。

（2）施工各工序间穿插困难，成品、半成品保护费用增加。

（3）合理的组织易被打乱，造成工程质量的控制困难，工程质量不易保证，进而返修率提高，成本加大。

6.2.4　造成工期延期的原因

目前，在建设工程项目中普遍存在工期拖延的问题，造成这种现象的原因通常有以下几种情况。

（1）对工程的水文、地质等条件估计不足，造成施工组织中的措施无针对性，从而使工期推迟。

（2）施工合同的履行出现问题，主要表现为工程款不能及时到位等情况。

（3）工程变更、设计变更及材料供应等方面也是造成工期延误的很重要原因。

6.2.5　缩短工期的措施

由于以上诸多因素的影响，要想合理地缩短工期，只有采取积极的措施，主要包括组织措施、技术措施、合同措施、经济措施和信息管理措施等，在实际工作中，应着重做好如下方面的工作。

（1）建立健全科学合理、分工明确的项目班子。

（2）做好施工组织设计工作。运用网络计划技术，合理安排各阶段的工作进度，最大限度地组织各项工作的同步交叉作业，抓关键线路，利用非关键线路的时差，更好地调动人力、物力，向关键线路要工期，向非关键线路要成本，从而达到又快又好的目的。

（3）组织均衡施工。施工过程中要保持适当的工作面，以便合理地组织各工种在同一时间配合施工并连续作业，同时使施工机械发挥连续使用的效率。组织均衡施工能最大限度地提高工效和设备利用率，降低工程造价。

（4）确保工程款的资金供应。

（5）通过计划工期与实际工期的动态比较，及时纠偏，并定期向建设方提供进度报告。

6.3　工程索赔与造价

6.3.1　索赔概述

（1）索赔的概念。广义的索赔是指在经济合同的实施过程中，合同一方因对方不履行或未能正确履行或不能完全履行合同规定的义务而受到损失，向对方提出赔偿损失的要求。目前国内项目索赔未能在真正意义上推开，一般理解的索赔仅是指施工企业在合同实施过程中，根据合同及法律规定，对应由建设单位承担责任的干扰事件所造成的损失，向建设单位提出请求给予经济补偿和工期延长的要求。索赔程序见图 6-2。

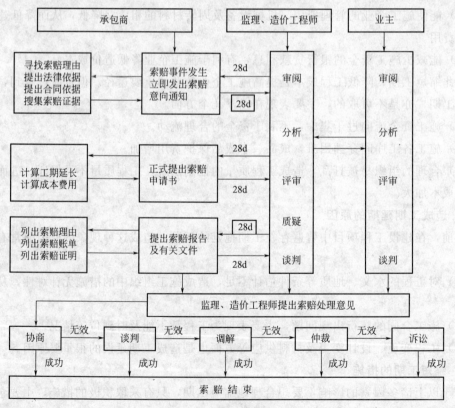

图 6-2　索赔程序图

（2）设计变更、洽商、签证、技术核定单、工程联系单、索赔的关系。设计变更、洽商、签证、技术核定单、工程联系单、索赔这几个工程用词大家经常听到、用到，但对它们的准确定义与区别相信很多人可能并不是很明白。从图 6-3 工程结算价款的构成中可以看出它们之间的关系。

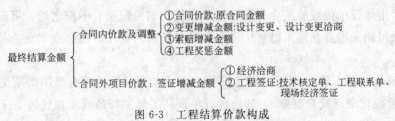

图 6-3　工程结算价款构成

（3）索赔产生的原因

① 当事人违约。当事人违约常常表现为没有按照合同约定履行自己的义务。发包人违约常常表现为没有为承包人提供合同约定的施工条件、未按照合同约定的期限和数额付款等。工程师未能按照合同约定完成工作，如未能及时发出图纸、指令等也视为发包人违约。承包人违约的情况则主要是没有按照合同约定的质量、期限完成施工，或者由于不当行为给发包人造成其他损害。

② 不可抗力事件。不可抗力又可分为自然事件和社会事件。自然事件主要是不利的自然条件和客观障碍，如在施工过程中遇到了经现场调查无法发现、业主提供的资料中也未提到的、无法预料的情况，如地下水、地质断层等。社会事件则包括国家政策、法律、法令的变更、战争、罢工等。

③ 合同缺陷。合同缺陷表现为合同文件规定不严谨甚至矛盾，合同中有遗漏或错误，在这些情况下，工程师应当给予解释，如果这种解释将导致成本增加或工期延长，发包人应当给予补偿。

④ 合同变更。合同变更表现为设计变更、施工方法变更、追加或者取消某些工作、合同其他规定的变更。

⑤ 工程师指令。工程师指令有时也会产生索赔，如工程师指令承包人加速施工、进行某项工作、更换某些材料、采取某些措施等。

⑥ 其他第三方原因。其他第三方原因常常表现为与工程有关的第三方的问题而引起的对工程的不利影响。

6.3.2　索赔的依据与范围

（1）索赔的依据。工程索赔的依据是索赔工作成败的关键。有了完整的资料，索赔工作才能进行。因此，在施工过程中基础资料的收集积累和保管是很重要的，应分类、分时间进行保管。具体资料内容如下。

① 建设单位有关人员的口头指示。包括建筑师、工程师和工地代表等的指示，每次建设单位有关人员来工地的口头指示和谈话，以及与工程有关的事项都需做记录，并将记录内容以书面信件形式及时送交建设单位。如有不符之处，建设单位应予以书面回信，七天以内不回信则表示同意。

② 施工变更通知单。将每张工程施工变更通知单的执行情况做好记录。照片和文字应

同时保存妥当，便于今后取用。

③ 来往文件和信件。有关工程的来信文件和信件必须分类编号，按时间先后顺序编排，保存妥当。

④ 会议记录。每次甲乙双方在施工现场召开的会议（包括建设单位与分包的会议）都需记录，会后由建设单位或施工企业整理签字印发。如果记录有不符之处，可以书面提出更正。会议记录可用来追查在施工过程中发生的某些事情的责任，提醒施工企业及早发现和注意问题。

⑤ 施工日志（备忘录）。施工中发生影响工期或工程付款的所有事项均须记录存档。

⑥ 工程验收记录（或验收单）。其由建设单位驻工地工程师或工地代表签字归档。

⑦ 工人和干部出勤记录表。每日填写工人和干部出勤记录表，由施工企业工地主管签字报送建设单位。

⑧ 材料、设备进场报表。凡是进入施工现场的材料和设备，均应及时将其数量、金额等数据送交建设单位驻工地代表，在月末收取工程价款（又称工程进度款）时，应同时收取到场材料和设备价款。

⑨ 工程施工进度表。开工前和施工中修改的工程进度表和有关的信件应同时保存，便于以后解决工程延误时间问题。

⑩ 工程照片。所有工程照片都应标明拍摄的日期，妥善保管。

⑪ 补充和增加的图纸。凡是建设单位发来的施工图纸资料等，均应盖上收到图纸资料等的日期印章。

（2）工程索赔的范围。凡是根据施工图纸（含设计变更、技术核定或洽商），施工方案以及工程合同，预算定额（含补充定额），费用定额，预算价格，调价办法等有关文件和政策规定，允许进入施工图预算的全部内容及其费用，都不属于施工索赔的范围。例如，图纸会审记录、材料代换通知等设计的补充内容，施工组织设计中与定额规定不符的内容，原预算的错误、漏项或缺陷，国家关于预算标准的各项政策性调整等，都可以通过编制增减、补充、调整预算的正常途径来解决，均不在施工索赔之列。反之，凡是超出上述范围，因非施工责任导致乙方付出额外的代价损失，应向甲方办理索赔（但采用系数包干方式的工程，属于合同包干系数所包含的内容，则不需再另行索赔）。

6.3.3　索赔费用的计算

（1）可索赔的费用

① 人工费。包括增加工作内容的人工费、停工损失费和工作效率降低的损失费等累计，但不能简单地用计日工费计算。

② 设备费。可采用机械台班费、机械折旧费、设备租赁费等几种形式。

③ 材料费。

④ 保函手续费。工程延期时，保函手续费相应增加，反之，取消部分工程且发包人与承包人达成提前竣工协议时，承包人的保函金额相应折减，则计入合同价内的保函手续费也应相应扣减。

⑤ 贷款利息。

⑥ 保险费。

⑦ 利润。

⑧ 管理费。此项又可分为现场管理费和公司管理费两部分，由于两者的计算方法不一样，所以在审核过程中应区别对待。

（2）索赔费用的计算。索赔费用的计算方法有实际费用法、修正总费用法等。

① 实际费用法。实际费用法是按照每索赔事件所引起损失的费用项目分别计算索赔值，然后将各费用项目的索赔值汇总，即可得到总索赔费用值。这种方法以承包商为某项索赔工作所支付的实际开支为依据，但仅限于由于索赔事项引起的、超过原计划的费用，故也称额外成本法。在这种计算方法中，需要注意的是不要遗漏费用项目。

② 修正总费用法。修正总费用法是对总费用法的改进，即在总费用计算的基础上，去掉一些不确定的可能因素，对总费用法进行相应的修改和调整，使其更加合理。

第7章 水暖工程造价经验速查

7.1 水暖工程造价实施必须掌握的知识点

（1）根据设计规范要求，暖气支管不得小于 DN20。

（2）保温常规做法——给水：防结露保温；热水：保温；消防：不保温；冷冻水：阀门也需要保温；冷却水：按设计要求，未要求可以不做保温。一般吊顶里的管道均需要做保温。

给水：暗敷防结露保温；明敷穿越门厅、卧室和客厅过门处必须做防结露保温。排水：暗敷做防结露保温；明敷公共厕所坐便器上反水弯必须做保温。

管井工程中，除消防、喷洒管道外，均需要做保温。

（3）镀锌钢管连接方式：管径不大于 100mm 的可丝接；大于 100mm 的可焊接（需防腐），可法兰焊接（需二次镀锌），少量可丝扣法兰连接。

（4）管道外皮与墙距离为 25～50mm。

（5）采暖干管接立管时，当立管直线管段小于 15m 时，采用 2 个 90°弯头连接，当直线管段大于 15m 时采用 3 个 90°弯头连接。

（6）施工时，排水管宁高勿低，地漏宁低勿高。

（7）标高规定：室内管道一般为管中；室外管道排水为管内底，给水管为管顶。

（8）暖气片中线应与窗同轴。

（9）闸阀：起到开关的作用，阻力系数为 0.5；截止阀：起到调节开关的作用，阻力系数为 19。

（10）补偿器分为：自然补偿通过方形胀力，采用弯头连接，波纹补偿器通过球形胀力，套筒补偿器通过角质胀力。

（11）集汽罐：干管末端，其管径为末端管道直径的 4～6 倍。膨胀水箱：有稳压、排气、容纳膨胀水、信号的作用。气压罐：有稳压、排气的作用。

膨胀水箱共五根管道：膨胀管、循环管、溢水管、排污管、信号管。

集汽罐安装位置：管道接口距集汽罐上端 2/3，距下端 1/3。

（12）按照标准图集，掌握热媒入口情况。

（13）PPR 管可以套用铝塑复合管或给水 UPVC 管道定额。

（14）防水套管

① 刚性防水套管分 I 型防水套管、II 型防水套管、III 型防水套管。I 型防水套管适用于铸铁管和非金属管；II 型防水套管适用于钢管；III 型防水套管适用于钢管预埋，将翼环直接焊在钢管上。

② 柔性防水套管一般适用于管道穿过墙壁处为有振动或有严密防水要求的构筑物。

一般穿外墙的管道加防水套管。穿水池的管道采用柔性防水套管。若室外水位高采用柔性防水套管，若室外水位低采用刚性防水套管。

(15) 一般水表管径比管道管径小一号。

(16) 给水支管上凡是接两个以上供水点，支管均加活接头和法兰，支管接水表的除外。

(17) 安装工艺要求：洗脸盆（洗菜盆）上边缘距地 800mm；水嘴距脸盆上边缘 200mm；拖布池水嘴距拖布池上边缘 300mm；坐便给水距地 250mm；脸盆给水距地 450mm。

(18) 立管出地面时必须加阀门和活接头。

(19) 消火栓：单栓采用 DN65 管。根据规范要求，栓口要向外，不应安装在门轴侧；双栓采用 DN65 管或 DN50 管。消火栓箱厚度不小于 240mm，栓口中心距地：单栓＋自救卷盘距离应为 1.1m。

(20) 水表的安装。住宅：阀门＋水表；公共建筑：阀门＋水表＋阀门；室外：阀门＋水表＋阀门＋泄水阀＋减震等。

(21) 清扫口：接有两个及两个以上的卫生器具的支管上应加清扫口，若有地漏可以不加。

立管检查口：最底层和最高层必须设置，每隔 1～2 层设置。

干管长度穿越几个房间每隔 8～12m 时应加清扫口或检查口。

(22) 立管变径必须采用大小头，支管可以采用补心，如接水表则要变径。

7.2　造价预算容易遗漏的 100 项内容

(1) 在平屋面、保温屋面中应有排气孔。

(2) 楼梯栏杆中的预埋铁件。

(3) 油漆、涂料施工用脚手架。

(4) 预制板梁混凝土：板梁封头混凝土、运输、安装。

(5) 钻孔灌注桩：入岩深度的钻孔（该项目市政和公路定额项目包含内容差距很大）。

(6) 户内管道安装的吹扫。

(7) 室外管道安装的超高费。

(8) 角钢的制作安装及其主材费用。

(9) 沟槽土方单侧弃土的系数。

(10) 外运土的人工系数。

(11) 电缆、电线等清单上只是提供净工程量，在组价时还得加上预留、弯曲、损耗等长度。

(12) 配电柜安装清单中的基础型钢。

(13) 给排水上管道安装清单中的套管。

(14) 风管穿墙的封堵。

(15) 调节阀试压冲洗临时短管制作安装。

(16) 设备安装吊装机具摊销。

（17）工艺管道安装中法兰安装的螺栓是未计价材料。

（18）安装部分：高层建筑增加费计算的基数包括 6 层或 20m 以下的全部人工费。在高层建筑同时又符合超高施工条件时，高层建筑增加费和超高增加费是叠加计算的。

（19）屋脊线、盖板等零星部件。

（20）一些零星的、小型构件混凝土工程量。

（21）屋面分格缝，特别是有架空隔热层时，水泥砂浆找平层有分格缝，而且在隔热板上也要做分格缝。

（22）一些规范要求的，比如：墙长超过 5m 时要增设构造柱，墙高超过 4m 时要增设压梁。

（23）设备安装加垫铁，管道安装时支架制作、安装、油漆防腐。

（24）通风管道安装的帆布接口。

（25）楼梯间顶层满堂脚手架、屋面分格缝、设计说明中构造要求以及一些室内外零星构件。

（26）外墙抹灰分格嵌缝有相应的定额子目，所用材料不同，应套用相应的子目。

（27）板的负筋分布筋很容易漏，因为一般图纸不会反映这部分内容。

（28）在挖土方工程中，按现在的计价表，挖湿土方的抽水费未计入（以前的定额是包含），而是将其归入措施项目中，即施工排水、降水、深基坑支护内容中。

（29）各种建筑的伸缩缝：屋面的分格缝、外墙与散水交接的沥青嵌缝。

（30）构造柱的凸出部分。

（31）预制板间的现浇带。

（32）打预制桩的桩头、接桩、送桩等。

（33）钻冲孔桩的钢护筒、入岩增加费、操作平台、混凝土是采用水下混凝土浇筑。

（34）钢板桩打、拨分开套子目、在基坑作业和在坑上作业的系数。

（35）没有详细的布置图，但图纸说明中提到的项目。如填充墙的构造柱、砌体加筋等。

（36）措施项目费用的大体积混凝土的测温费。

（37）土建工程为安装的预留预埋件。

（38）土建工程中窨井、化粪池项目如果套综合定额，不要漏掉其中相应的措施项目，如挖湿土排水费、基坑排水费及脚手架费、模板费等。

（39）暖通工程中容易遗留的项目有：① 空调风管阀门、静压箱、风机盘管回风箱的保温；② 设备本体与管道连接中的法兰；③ 屋面水系统管道中的土建支墩；④ 末端设备采用的减振措施。

（40）重视合同与投标书等文件，施工组织设计直接影响措施费的构成，按照规范施工则是合同内容之一。比如投标时按 24 小时连续施工考虑，夜间施工措施费就不能不考虑，噪声等环境保护费用也不是简单的费率就可以代替的。再比如设计图纸规定用 PE 给水管，但并未说明屋面部分要采取什么措施，按规范 PE 管不能暴晒，应有保护措施，报价时就应该考虑。另外，定额和规范不符时，应以规范为准，因为验收以规范为准。

（41）对清单项目和下挂定额子目的衔接不能完全掌握（包括工程量计算规则、工作内容等）。定额有计算规则，清单有计算规则，两者必须一致。比如管道支架和穿墙套管，按清单是应该计算，不过室内管道安装定额通常都包含支架和套管（各地规定有不同），再计算就重复了。

（42）楼梯石材踏步开槽容易漏掉，墙面装饰不同的装饰材料接缝处理；顶棚扣板四周压线容易漏算。

（43）土建工程中人机配合挖土的系数，湿土的系数以及−0.06 位置的防潮层。

（44）土建工程中支撑钢筋用的马凳。

（45）土方类别及运距。

（46）洞内、地下室内等需照明施工的人工费增加 40%。

（47）构造柱圈过梁模板混凝土计算。

（48）管桩桩芯混凝土、送桩及试验桩的计算、管桩长度应计桩尖长度。

（49）砖砌拦板 1/4、1/2 厚定额按 900mm 考虑，每增加或减少人材机需调整。

（50）桩芯圆钢板、预埋铁件等刷防锈漆。

（51）不规则墙面抹灰、墙面钉钢丝网等人工增加。

（52）超高墙面抹灰厚度的调整。

（53）电气竖井桥架工程量统计有出入，原设计没有具体的安装大样图，由预算人员根据经验自行考虑安装方式。

（54）高大厂房安装所用脚手架费用。一般钢结构不搭设脚手架。

（55）钢筋工程中的垫铁，有的地方规定可以计算在钢筋工程中，有的地方则没有这个规定，需要根据情况灵活对待。

（56）抹灰工程中用的铁丝网现在新的消耗定额已单设子目，计算在直接工程费内。

（57）脚手架费用应以被批准的施工组织设计中的做法计算。

（58）装饰中的门的特殊五金工程，尤其是防火门。

（59）室外台阶的底面抹灰。

（60）大体积混凝土里设置的金属导热管。

（61）不同混凝土等级浇筑时设置的快易收口网。

（62）在做装饰装修时清单项目多是按完成面积计算的，因此很多项目看起来会是很完整的，如果不仔细看设计图纸和施工规范及招标文件很容易漏算，导致清单组价不合理。

（63）夹板基层的防潮防火及防虫等处理，石材防潮处理，石材、抛光砖等边角磨边抽槽等细部处理，浅色的石材做地面多用白水泥等；较高的天花吊筋的反撑措施及防护，特殊装饰部位按设计要求拼接时需裁减材料时的损耗等。

（64）梁高超过 700mm 时和墙的对拉螺栓。

（65）框架柱部分的砌体加固。

（66）基础满堂脚手架。

（67）梁板墙增加的单项脚手架。

（68）外墙抹灰中的分格嵌缝项目。

（69）脚手架项目中的油漆刷浆用脚手费用。

（70）加气块墙面处理。

（71）以投影面积计算的混凝土工程（楼梯、阳台等）中混凝土含量大于定额含量应调整。

（72）管道与自控专业接口部分，取源部件可能会多算。

（73）脚手架的搭拆。

（74）照明系统灯具安装超高费和其系统调试费。

（75）楼梯间的最上段，记取的脚手架费不同于下边。

（76）防水材料附加层厚度的调整。

（77）散水的油膏灌缝。

（78）楼梯预埋件。

（79）卫生间等墙体上的混凝土翻边。

（80）地下室工程中的照明费用。

（81）女儿墙变形缝的沥青麻丝。

（82）预埋铁件。

（83）出屋面烟囱。

（84）阳台处的雨水管。

（85）清单投标报价中，预制构件以个计价时，预制构件上的预埋铁件。

（86）回填土中的挖土和运土。

（87）挖土（挖槽或挖坑）中的运土。

（88）基础垫层。

（89）木制作的油漆。

（90）砖基础防潮层。

（91）土方人工清底时的难度系数。

（92）室外工艺管道安装时的脚手架费用。

（93）钢结构焊接的无损检测费用。

（94）工艺管线的穿墙套管封堵。

（95）沉降观测点的钢筋头及所用的人机费。

（96）人工费调整。

（97）基础大放脚顶面防腐。

（98）细石混凝土地面中的混凝土强度调整。

（99）门窗中的油漆及五金。

（100）安装工程中的主材价格。

7.3　钢材理论质量简易计算公式

（1）圆钢每米质量（kg）＝0.00617×直径（mm）×直径（mm）。

例如：直径为 D（mm）的钢筋的理论质量＝$D \times D \times 0.00617$。

0.617kg 为直径为 10mm 钢筋的理论质量，只需要记住直径为 10mm 钢筋的理论质量即可。其他的直径 12mm 及以下的保留三位小数；直径 12mm 以上的保留两位小数；保留时候 6 舍 7 入。直径 40mm 以下的用此方法计算都很准确。

(2) 方钢每米质量(kg)＝0.00786×边宽(mm)×边宽(mm)。

(3) 六角钢每米质量(kg)＝0.0068×对边直径(mm)×对边直径(mm)。

(4) 八角钢每米质量(kg)＝0.0065×直径(mm)×直径(mm)。

(5) 螺纹钢每米质量(kg)＝0.00617×直径(mm)×直径(mm)。

(6) 角钢每米质量(kg)＝0.00786×[边宽(mm)＋边宽(mm)－边厚(mm)]×边厚(mm)。

(7) 扁钢每米质量(kg)＝0.00785×厚度(mm)×宽度(mm)。

(8) 无缝钢管每米质量(kg)＝0.02466×壁厚(mm)×[外径(mm)－壁厚(mm)]。

(9) 电焊钢每米质量(kg)＝无缝钢管每米质量(kg)。

(10) 钢板每平方米质量(kg)＝7.85×厚度(mm)。

(11) 黄铜管每米质量(kg)＝0.02670×壁厚(mm)×[外径(mm)－壁厚(mm)]。

(12) 紫铜管每米质量(kg)＝0.02796×壁厚(mm)×[外径(mm)－壁厚(mm)]。

(13) 铝花纹板每平方米质量(kg)＝2.96×厚度(mm)。

(14) 有色金属密度：紫铜板 8.9g/cm³，黄铜板 8.5g/cm³，锌板 7.2g/cm³，铅板 11.37g/cm³。

(15) 有色金属板材质量的计算公式为：每平方米质量(kg)＝密度(g/cm³)×厚度(mm)。

7.4　允许按实际调整价差的材料品种

(1) 钢材类（不包括钢管脚手架、钢模板等摊销钢材）。

(2) 水泥类。

(3) 木材类（包括各种板方材、模板、胶合板、细木工板，不包括脚手板、垫木等摊销木材）。

(4) 沥青类。

(5) 玻璃类。

(6) 砖、瓦及各种砌块类（包括耐火砖、耐酸陶瓷砖、阶砖、琉璃瓦、石棉瓦、玻璃钢瓦）。

(7) 砂、石类（包括中粗细砂、碎石、砾石、天然砂石、毛石、方整石、白石子、彩色石子）。

(8) 各种防水卷材。

(9) 各种铝门窗、钢门窗、彩板、塑料、塑钢门窗、不锈钢门窗、卷闸门、特种门（包括电动、自动装置）、成品装饰木门等。

(10) 块料饰面材料类（包括石质、陶瓷质材料）。

(11) 装饰面板类（金属、非金属、壁纸、布艺、地毯等）。

(12) 装饰面板的骨架类（铝合金、轻钢、不锈钢、连接及固定用的吊挂件、连接件、接插件、幕墙胶等）。

(13) 管材、型材类（铝合金、不锈钢、铜质、玻璃钢、PVC 雨水管等，不包括连接用螺栓、螺丝及钉等配件）。

（14）装饰线条类（木质、石质、金属、塑料等及塑料扶手）。

（15）油漆、涂料类（不包括稀释剂、固化剂等辅料及调和漆、沥青漆、防锈漆、防火漆、醇酸磁漆、酚醛清漆、106涂料、107涂料、802涂料、仿瓷涂料、钢化涂料、777乳胶涂料）。

（16）美术字、牌面板、单个价值100元以上的五金及各类成品送（回）风口、锚具等。

（17）综合基价中注明允许调整的材料。

（18）发包方指定生产厂家的材料及成品、半成品。

（19）定额中缺项的材料。

7.5　常见水暖工程造价指标参考

（1）给排水工程造价指标参考。建筑给排水工程造价指标可参考表7-1。

表 7-1　给排水工程综合指标

工程项目		每平方米造价/元	每 100m² 建筑面积主要工料指标				
类别	特征		人工/工日	给水管道/m	排水管道/m	洁具/套	阀门/个
住宅楼	多层	70～90	25.11	42.6	39.56	6.27	2.11
	高层	100～150	30	41.77	38.33	5.89	1.97
办公楼	多层	30～60	13.5	8.75	10.22	1.15	0.51
	高层	40～70	19.8	9.77	12.44	1.01	0.68
工业建筑	标准厂房	10～15	5.28	4.8	5.13	0.89	0.71

注：1. 给水管道采用一般的塑料管或复合塑料管。

2. 排水管道一般采用塑料排水管，高层建筑考虑部分采用柔性铸铁管。

3. 根据工程类别不同，已综合了泵房安装工程的费用，但不包括室外工程。

4. 洁具及材料均为国产合格产品。

5. 洁具含量中包括大便器、小便器、洗脸盆、淋浴盆、浴盆等。

6. 住宅指标中未考虑单身宿舍的情况，单身宿舍指标要适当上浮。

（2）案例

【案例 7-1】　某多层住宅（上海）安装工程造价与成本分析，见表7-2。

案例说明如下。

（1）本成本预测包括1～12号楼、地下车库、会所。预算总工日：81423工日。自己做的总工日：57575工日。外包为5、10、11、12号楼，预算总工日：23848工日。

（2）本工程内容合同价为16637025元，经图纸修改、现场变更及甲方部分批价调整为15603571元（热水铜管改PPR，洁具和配电箱甲供），总价不含甲供材料。

（3）实际开支人工费按照平均每天安排48人工作，人均工资55元/天计，总工程日为546天。总出勤天48×546＝26208（天）。

外包按30元/定额工日计，通风部分27元/工日。定额工日按预算量计，计715440元。外包部分尚可有节余。

表 7-2　造价分析与成本预测

项目名称：×××家园安装（1～12#楼、会所及地下车库）　　　　建筑面积：82575.6m²

序号	项目名称	费率	金额/元	占总价%	平米价/(元/m²)	实际消耗/元	节约额/元	备注
一、	造价分析							
1.	人工工日		81423.00			50056.00	31367.00	外包暂按预算总工日 23848 工日,26208 天
2.	人工费		987292.00	6.327	11.96	2156880.00	−1169588.00	26208×55＋23848×30
3.	辅材费		1599730.00	10.252	19.37	799865.00	799865.00	
4.	机械费		341414.00	2.188	4.13	170707.00	170707.00	
5.	主材及设备费		9504149.00	60.910	115.10	8783953.00	720196.00	不含甲供材料
6.	其他直接费	23%	227081.00	1.455	2.75	234054.00	−6973.00	项目开支(差旅交通、办公、业务费等)
7.	直接费合计		12659666.00	81.133	153.31	12145459.00	514207.00	
8.	综合间接费	130%	1283479.00	8.226	15.54	555927.00	727552.00	管理人员 7 人,按施工工期 546 天计
9.	利润	40%	394917.00	2.531	4.78		394917.00	
10.	人工费补差	2.4 元/工日	200290.00	1.284	2.43		200290.00	
11.	施工流动津贴	2.5 元/工日	208642.00	1.337	2.53		208642.00	
12.	其他费用	0.10%	34673.00	0.222	0.42	34673.00	0.00	
13.	税金	3.41%	821904.00	5.267	9.95	821904.00	0.00	
14.	总造价		15603571.00		188.96	13557963.00	2045608.00	
二、	实际开支							
1.	材料成本		9583818.00	61.421	116.06			
2.	工资成本		2712807.00	17.386	32.85			
3.	机械费开支		170707.00	1.094	2.07			
4.	现场开支及项目配合		234054.00	1.500	2.83			
5.	税金		856577.00		10.37			
	合计		13557963.00	86.890	164.19			
三、	利润		2045608.00	13.110	24.77			

（4）主材费节约暂按定额损耗量加材料价差 5%计。其中损耗量为 244988.8 元，材料价差为 475207.45 元。

（5）管理人员工资：现场安装经理 1 名，施工员 1 名，质量员 1 名，技术员 2 名，资料员 1 名，安装预算 1 名，另其他管理人员（材料、仓库等）为安装服务，按一共 7 人计算，平均 48000 元/年，施工期 546 天，一年平均出勤 330 天，计算方式：$7 \times 48000 \times 546/330 =$ 555927.3（元）。

（6）现场开支暂按总价 1.5% 计。

（7）建筑面积 82575.6m²。人工费单价为 $11.83 + 2.4 + 2.5 = 16.73$（元）。

（8）临设费及土建配合费未列入成本开支。辅材及机械开支为暂估，尚有潜力可挖。

【案例 7-2】 某住宅建筑（天津）安装工程造价分析，见表 7-3、表 7-4。

表 7-3 工程概况

基本特征	结构类型：框架结构				建筑面积：6024.21m²		
	檐高/m	层数	层高/m			基础类型	利润率/%
			首层	标准层	顶层	桩基础	7.50
	32.50	11	2.90	2.90	2.90		

注：本工程造价内未包括打桩费用。

表 7-4 某住宅建筑安装工程造价分析

工程价格(以 2008 年预算基价为依据)/元		每平方米价格/元	各项费用所占比例/%							
			合计	人工费	材料费	机械费	管理费	规费	利润	税金
12151012.3		2017.03	100	14.44	64.94	3.06	2.62	6.38	5.23	3.33
其中	土建工程	1054.59	100	16.49	57.92	4.84	3.39	7.29	6.74	3.33
	装饰工程	567.36	100	10.84	75.55	1.60	1.28	4.79	2.61	3.33
	给排水工程	78.16	100	14.46	67.90	0.58	2.25	6.40	5.08	3.33
	采暖工程	113.02	100	8.83	78.90	0.40	1.54	3.90	3.10	3.33
	电气工程	203.90	100	16.96	62.86	0.30	3.07	7.50	5.98	3.33

第8章 水暖工程工程量计算及工程量清单计价实例

8.1 某住宅楼水暖工程量计算书实例

工程量计算书见表8-1~表8-3。

表8-1 给水工程工程量计算书

序号	项目名称	规格	单位	地下自行车库层 水平	地下自行车库层 竖向	1层 水平(PPR)	1层 竖向(PPR)	2层 水平(PPR)	2层 竖向(PPR)	3~30层 水平(PPR)	3~30层 竖向(PPR)	塔楼层 水平(铸铁管)	塔楼层 竖向(UPVC)	机房层 水平(PPR)	机房层 竖向(PPR)	立管	合计	备注
一	给水系统																	
1	户内水表前钢塑复合管（丝接）	DN80	m	136.46												452	588.46	
2	户内水表前钢塑复合管（丝接）	DN32	m					2.48	2	69.44	4						77.92	
3	户内水表后冷水管 PPR管（热熔连接）压力等级1.25MPa	冷水管 PPR管 DN25	m					154.1		4314.8	0						4468.9	
4	户内水表后冷水管 PPR管（热熔连接）压力等级1.25MPa	冷水管 PPR管 DN20	m					12.08		338.24	0						350.32	
5	户内水表后冷水管 PPR管（热熔连接）压力等级1.25MPa	冷水管 PPR管 DN15	m					116.2	42.2	3253.6	84.4						3496.4	
6	热水专用PPR管（热熔连接）型压力等级2.0MPa	热水专用 PPR管 DN25	m					78.4		2195.2	0						2273.6	

续表

序号	项目名称	规格	单位	地下自行车库层 水平	地下自行车库层 竖向	1层 水平(PPR)	1层 竖向(PPR)	2层 水平(PPR)	2层 竖向(PPR)	3~30层 水平(PPR)	3~30层 竖向(PPR)	塔楼层 水平(铸铁管)	塔楼层 竖向(UPVC)	机房层 水平(PPR)	机房层 竖向(PPR)	立管	合计	备注
一	给水系统																	
7	热水专用PPR管（热熔连接）型压力等级2.0MPa	热水专用PPR管 DN20	m					36.32		1016.96	0						1053.28	
8	热水专用PPR管（热熔连接）型压力等级2.0MPa	热水专用PPR管 DN15	m					57.88	29.6	1620.64	59.2						1767.32	
9	刚性防水套管（穿地下车库墙体）	DN80	个	4													4	
10	刚性防水套管（穿地下车库一顶板）	DN200	个	1													1	
11	水表组	DN25	组			4		4		112							120	
12	自动排气阀	DN20	个							8							8	
13	可调式减压阀 200×DN100 PN=2.5MPa	DN32	个							24							24	
14	Y型过滤器	DN32	个							24							24	
15	闸阀	DN80	个	8													8	
16	压力表 0~2.5MPa	DN32	个							48							48	
17	橡胶软接	DN32	个							24							24	
18	截止阀	DN25	个					4		112							116	
19	截止阀	DN20	个							8							8	
20	蝶阀	DN32	个							48							48	
21	脸盆角阀	DN15	个					16		496							512	

续表

序号	项目名称	规格	单位	地下自行车库层 水平	地下自行车库层 竖向	1层 水平(PPR)	1层 竖向(PPR)	2层 水平(PPR)	2层 竖向(PPR)	3~30层 水平(PPR)	3~30层 竖向(PPR)	塔楼层 水平(铸铁管)	塔楼层 竖向(UPVC)	机房层 水平(PPR)	机房层 竖向(PPR)	立管	合计	备注
一	给水系统																	
22	淋浴器角阀(冷水)截止阀	DN15	个					16		496							512	
23	淋浴器角阀(热水)铜截止阀	DN15	个					16		496							512	
24	洗漆盆角阀	DN15	个					4		112							116	
25	铜截止阀(接热水器)	DN25	个					4		112							116	
26	截止阀(热水器冷水)	DN20	个					4		112							116	
27	大便器角阀(坐式)	DN15	个					12		336							348	
28	洗衣机水龙头	DN15	个					8		224							232	
29	挖填土方		m³	3.12													3.12	
二	消火栓系统																	
1	室内消火栓箱(薄型单栓)		套	4													4	
2	室内消火栓箱(薄型双栓)	1200×750×160	套			2				12							16	
3	室内消火栓箱(薄型双栓)(减压稳压型)	1200×750×160	套							44							44	
4	屋顶试验消火栓		套	2													2	
5	磷酸铵粉干粉灭火器		具	8		4		4		112							128	

注:1. 阀门:冷水管 DN<50 采用截止阀,DN≥50 采用闸阀。热水管采用铜截止阀。消防给水管采用蝶阀。
2. 地漏采用存水弯高度不小于 50mm,洗衣机采用 DN75 洗衣机专用地漏,淋浴间采用 DN75 地漏,均配不锈钢面板。

表 8-2　排水工程量计算汇总表（30层）

概况：本栋楼为一个单元，地下1层，地上30层，首层层高4.45m，其余各层层高为3.1m。首层为物管用房，其他各层为住宅，顶层设为机房层，共4×29=116户。单栋建筑面积32566.16m²（30层的面积）。

注：管材及管件：1. 排水管：雨、污水管出户横管采用柔性卡箍离心排水铸铁管，卡箍连接，立管采用承压UPVC，靠近或相邻卧室的立管采用承压螺旋消音塑料排水管。其他雨污水管及冷凝水管采用UPVC管，粘接。

2. 地漏所采用的存水弯高度不小于50mm，洗衣机采用DN75洗衣机专用地漏，淋浴间采用DN75地漏，均配不锈钢面板。

序号	项目名称	规格	单位	立管		合计	备注
				主立管（承压螺旋消音塑料）	主立管（塑料）	塑料	
一	排水汇总系统						
1	UPVC排水管（粘接）	DN150	m			316.67	
2	UPVC排水管（粘接）	DN100	m	1484		1313.12	
3	UPVC排水管（粘接）	DN100	m			2724.22	
4	UPVC排水管（粘接）	DN75	m			1535.9	
5	UPVC排水管（粘接）	DN50	m			716.7	
6	侧入式雨水斗	DN100	个			8	
7	侧入式雨水斗	DN75	个			2	
8	蹲式大便器		个			120	
9	刚性防水套管	DN150	个			14	
10	刚性防水套管	DN100	个			14	
11	刚性防水套管	DN75	个			3	
12	淋浴间地漏（带存水弯）	DN75	个			360	
13	普通地漏（配不锈钢面板）	DN50	个			540	
14	普通地漏（配不锈钢面板）	DN75	个			120	
15	洗衣机地漏（配不锈钢面板、带存水弯）	DN75	个			240	
16	洗菜盆	洗菜盆	个			116	
17	洗脸盆	洗脸盆	个			240	
18	洗脸盆（双）	洗脸盆（双）	个			120	
19	洗手盆	洗手盆	个			120	
20	浴缸	浴缸	个			120	
21	坐便器	坐便器	个			360	
22	淋浴器	淋浴器	个			480	
23	燃气式热水器	燃气式热水器	个			120	
24	侧墙式透气帽	DN100				6	

续表

序号	项目名称	规格	单位	立管		合计	备注
				主立管（承压螺旋消音塑料）	主立管（塑料）	塑料	
二	集水坑排水系统					0	
1	内外热浸镀锌钢管	DN100	m			29.32	
2	潜污泵（一用一备）	JYWQ50-42-9-1200-2.2	台			6	一用一备
3	止回阀——集水坑	DN100	个			6	
4	闸阀——集水坑	DN100	个			6	
5	刚性防水套管（穿外墙）——集水坑	DN100	个			3	
6	压力表——集水坑		个			3	

表 8-3　暖通工程量计算表（30 层）

工程概况：地下 1 层，地上 33 层，−1 层为车库，地上均为住宅。单栋建筑面积 47017.89m²。

序号	项目名称	型号	规格 1	规格 2	单位	工程量/延长米				工程量合计/延长米	工程量合计/平方米	备注
						地下室	一层	2～30层	机房			
1	软管		Φ	100	m²		1.2	34.8		36	11.304	卫生间排气扇
2	镀锌铁皮	δ=0.75	Φ	600	m²	1			1.2	2.2	4.1448	回风管
3	镀锌铁皮	δ=0.75	Φ	500	m²	1				1	1.57	
4	镀锌铁皮	δ=0.75	Φ	650	m²				11.8	11.8	24.0838	
5	镀锌铁皮	δ=1.2	1400	450	m²				3.84	3.84	14.208	
6	镀锌铁皮	δ=1.0	1000	450	m²				3.2	3.2	9.28	
7	镀锌铁皮	δ=1.0	1000	250	m²	6				6	15	
8	镀锌铁皮	δ=1.0	1000	200	m²	12.68				12.68	30.432	
9	镀锌铁皮	δ=0.75	800	200	m²	19.64				19.64	39.28	
10	镀锌铁皮	δ=0.75	800	160	m²	14.24				14.24	27.3408	
11	镀锌铁皮	δ=0.75	630	200	m²	23.38				23.38	38.8108	
12	镀锌铁皮	δ=0.75	630	160	m²	28.54				28.54	45.0932	
13	镀锌铁皮	δ=0.75	500	160	m²	28.08				28.08	37.0656	
14	镀锌铁皮	δ=0.75	400	450	m²				6.52	6.52	11.084	
15	防火帆布软接		Φ	600	m²	1.2			2.4	3.6	6.7824	
16	防火帆布软接		Φ	500	m²	1.2				1.2	1.884	
汇总												
一	镀锌铁皮量		•									
1	镀锌铁皮	δ=1.2			m²						14.21	

序号	项目名称	型号	规格1	规格2	单位	工程量/延长米				工程量合计/延长米	工程量合计/平方米	备注
						地下室	一层	2～30层	机房			
一	镀锌铁皮量											
2	镀锌铁皮		$\delta=1.0$		m²						54.71	
3	镀锌铁皮		$\delta=0.75$		m²						228.47	
4	软管		$\Phi100$		m²						11.3	
5	防火帆布软接				m²						8.67	
二	设备及阀部件											
1	混流风机 SWF-I-6.5#	zy-1、zy-2、zy-4、zy-5	$L=23044m³/h$ $H=832Pa$ $n=1450rpm$ $N=7.5kW$		台				4		4	安装高度97.84m
2	混流风机 SWF-I-6#	zy-3、zy-6	$L=19320m³/h$ $H=836Pa$ $n=2900rpm$ $N=7.5kW$		台				2		2	安装高度95.25m，防护罩内侧附防虫网
3	低压消防高温排烟混流风机 HTF-I-6	PF,PY-1	$L=8400m³/h$ $H=280Pa$ $n=1450rpm$		台	2					2	安装高度-0.9m
4	低压消防高温排烟混流风机 HTF-I-5	SF,BF-1	$L=4896m³/h$ $H=382Pa$ $n=1450rpm$		台	2					2	安装高度-0.9m
5	吸顶式通风器（带轻质止回阀）	BLD-100H	$L=100m³/h$ $H=131Pa$ $N=20W$		台			118			118	
6	电动正压送风口		600×(600+150)		个			58			58	距本层0.3m
7	自垂式正压送风口		250×350		个			58			58	
8	70℃防火阀		$\Phi100$		个			118			118	
9	70℃防火阀		$\Phi650$		个				4		4	
10	70℃防火阀		400×450		个				4		4	
11	280℃防火阀		$\Phi600$		个			2			2	
12	280℃防火阀		$\Phi500$		个			2			2	

续表

序号	项目名称	型号	规格 1	规格 2	单位	工程量/延长米				工程量合计/延长米	工程量合计/平方米	备注
						地下室	一层	2～30层	机房			
二	设备及阀部件											
13	单层百叶送风口		500×300		个			16			16	
14	防雨百叶		1400×450		个				4		4	安装高度 97.84m
15	防雨百叶		1000×450		个				4		4	
16	带 70℃防火阀百叶正压送风口		630×1600		个	2					2	距本层 0.3m
17	电动正压送风口		600×(700+150)		个	2					2	距本层 0.3m

8.2　某住宅楼水暖工程量清单计价

（1）给排水工程清单计价见表 8-4。

表 8-4　给排水工程分部分项工程量清单与计价表

工程名称：某住宅楼给排水工程　　　　　　标段：

序号	项目编码	项目名称	项目特征描述	计量单位	工程数量	金额/元		
						综合单价	合价	其中暂估价
		生活给水系统					523872.93	
1	030801001001	钢塑管	1. 安装部位(室内、外)：室内 2. 输送介质(给水、排水、热媒体、燃气、雨水)：给水 3. 材质：钢塑管 4. 型号、规格：DN80 5. 连接方式：螺纹连接 6. 套管形式、材质、规格：刚性防水套管 7. 除锈、刷油、防腐、绝热及保护层设计要求：30mm 厚橡塑海绵保温，用专用胶粘接，外缠防火塑料布	m	57.3	242.65	13903.85	
2	030801001002	钢塑管	1. 安装部位(室内、外)：室内 2. 输送介质(给水、排水、热媒体、燃气、雨水)：给水 3. 材质：钢塑管 4. 型号、规格：DN65 5. 连接方式：螺纹连接 6. 套管形式、材质、规格：刚性防水套管 7. 除锈、刷油、防腐、绝热及保护层设计要求：30mm 厚橡塑海绵保温，用专用胶粘接，外缠防火塑料布	m	18.2	198.36	3610.15	

序号	项目编码	项目名称	项目特征描述	计量单位	工程数量	金额/元		
						综合单价	合价	其中:暂估价
3	030801001003	钢塑管	1. 安装部位(室内、外):室内 2. 输送介质(给水、排水、热媒体、燃气、雨水):给水 3. 材质:钢塑管 4. 型号、规格:DN50 5. 连接方式:螺纹连接 6. 套管形式、材质、规格:刚性防水套管 7. 除锈、刷油、防腐、绝热及保护层设计要求:30mm厚橡塑海绵保温,用专用胶粘接,外缠防火塑料布	m	74.83	152.92	11443.00	
4	030801001004	钢塑管管道井立管	1. 安装部位(室内、外):室内 2. 输送介质(给水、排水、热媒体、燃气、雨水):给水 3. 材质:钢塑管 4. 型号、规格:DN80 5. 连接方式:螺纹连接 6. 套管形式、材质、规格:一般钢套管 7. 除锈、刷油、防腐、绝热及保护层设计要求:20mm厚橡塑海绵保温,用专用胶粘接	m	93.45	225.27	21051.48	
5	030801001005	钢塑管管道井立管	1. 安装部位(室内、外):室内 2. 输送介质(给水、排水、热媒体、燃气、雨水):给水 3. 材质:钢塑管 4. 型号、规格:DN65 5. 连接方式:螺纹连接 6. 套管形式、材质、规格:一般钢套管 7. 除锈、刷油、防腐、绝热及保护层设计要求:20mm厚橡塑海绵保温,用专用胶粘接	m	101.6	178.8	18166.08	
6	030801001006	钢塑管管道井立管	1. 安装部位(室内、外):室内 2. 输送介质(给水、排水、热媒体、燃气、雨水):给水 3. 材质:钢塑管 4. 型号、规格:DN50 5. 连接方式:螺纹连接 6. 套管形式、材质、规格:一般钢套管 7. 除锈、刷油、防腐、绝热及保护层设计要求:20mm厚橡塑海绵保温,用专用胶粘接	m	139.55	135.26	18875.53	

序号	项目编码	项目名称	项目特征描述	计量单位	工程数量	综合单价	合价	其中：暂估价
						金额/元		
7	030801001007	钢塑管管道井立管	1. 安装部位(室内、外)：室内 2. 输送介质(给水、排水、热媒体、燃气、雨水)：给水 3. 材质：钢塑管 4. 型号、规格：DN40 5. 连接方式：螺纹连接 6. 套管形式、材质、规格：一般钢套管 7. 除锈、刷油、防腐、绝热及保护层设计要求：20mm 厚橡塑海绵保温，用专用胶粘接	m	101.97	99.57	10153.15	
8	030801001008	钢塑管管道井立管	1. 安装部位(室内、外)：室内 2. 输送介质(给水、排水、热媒体、燃气、雨水)：给水 3. 材质：钢塑管 4. 型号、规格：DN32 5. 连接方式：螺纹连接 6. 套管形式、材质、规格：一般钢套管 7. 除锈、刷油、防腐、绝热及保护层设计要求：20mm 厚橡塑海绵保温，用专用胶粘接	m	26.7	77.4	2066.58	
9	030801001009	钢塑管管道井立管	1. 安装部位(室内、外)：室内 2. 输送介质(给水、排水、热媒体、燃气、雨水)：给水 3. 材质：钢塑管 4. 型号、规格：DN25 5. 连接方式：螺纹连接 6. 套管形式、材质、规格：一般钢套管 7. 除锈、刷油、防腐、绝热及保护层设计要求：20mm 厚橡塑海绵保温，用专用胶粘接	m	8.8	62.12	546.66	
10	030801001010	钢塑管管道井立管	1. 安装部位(室内、外)：室内 2. 输送介质(给水、排水、热媒体、燃气、雨水)：给水 3. 材质：钢塑管 4. 型号、规格：DN20 5. 连接方式：螺纹连接 6. 套管形式、材质、规格：一般钢套管 7. 除锈、刷油、防腐、绝热及保护层设计要求：20mm 厚橡塑海绵保温，用专用胶粘接	m	170.4	54.31	9254.42	

续表

序号	项目编码	项目名称	项目特征描述	计量单位	工程数量	金额/元		
						综合单价	合价	其中:暂估价
11	030801005001	PPR管	1. 安装部位(室内、外):室内 2. 输送介质(给水、排水、热媒体、燃气、雨水):给水 3. 材质:PPR冷水 4. 型号、规格:De25 5. 连接方式:热熔 6. 套管形式、材质、规格:一般钢套管	m	5096.88	18.62	94903.91	
12	030801005002	PPR管	1. 安装部位(室内、外):室内 2. 输送介质(给水、排水、热媒体、燃气、雨水):给水 3. 材质:PPR冷水 4. 型号、规格:De20 5. 连接方式:热熔 6. 套管形式、材质、规格:一般钢套管	m	4929.2	14.55	71719.86	
13	030803003001	焊接法兰阀门	1. 类型:全铜质闸阀 2. 型号、规格:DN80	个	3	746.36	2239.08	
14	030803003002	焊接法兰阀门	1. 类型:全铜质闸阀 2. 型号、规格:DN65	个	1	523.8	523.8	
15	030803003003	焊接法兰阀门	1. 类型:全铜质闸阀 2. 型号、规格:DN50	个	4	303.46	1213.84	
16	030803003004	焊接法兰阀门	1. 类型:减压阀 2. 型号、规格:DN65	个	4	751.8	3007.2	
17	030803003005	焊接法兰阀门	1. 类型:减压阀 2. 型号、规格:DN50	个	1	637.46	637.46	
18	030803005001	自动排气阀	1. 类型:自动排气阀组(带截止阀) 2. 材质:铜质 3. 型号、规格:DN25	个	8	109.35	874.8	
19	030803001001	螺纹阀门	1. 类型:止回阀 2. 型号、规格:DN20	个	284	40.83	11595.72	
20	030803001002	螺纹阀门	1. 类型:止回阀 2. 型号、规格:DN15	个	412	31.47	12965.64	
21	030803010001	水表	1. 型号、规格:DN20 2. 连接方式:螺纹连接	组	284	534.98	151934.32	
22	030803001003	螺纹阀门	1. 类型:角阀 2. 型号、规格:DN15	个	1520	41.57	63186.4	
		生活热水系统					146748.79	

序号	项目编码	项目名称	项目特征描述	计量单位	工程数量	金额/元		
						综合单价	合价	其中:暂估价
23	030801005003	PPR 管	1. 安装部位(室内、外):室内 2. 输送介质(给水、排水、热媒体、燃气、雨水):热水 3. 材质:PPR 热水 4. 型号、规格:De20 5. 连接方式:热熔 6. 套管形式、材质、规格:一般钢套管	m	5288.3	19.04	100689.23	
24	030803001004	螺纹阀门	1. 类型:角阀 2. 型号、规格:DN15	个	1108	41.57	46059.56	
		生活污水系统					896894.28	
25	030801004001	柔性铸铁管	1. 安装部位(室内、外):室内 2. 输送介质(给水、排水、热媒体、燃气、雨水):排水 3. 材质:W 型排水柔性铸铁管 4. 型号、规格:DN150 5. 连接方式:柔性连接 6. 套管形式、材质、规格:刚性防水套管 7. 除锈、刷油、防腐、绝热及保护层设计要求:防锈漆两道,20mm 橡塑保温,外缠防火塑料布	m	300.12	468.17	140507.18	
26	030801004002	柔性铸铁管	1. 安装部位(室内、外):室内 2. 输送介质(给水、排水、热媒体、燃气、雨水):排水 3. 材质:W 型排水柔性铸铁管 4. 型号、规格:DN100 5. 连接方式:柔性连接 6. 套管形式、材质、规格:刚性防水套管 7. 除锈、刷油、防腐、绝热及保护层设计要求:防锈漆两道,20mm 橡塑保温,外缠防火塑料布	m	99.48	331.81	33008.46	
27	030801004003	柔性铸铁管	1. 安装部位(室内、外):室内 2. 输送介质(给水、排水、热媒体、燃气、雨水):排水 3. 材质:W 型排水柔性铸铁管 4. 型号、规格:DN75 5. 连接方式:柔性连接 6. 除锈、刷油、防腐、绝热及保护层设计要求:防锈漆两道,20mm 橡塑保温,外缠防火塑料布	m	7.06	198.88	1404.09	

序号	项目编码	项目名称	项目特征描述	计量单位	工程数量	金额/元		
						综合单价	合价	其中：暂估价
28	030801004004	柔性铸铁管	1. 安装部位(室内、外)：室内 2. 输送介质(给水、排水、热媒体、燃气、雨水)：排水 3. 材质：W 型排水柔性铸铁管 4. 型号、规格：DN50 5. 连接方式：柔性连接 6. 除锈、刷油、防腐、绝热及保护层设计要求：防锈漆两道，20mm 橡塑保温，外缠防火塑料布	m	58	126.97	7364.26	
29	030801005004	塑料管 UPVC	1. 安装部位(室内、外)：室内 2. 输送介质(给水、排水、热媒体、燃气、雨水)：排水 3. 材质：硬聚氯乙烯降噪声 UPVC 排水管 4. 型号、规格：DN100 5. 连接方式：承插粘接 6. 除锈、刷油、防腐、绝热及保护层设计要求：10mm 厚高品质闭孔橡塑管壳保温	m	168.18	56.84	9559.35	
30	030801005005	塑料管 UPVC	1. 安装部位(室内、外)：室内 2. 输送介质(给水、排水、热媒体、燃气、雨水)：排水 3. 材质：硬聚氯乙烯降噪声 UPVC 排水管 4. 型号、规格：DN75 5. 连接方式：承插粘接 6. 除锈、刷油、防腐、绝热及保护层设计要求：10mm 厚高品质闭孔橡塑管壳保温	m	136.45	36.83	5025.45	
31	030801005006	塑料管 UPVC	1. 安装部位(室内、外)：室内 2. 输送介质(给水、排水、热媒体、燃气、雨水)：排水 3. 材质：硬聚氯乙烯降噪声 UPVC 排水管 4. 型号、规格：DN50 5. 连接方式：承插粘接 6. 除锈、刷油、防腐、绝热及保护层设计要求：10mm 厚高品质闭孔橡塑管壳保温	m	411.39	24.18	9947.41	

续表

序号	项目编码	项目名称	项目特征描述	计量单位	工程数量	金额/元		
						综合单价	合价	其中：暂估价
32	030801005007	柔性接口塑料排水管	1. 安装部位(室内、外)：室内 2. 输送介质(给水、排水、热媒体、燃气、雨水)：排水 3. 材质：柔性接口机制的双臂芯层发泡塑料排水管 4. 型号、规格：DN100 5. 连接方式：橡胶圈柔性接口 6. 除锈、刷油、防腐、绝热及保护层设计要求：10mm 厚高品质闭孔橡塑管壳保温	m	428.53	142.82	61202.65	
33	030801005008	柔性接口塑料排水管	1. 安装部位(室内、外)：室内 2. 输送介质(给水、排水、热媒体、燃气、雨水)：排水 3. 材质：柔性接口机制的双臂芯层发泡塑料排水管 4. 型号、规格：DN75 5. 连接方式：橡胶圈柔性接口 6. 除锈、刷油、防腐、绝热及保护层设计要求：10mm 厚高品质闭孔橡塑管壳保温	m	12.07	98.58	1189.86	
34	030801005009	柔性接口塑料排水管	1. 安装部位(室内、外)：室内 2. 输送介质(给水、排水、热媒体、燃气、雨水)：排水 3. 材质：柔性接口机制的双臂芯层发泡塑料排水管 4. 型号、规格：DN50 5. 连接方式：橡胶圈柔性接口 6. 除锈、刷油、防腐、绝热及保护层设计要求：10mm 厚高品质闭孔橡塑管壳保温	m	800.41	60.5	48424.81	
35	030801005010	柔性接口塑料排水管(管井)	1. 安装部位(室内、外)：室内 2. 输送介质(给水、排水、热媒体、燃气、雨水)：排水 3. 材质：柔性接口机制的双臂芯层发泡塑料排水管 4. 型号、规格：DN100 5. 连接方式：橡胶圈柔性接口 6. 除锈、刷油、防腐、绝热及保护层设计要求：10mm 厚高品质闭孔橡塑管壳保温	m	1490.6	207.77	309701.96	
36	030801005011	塑料管 UPVC(管井)	1. 安装部位(室内、外)：室内 2. 输送介质(给水、排水、热媒体、燃气、雨水)：排水 3. 材质：硬聚氯乙烯降噪声 UPVC 排水管 4. 型号、规格：DN100 5. 连接方式：承插粘接 6. 除锈、刷油、防腐、绝热及保护层设计要求：10mm 厚高品质闭孔橡塑管壳保温	m	2099.6	120.36	252707.86	

续表

序号	项目编码	项目名称	项目特征描述	计量单位	工程数量	综合单价	合价	其中：暂估价
37	030801005012	塑料管UPVC（管井）	1. 安装部位（室内、外）：室内 2. 输送介质（给水、排水、热媒体、燃气、雨水）：排水` 3. 材质：硬聚氯乙烯降噪声UPVC排水管 4. 型号、规格：DN75 5. 连接方式：承插粘接 6. 除锈、刷油、防腐、绝热及保护层设计要求：10mm厚高品质闭孔橡塑管壳保温	m	185.6	86.24	16006.14	
38	030801005013	塑料管UPVC（管井）	1. 安装部位（室内、外）：室内 2. 输送介质（给水、排水、热媒体、燃气、雨水）：排水 3. 材质：硬聚氯乙烯降噪声UPVC排水管 4. 型号、规格：DN50 5. 连接方式：承插粘接 6. 除锈、刷油、防腐、绝热及保护层设计要求：10mm厚高品质闭孔橡塑管壳保温	m	32	26.4	844.8	
		卫生器具					2712527.88	
39	030804003001	洗脸盆	1. 组装形式：冷热水 2. 型号：节水型产品	组	412	1158.43	477273.16	
40	030804005001	洗涤盆	1. 组装形式：冷热水 2. 型号：节水型产品	组	284	722.9	205303.6	
41	030804007001	淋浴器	型号、规格：节水型产品	组	138	311.4	42973.2	
42	030804008001	淋浴间	型号、规格：节水型产品	套	274	2511.4	688123.6	
43	030804012001	大便器	1. 组装方式：坐式大便器 2. 型号、规格：节水型产品	套	412	3103.82	1278773.84	
44	030804016001	洗衣机水嘴	型号、规格：DN15	个	284	13.82	3924.88	
45	030804017001	地漏	1. 材质：塑料 2. 型号、规格：DN50	个	476	17.67	8410.92	
46	030804017002	洗衣机地漏	1. 材质：塑料 2. 型号、规格：DN50	个	284	27.27	7744.68	
		雨水系统					187368.68	
47	030801005014	柔性接口塑料排水管	1. 安装部位（室内、外）：室内 2. 输送介质（给水、排水、热媒体、燃气、雨水）：雨水 3. 材质：柔性接口机制的双臂芯层发泡塑料排水管 4. 型号、规格：DN100 5. 连接方式：橡胶圈柔性接口 6. 除锈、刷油、防腐、绝热及保护层设计要求：10mm厚高品质闭孔橡塑管壳保温	m	838.6	206.69	173330.23	

序号	项目编码	项目名称	项目特征描述	计量单位	工程数量	金额/元		
						综合单价	合价	其中：暂估价
48	030801005015	塑料管 UPVC	1. 安装部位(室内、外)：室内 2. 输送介质(给水、排水、热媒体、燃气、雨水)：排水 3. 材质：硬聚氯乙烯降噪声 UPVC 排水管 4. 型号、规格：DN100 5. 连接方式：承插粘接 6. 除锈、刷油、防腐、绝热及保护层设计要求：10mm 厚高品质闭孔橡塑管壳保温	m	113.4	115.58	13106.77	
49	030617007001	钢制排水漏斗制作安装	规格：雨水斗 87 型	个	18	51.76	931.68	
		空调排水系统					468937.4	
50	030801005016	柔性接口塑料排水管	1. 安装部位(室内、外)：室内 2. 输送介质(给水、排水、热媒体、燃气、雨水)：空调凝水 3. 材质：柔性接口机制的双臂芯层发泡塑料排水管 4. 型号、规格：DN100 5. 连接方式：橡胶圈柔性接口 6. 除锈、刷油、防腐、绝热及保护层设计要求：10mm 厚高品质闭孔橡塑管壳保温	m	1885	207.77	391646.45	
51	030801005017	柔性接口塑料排水管	1. 安装部位(室内、外)：室内 2. 输送介质(给水、排水、热媒体、燃气、雨水)：空调凝水 3. 材质：柔性接口机制的双臂芯层发泡塑料排水管 4. 型号、规格：DN50 5. 连接方式：橡胶圈柔性接口 6. 除锈、刷油、防腐、绝热及保护层设计要求：10mm 厚高品质闭孔橡塑管壳保温	m	296.2	60.5	17920.1	
52	030801005018	塑料管 UPVC	1. 安装部位(室内、外)：室内 2. 输送介质(给水、排水、热媒体、燃气、雨水)：空调凝水 3. 材质：硬聚氯乙烯降噪声 UPVC 排水管 4. 型号、规格：DN100 5. 连接方式：承插粘接 6. 除锈、刷油、防腐、绝热及保护层设计要求：10mm 厚高品质闭孔橡塑管壳保温	m	371.2	120.36	44677.63	

序号	项目编码	项目名称	项目特征描述	计量单位	工程数量	金额/元		
						综合单价	合价	其中：暂估价
53	030801005019	塑料管UPVC	1. 安装部位(室内、外)：室内 2. 输送介质(给水、排水、热媒体、燃气、雨水)：空调凝水 3. 材质：硬聚氯乙烯降噪声UPVC排水管 4. 型号、规格：DN50 5. 连接方式：承插粘接 6. 除锈、刷油、防腐、绝热及保护层设计要求：10mm厚高品质闭孔橡塑管壳保温	m	64	24.72	1582.08	
54	030804017003	地漏	1. 材质：塑料 2. 型号、规格：DN50	个	742	17.67	13111.14	
		压力排水系统					62022.35	
55	030801001011	镀锌钢管	1. 安装部位(室内、外)：室内 2. 输送介质(给水、排水、热媒体、燃气、雨水)：排水 3. 材质：镀锌钢管 4. 型号、规格：DN100 5. 连接方式：沟槽式连接 6. 套管形式、材质、规格：刚性防水套管 7. 除锈、刷油、防腐、绝热及保护层设计要求：灰色调和漆二道	m	45.8	125.66	5755.23	
56	030801001012	镀锌钢管	1. 安装部位(室内、外)：室内 2. 输送介质(给水、排水、热媒体、燃气、雨水)：排水 3. 材质：镀锌钢管 4. 型号、规格：DN80 5. 连接方式：沟槽式连接 6. 除锈、刷油、防腐、绝热及保护层设计要求：灰色调和漆二道	m	19.5	93.69	1826.96	
57	030803003006	焊接法兰阀门	1. 类型：软密封闸阀 2. 型号、规格：DN80	个	6	1507.36	9044.16	
58	030803003007	焊接法兰阀门	1. 类型：橡胶瓣止回阀 2. 型号、规格：DN80	个	6	572.36	3434.16	
59	030803003008	橡胶软接	型号、规格：DN80	个	6	449.36	2696.16	
60	030109011001	潜水泵	型号：65JYWQ50-10-1200-5.5	台	6	6544.28	39265.68	

序号	项目编码	项目名称	项目特征描述	计量单位	工程数量	综合单价	合价	其中：暂估价
		管道支吊架					42822	
61	030802001001	管道支架制作安装	1. 形式：一般管架 2. 除锈、刷油设计要求：管道支架除锈后刷樟丹二道，灰色调和漆二道	kg	2600	16.47	42822	
	合计						5041194.31	

（2）采暖工程清单计价，见表 8-5。

表 8-5　采暖工程分部分项工程量清单与计价表

工程名称：某住宅楼采暖工程　　　　　　　　　标段：

序号	项目编码	项目名称	项目特征描述	计量单位	工程数量	综合单价	合价	其中：暂估价
	C.8.1	采暖管道					757675.33	
1	030801002001	钢管	1. 安装部位（室内、外）：室内 2. 输送介质（给水、排水、热媒体、燃气、雨水）：热媒体 3. 材质：焊接钢管 4. 型号、规格：DN80 5. 连接方式：焊接 6. 套管形式、材质、规格：刚性防水套管 7. 除锈、刷油、防腐、绝热及保护层设计要求：除锈、防锈漆两道，40 厚岩棉管壳，铝箔保护层	m	140.5	102.54	14406.87	
2	030801002002	钢管	1. 安装部位（室内、外）：室内 2. 输送介质（给水、排水、热媒体、燃气、雨水）：热媒体 3. 材质：焊接钢管 4. 型号、规格：DN65 5. 连接方式：焊接 6. 套管形式、材质、规格：刚性防水套管 7. 除锈、刷油、防腐、绝热及保护层设计要求：除锈、防锈漆两道，40 厚岩棉管壳，铝箔保护层	m	133.73	68.49	9159.17	
3	030801002003	钢管管井立管	1. 安装部位（室内、外）：室内 2. 输送介质（给水、排水、热媒体、燃气、雨水）：热媒体 3. 材质：焊接钢管 4. 型号、规格：DN80 5. 连接方式：焊接 6. 套管形式、材质、规格：一般钢套管 7. 除锈、刷油、防腐、绝热及保护层设计要求：除锈、防锈漆两道，40 厚岩棉管壳，铝箔保护层	m	139.4	94.57	13183.06	

序号	项目编码	项目名称	项目特征描述	计量单位	工程数量	金额/元		
						综合单价	合价	其中:暂估价
4	030801002004	钢管管井立管	1. 安装部位(室内、外):室内 2. 输送介质(给水、排水、热媒体、燃气、雨水):热媒体 3. 材质:焊接钢管 4. 型号、规格:DN65 5. 连接方式:焊接 6. 套管形式、材质、规格:一般钢套管 7. 除锈、刷油、防腐、绝热及保护层设计要求:除锈、防锈漆两道,40厚岩棉壳,铝箔保护层	m	255.4	77.47	19785.84	
5	030801002005	钢管管井立管	1. 安装部位(室内、外):室内 2. 输送介质(给水、排水、热媒体、燃气、雨水):热媒体 3. 材质:焊接钢管 4. 型号、规格:DN50 5. 连接方式:焊接 6. 套管形式、材质、规格:一般钢套管 7. 除锈、刷油、防腐、绝热及保护层设计要求:除锈、防锈漆两道,30厚岩棉管壳,铝箔保护层	m	95.7	55.04	5267.33	
6	030801002006	钢管管井立管	1. 安装部位(室内、外):室内 2. 输送介质(给水、排水、热媒体、燃气、雨水):热媒体 3. 材质:焊接钢管 4. 型号、规格:DN40 5. 连接方式:焊接 6. 套管形式、材质、规格:一般钢套管 7. 除锈、刷油、防腐、绝热及保护层设计要求:除锈、防锈漆两道,30厚岩棉管壳,铝箔保护层	m	93.2	43.87	4088.68	
7	030801001001	镀锌钢管	1. 安装部位(室内、外):室内 2. 输送介质(给水、排水、热媒体、燃气、雨水):热媒体 3. 材质:镀锌钢管 4. 型号、规格:DN20 5. 连接方式:螺纹连接 6. 套管形式、材质、规格:一般穿墙套管 7. 除锈、刷油、防腐、绝热及保护层设计要求:30厚岩棉管壳,铝箔保护层	m	38.4	31.06	1192.70	

序号	项目编码	项目名称	项目特征描述	计量单位	工程数量	金额/元		
						综合单价	合价	其中：暂估价
8	030801005001	耐热聚乙烯（PE-RT）管	1. 安装部位(室内、外):室内 2. 输送介质(给水、排水、热媒体、燃气、雨水):热媒体 3. 材质:耐热聚乙烯(PE-RT)管 4. 型号、规格:$De25 \times 3.5$ 5. 连接方式:热熔连接 6. 套管形式、材质、规格:一般穿墙套管	m	25389.4	27.2	690591.68	
	C.8.2	管道支架制作安装					25296	
9	030802001001	管道支架制作安装	1. 形式:一般管架 2. 除锈、刷油设计要求:除锈、防锈漆两遍	kg	1600	15.81	25296	
	C.8.3	管道附件					657358.91	
10	030803001001	螺纹阀门	1. 类型:锁闭球阀 2. 型号、规格:$DN20$ SB104 型	个	568	49.42	28070.56	
11	030803001002	螺纹阀门	1. 类型:锁闭平衡阀 2. 型号、规格:$DN20$ STAF-SG 型	个	284	99.92	28377.28	
12	030803001003	螺纹阀门	1. 类型:Y 型过滤器 2. 型号、规格:$DN20$	个	284	39.32	11166.88	
13	030803001004	螺纹阀门	1. 类型:一体化热量表 2. 型号、规格:$DN20$ RH-H-I-M 型	个	284	851.95	241953.8	
14	030803001005	螺纹阀门	1. 类型:球阀 2. 型号、规格:$DN20$	个	4462	63.33	282578.46	
15	030803001006	螺纹阀门	1. 类型:泄水阀 2. 型号、规格:$DN25$	个	6	47.75	286.5	
16	030803005001	自动排气阀	1. 类型:自动排气阀带截止阀 2. 型号、规格:$DN25$	个	6	109.35	656.1	
17	030803003001	采暖导入口	1. 类型:采暖导入口 2. 型号、规格:$DN80$ 3. 备注:做法见图纸	组	3	6708.2	20124.6	
18	030803003002	采暖导入口	1. 类型:采暖导入口 2. 型号、规格:$DN65$ 3. 备注:做法见图纸	组	3	5264.59	15793.77	
19	030803003003	焊接法兰阀门	1. 类型:静态平衡阀 2. 型号、规格:$DN80$	个	3	1690.36	5071.08	
20	030803003004	焊接法兰阀门	1. 类型:静态平衡阀 2. 型号、规格:$DN65$	个	3	1221.8	3665.4	

序号	项目编码	项目名称	项目特征描述	计量单位	工程数量	金额/元		
						综合单价	合价	其中:暂估价
21	030803003005	焊接法兰阀门	1. 类型:蝶阀 2. 型号、规格:DN80	个	6	300.36	1802.16	
22	030803003006	焊接法兰阀门	1. 类型:蝶阀 2. 型号、规格:DN65	个	6	253.8	1522.8	
23	030803013001	波纹管补偿器	1. 类型:波纹管补偿器 2. 材质:钢制 3. 型号、规格:DN80 4. 连接方式:法兰连接	个	8	811.61	6492.88	
24	030803013002	波纹管补偿器	1. 类型:波纹管补偿器 2. 材质:钢制 3. 型号、规格:DN65 4. 连接方式:法兰连接	个	10	649.79	6497.9	
25	030803013003	波纹管补偿器	1. 类型:波纹管补偿器 2. 材质:钢制 3. 型号、规格:DN50 4. 连接方式:法兰连接	个	6	549.79	3298.74	
	C.8.5	供暖器具					2760059.3	
26	030805003001	钢制板式散热器	型号、规格:钢制板式散热器	组	2231	1237.14	2760059.3	
	C.8.7	采暖工程系统调整					32072.28	
27	030807001001	采暖工程系统调整	系统:采暖工程	系统	1	32072.3	32072.28	
		合计					4232461.9	

第 9 章 水暖工程造价实例精选

9.1 某住宅楼安装工程预算书（含工程量计算书）

本案例为某住宅楼水暖安装工程预算书，二类居住建筑，住宅楼。主楼地下 1 层、地下 2 层为储藏间，地上 16 层为住宅。结构类型为框架结构，其中给排水工程造价为 241801.49 元，采暖工程造价为 358467.4 元。本案例包括 CAD 格式的水暖专业施工图、计算书、单位工程概预算表、人材机汇总表、单位工程主材表、汇总表等内容。

9.1.1 给排水工程

（1）生活给水设计供水压力低区 0.25MPa，中区 0.65MPa，高区 0.85MPa。

（2）室内消火栓系统供水压力 0.90MPa。室内消火栓用水量 10L/s，室外消火栓用水量 15L/s。

（3）喷淋：商业采用湿式系统，供水压力 0.5MPa。火灾危险等级为中危险 I 级。喷水量 24L/s。

（4）系统形式。生活给水系统：5 层及以下各层为低区，由市政管网直接供水。6～16 层为中区，由中区变频供水设备供水。17 层以上为高区，由高区变频供水设备供水，均为下行上给式系统。排水系统形式为重力排水。

（5）室内消火栓系统、喷淋系统为消防水池-消防、喷淋水泵-屋顶消防水箱联合供水，地下车库内设消防水池。

9.1.2 采暖工程

（1）热源。由小区锅炉房供热。12 层及 12 层以下各层为低区，13 层及 13 层以上各层为高区，设计供、回水温度为 60℃/50℃。

（2）设计工作压力。低区为 0.65MPa，高区为 0.95MPa。

（3）系统形式及设计范围。住宅采用共用立管的分户独立系统，楼梯间内设立管。每户均设热媒集配装置，户内为地板辐射采暖系统。

9.2 某培训楼采暖给排水预算书

本案例为某培训楼水暖改造工程，工程总造价为 368752.21 元。编制说明如下。

（1）采暖管道采用焊接钢管，国家标准 DN25 壁厚 3.25mm，管道除锈刷两遍防锈漆，银粉两遍。

（2）散热器采用山西 M132 暖气片，每片 5.2kg，散热器除锈刷防锈漆两遍，调和漆两遍。

（3）阀门≥DN32采用法兰闸阀，≤DN32采用螺纹闸阀。

（4）生活供水采用PPR塑料热熔管道，阀门为热熔阀门。

（5）排水采用UPVC塑料排水管道，埋设部位水撼沙处理。

（6）消防管道采用焊接钢管，除锈刷防锈漆两遍，阀门采用蝶阀。

（7）管道进户要求破路面挑沟做采暖地沟20m，设阀门检查井一座。

（8）管道支架采用角钢除锈刷防锈漆两遍。

9.3　某小学教学楼给排水预算书

本案例为某小学的教学楼给排水工程预算实例，建筑面积为6547.43m²，工程总造价为102132.34元。本案例建筑为框架结构，以城市给水管网为水源，常年所提供水压满足多层住宅生活及消防供水要求；室内污水需经化粪池处理后方可排入市政污水管网，管材为双壁波纹排水管。本案例的预算内容包括预算书封面、造价取费表以及安装工程预算表三个内容。

9.4　某小区采暖工程预算书

本案例为某小区采暖工程预算书，建筑面积为98990.78m²，工程总造价为1098.33万元。预算内容包括一次网、换热站、二次网、户内及热力入口等项目。

（1）换热站为根据施工图预算，安装取费四类，设备为底价；

（2）二次网为根据甲方提供的图纸预算底价；

（3）户内部分为根据各栋楼施工图预算推算，安装取费四类，主材为参考底价。

9.5　某办公楼给排水、采暖工程清单报价（投标）

本案例为某办公楼给排水和采暖工程投标报价实例，涵盖办公楼（51958.71元）、门卫房（5649.95元）、配电间（17120.77元）、锅炉房（255254.6元）四个单位工程。每个单位工程的预算都包括投标总价表、单位工程费用计算表、分部分项工程量清单计价表、分部分项工程量清单综合单价分析表、一般措施项目清单计价表、定额措施项目清单分析表、定额措施项目清单计价表、其他项目清单计价表、零星工作项目计价表以及材料用量表等内容。

9.6　某住宅楼给排水工程工程量清单综合单价分析表

本案例为某住宅楼给排水工程工程量清单综合单价分析实例，包括水管、阀门、水箱、泵安装等93个项目的综合单价分析。每个项目都包括项目名称、单位、工作内容、组价依据、综合单价组成（人材机、管理费、利润、风险）等具体内容。

9.7　某大厦消防、通风、采暖安装工程清单计价案例

本案例为某大厦暖通、消防工程工程量清单计价实例，总造价为 3140408.14 元。案例内容包括 CAD 格式的施工图、预算封面、单位工程费汇总表、单位工程人材机汇总表、分部分项工程量清单计价表以及措施项目工程量清单计价表等内容。

9.8　某住宅水暖工程清单报价

本案例为某住宅楼电气工程的投标实例，层高为 2.8m，总高 16.8m，给排水工程总报价为 100799.22 元，采暖工程造价为 139125.10 元，工程预留金为 2000 元。本案例具体内容包括：清单封面、清单报价封面、填表须知、投标总价、总说明、电气工程量计算式、单位工程费汇总表、分部分项工程量清单、分部分项工程量清单计价表、综合单价分析表、措施项目清单、措施项目清单计价表、措施项目费分析表、其他项目清单、其他项目清单计价表、主要材料价格表等内容。

9.9　某住宅楼给排水结算书

本案例为某住宅楼的给排水工程结算书实例，工程结算价格为 365000.4 元，案例内容包括结算表（单位工程概预算表）、取费表（单位工程费汇总表）、措施项目表、甲供材料表等。

9.10　某大厦安装工程结算书

本案例为某大厦安装工程的结算书实例，施工单位报审金额为 16750594.14 元，经审核后的结算金额为 14947329.65 元。其中水卫工程由 102345.75 元审定为 91211.17 元；照明工程由 3246609.24 元审定为 2597287.39 元；电梯安装工程由 1810402.92 元审定为 1447322.34 元；消防工程由 1699153.17 元审定为 1529237.85 元；报警工程由 659737.46 元审定为 627737 元；中央空调工程由 9233345.6 元审定为 8654533.9 元。单位工程结算实例中包括封面、单位工程费用表、单位工程预算表、单位工程设备汇总表、单位工程主材汇总表等内容。

本章具体内容见本书光盘。

参 考 文 献

[1] GYD-208—2000 全国统一安装工程预算定额. 北京：中国计划出版社，2000.

[2] GB 50500—2008 建设工程工程量清单计价规范. 北京：中国计划出版社，2008.

[3] 周承绪. 安装工程概预算手册. 北京：中国建筑工业出版社，2001.

[4] 郝书魁. 安装工程预算. 上海：同济大学出版社，1996.

[5] 李联友. 建筑水暖工程识图与安装工艺. 北京：中国电力出版社，2006.

[6] 裴永琪等. 给排水、采暖、煤气安装工程预算一点通. 合肥：安徽科学技术出版社，2000.

[7] 袁建新，迟晓明. 工程量清单计价实务. 北京：科学出版社，2005.

[8] 杨晓林，许程洁，冉立平. 主编. 造价工程师实用手册. 哈尔滨：黑龙江科学技术出版社，2000.

[9] 张清奎. 安装工程预算员必读. 北京：中国建筑工业出版社，2000.

[10] 李岩松. 给排水、采暖、燃气工程专业工程量清单计价实用手册. 北京：中国电力出版社，2006.

[11] 吴焕恋，顾敏春. 如何控制工程造价、质量、工期关系. 科技资讯，2007，(19).